岡本かの子
描かれた女たちの実相

近藤華子
Kondo Hanako

翰林書房

岡本かの子　描かれた女たちの実相◎目次

第五部　老いに抗う女たち

凡例

（一）年号表記は原則的に西暦として、必要に応じて和暦を併記した。

（二）単行本・新聞・雑誌・作品名は『　』、引用語句は「　」、キーワードは〈　〉で示した。

（三）テクストは、『岡本かの子全集』全一八巻（冬樹社　一九七四・九〜一九七七・一二）とし、引用もこれに拠った。引用文のルビは必要なもののみを残して省略し、旧字は新字に改めた。

（四）参考資料等については、原文のままを原則とした。

（五）引用文中の傍線は、すべて引用者による。

はじめに

作家の劇的な人生と強烈な個性は、しばしば小説が読まれる際にバイアスとして働く。岡本かの子の生涯は波瀾に満ちている。多摩川河畔の旧家という出自、夫の一平や息子の太郎との間に築かれた独特な家族関係、年若い恋人との恋愛と破天荒な生活、天衣無縫な童女的な性格、芸術に対する執念、短期間に爆発的に作品を生み出した生命力など、一平や太郎など身近にいた人物をはじめ、同時代の文学者などによって語られた数々の逸話はいつしか伝説となり、「岡本かの子」の輪郭を絢爛豪華に彩った。これらは、〈かの子神話〉と称され、長きに亘りかの子の伝記研究、作品研究において礎とされてきた。

〈かの子神話〉の源流は、一平の言説に辿ることができる。「慈しみの広い大母性と富瞻豊麗ないのち」を内包し、「努めずして母性の慈しみを現し、娘の若さを漲らし、童女の無邪気さを放つた」（「妻を憶ふ」初出『改造』一九三九・四）と、かの子の生命力に溢れた天性の母性と純粋さを賛美し、こうした性質を「エゲリア」と名付けた。「エゲリア」とは、男性に「尽きせぬ霊感」を与えるギリシア・ローマ神話に登場する「泉の女神」で、「永遠に青春の女」を意味するとされる（「エゲリアとしてのかの子」初出『婦人公論』一九三九・五）。さらに、「かの子を観世音菩薩の化身といひ度い」、「とにかく人間離れのしてゐた女」（「かの子と観世音」初出『禅の生活』一九三九・七、八、九）とした。一平によってかの子は豊かな「いのち」によって、男性を救済する「エゲリア」や「観世音菩薩」など現実離れした存在として神格化されたのである。それと同時に、「かの女を翻弄して来た生命は、今やかの女の丸い手で翻弄され始めた。かの女は生命を魔術的な多彩で表現し始めた」（「生命の娘かの子」初出『中央公論』一九三九・四）と、かの子は、自己の「いのち」を作品に注ぎ込み、自己の分身を次々と作品に結晶化したとされた。かの子の描いた女たちは、神秘的で生身をともなわない存在、作家の分身として位置づけられたのである。

〈かの子神話〉に基づく作品の読みを決定的にしたのは、かの子自身も絶大なる信頼を寄せ、かの子文学の最大の理解者とされてきた亀井勝一郎である。「川の妖精」(『捨身飼虎』筑摩書房　一九三〇・一一)で、亀井は、かの子文学に描かれた女たちを「裡なる断末魔の生命」によって「若さを貪婪にむさぼ」る「川の妖精」と定めた。「大母性」、「エゲリア」、「観世音」のもつ神々しい救世主のようなイメージとは異なり、異様で、気味が悪く、恐ろしい、人の命を貪る、いわば魔女のような否定的な意味合いが強いと言えるが、生身をともなわない現実離れした存在であることには変わらない。亀井は、「上流の清らかなせゝらぎのもつ処女性、中流のゆつたりした流れにみらるる母性、一切をまきこんで摩滅して行く下流の狂暴な破壊力のもつ魔性、この三つを、女史の描く女性はそなへてゐる」(「解説　岡本かの子　河明り・雛妓」(『河明り・雛妓』新潮社　一九五八・七))と川と女と生命《いのち》というかの子文学における重要なモチーフを集約させる。この鮮烈な論の中で、女たちは「逞しいとも奇怪ともいへる性のすがた」、「いづれも魔性を帯びた色情の世界である。男を美的に玩弄し、美的に喰う女の性欲である」とされ、以後長きに亘って、かの子文学で描かれる女は、若い男のいのちを吸う、強い生命によって弱い生命を翻弄する女と読まれることが定説となった。

かの子の文学はしばしば社会的な眼差しに乏しいとされ、同時代には時代精神の欠落が難点として批判されている。確かに宮本百合子や林芙美子や平林たい子などの同時代の女性作家たちと比較してみると、かの子のテクストが社会や時代や実生活に直接的に明白な形でコミットしているとは言い難い。現代に至ってもしばしば幻想文学のジャンルに収められ、文学史上でも浪漫主義および耽美派の系譜と看做されてきた。かの子文学に描かれる女たちが現実味のない生身をともなわない女とされてきたことには、幻想的で象徴主義的な作風も多分に影響しているだろう。ただし、描き方がリアリズムの方法でないからといって、描かれた女たちの内実が神話的であるというわけではあるまい。むしろ、浪漫主義的な作風の底流に女の生の実相が潜められていると捉えられるのではないか。

本書は、繰り返される〈かの子神話〉によってかの子文学の世界の幅が不必要に狭められてきたという研究史をふまえ、作品を時代のコンテクストを導入して分析することで、描かれた女たちの実相を浮き彫りにし、かの子文学のもつ可能性を探ろうとする試みである。

亀井論を基盤とし、〈かの子神話〉に収斂されていくという研究の傾向が続く中、風穴を空けたは一九九〇年代に表れたフェミニズム批評による成果であると考える。ジェンダーを付与した見方によって立てられた従来の定説を脱却した新たな読みの可能性を提示した。またほぼ同時期に、かの子文学の理知的な側面にも目が向けられ始めたことも新たな兆しとして注目される。

本書と同じく、主にテクストに描かれた女たちに焦点を当てて、フェミニズム的な視座から論じた研究に、高良留美子『岡本かの子　いのちの回帰』（翰林書房　二〇〇四・一一）と溝田玲子『岡本かの子作品研究――女性を軸として』（専修大学出版局　二〇〇六・三）の成果があり、大きな学びと示唆を与えられた。両書で研究の対象とされた小説（高良留美子『岡本かの子　いのちの回帰』では、『母子叙情』・『金魚撩乱』・『老妓抄』・『家霊』・『河明り』・『生々流転』、溝田玲子『岡本かの子作品研究――女性を軸として』では、『渾沌未分』・『花は勁し』・『丸の内草話』・『生々流転』・『女体開顕』）は、かの子の代表的な作品と目され、現在でも比較的読まれる機会にも恵まれている小説である。本書では、代表作の再検討に加え（『渾沌未分』・『花は勁し』・『母子叙情』・『家霊』・『鮨』・『老妓抄』）、従来の研究ではほとんど顧みられてこなかった小説や戯曲（『夫人と画家』・『かやの生立』・『母と娘』・『晩春』・『肉体の神曲』・『娘』・『越年』）も研究の俎上に載せた。極力多くのテクストを取り上げ、描かれた女たちの総体を捉えたいという思いからである。

第一部　結婚の要請に苦しむ女たち

第一章　『晩春』——鈴子の〈苦しみ〉——

はじめに

『晩春』（初出『明日香』一九三六・六）は、同年同月に発表された『鶴は病みき』（初出『文学界』一九三六・六）が、文壇デビュー作として取り沙汰され、論じられる機会が多い一方で、全く看過されてきた。先行研究はなく、初出後、初めて日の目を見ることとなった『岡本かの子全集』一四巻（冬樹社　一九七七・五）においては、小説であるにも拘らず、「随筆拾遺」の項目に収録されている。全集で三頁にも満たない本テクストは、小品として埋もれてきたと言えよう。

『晩春』の主人公鈴子は、女学校を卒業した後、嫁入り先が見付からずに苦しんでいた。家の裏の堀で、魚を必死で探し、それを見つけることで心を穏やかにする日々だったたか、ある日、突如、堀の魚を目掛けて石を投げ、笑い出す。鈴子の〈苦しみ〉は、彼女を取巻く時代背景やコミュニティを背景とした複雑なものである。本論では、深川と女学校というトポスに着目し、鈴子の〈苦しみ〉の内実を明らかにし、作品末尾の唐突な〈笑ひ〉の意味について読み解きたい。

1　「呪ひとか不満」

テクストには、〈苦しみ〉を中心とする鈴子の日常が描写されている。鈴子の〈苦しみ〉について、語り手は以下のように述べる。

> 呪ひとか不満が彼女のひそかな情熱とからみ合つて一種の苦しみになつてゐた。

鈴子の抱く〈苦しみ〉とは、「呪いとか不満」と「ひそかな情熱」の混交物である。まずは、鮮明に表出される「呪ひとか不満」について捉えていきたい。鈴子の「呪いとか不満」の対象は、住居の位置にあった。

> 鈴子は下町の而も、辺鄙な深川の材木堀の間に浮島のやうに存在する自分の家を呪つた。

鈴子の家のある深川とは、どの様な場所なのか。「地形的には東京の他地区と隔絶されたデルタ地帯にある」[1]江東地区には、「下町」独特の住民感情があった。「山の手方面と違つて相互扶助など庶民的な連帯意識が強」[2]いという特徴は、地域内の親密度は高い反面、外部に対しては閉鎖的である。そんな他の地域と「隔絶された」深川にある鈴子の家の周辺環境は、「材木堀が家を南横から東横へと取巻いて（中略）材木をぎつしり浮べてゐる」、「西隣に在る製板所」、「製板所で使ふ機械油が絶えず流れ込む」と描かれる。

同時代の深川について検証するにあたり、テクスト内時間を確定しておく。鈴子の母は、毎日堀を覗く鈴子に対し、「そんなに魚が見度かつたら、水族館へでも行けば好いぢやないか」と言い放つ。「水族館」とは、母の「行けば好い」という発言により、鈴子の行動範囲にある浅草公園水族館を指していると考えられる。浅草公園水族館の歴史は、一八九九（明三二）年からと古いが、盛況を迎えるのは一九二九（昭四）年以降である。

> 昭和四年（一九二九）七月、榎本健一（エノケン）が中心となって、浅草公園水族館を足場に軽演劇団のカジノ・フォーリーが結成された。（中略）水族館レビューと歌と芝居で笑わせるエノケンたちの芸達者ぶりが評判になり、よく十二月十二日から『朝日新聞』で始まった川端康成の『浅草紅団』は浅草公園水族館とカジノ・フォーリーの名を一躍有名にした。[3]

浅草公園水族館が「市民の評判はすこぶるよく、雑誌や小説に描写されていた[4]」とされるのは、カジノ・フォーリー結成以降である。鈴子の母の発言は、浅草公園水族館がよく知られていたからこそのものであろう。以上より、テクスト内時間は、浅草公園水族館が有名になった一九二九（昭四）年から、閉館までの一九三三（昭八）年の間と捉えられる。

昭和初年代当時、深川の産業は、軽工業が中心であった。

> 中小・零細工場が密集して、雑多な種類の工場を営んできたわけで、日用消費財の生産、工場の小規模・零細性・密集性は江東地区の工業の特色である。[5]

深川が象徴するものは、「小規模・零細性・密集性」、「辺鄙」、「連体意識」である。鈴子は、そんな深川に閉塞感を抱き、充ち足りないという飢餓感を内包していた。

此の住居の位置が自分を現代的社交場裡へ押し出させないのだと不満に思ふ。

鈴子が「現代的社交場裡」に求めていたものは、結婚相手となる男との出会いであった。「下町」深川に住む自分と、「山の手」に住む友人を比較する。

山の手に家の在る女学校時代の友達から、卒業と共に比較的智識階級の男と次〳〵に縁組みして行く知らせを受けて、鈴子は下町の而も、辺鄙な深川の材木堀の間に浮島のやうに存在する自分の家を呪つた。

社会に開かれている「山の手」に住む友人は、「現代的社交場裡」に出る機会が多い。そこで、「知識階級の男」と出会う。「まだ嫁入るべき適当な相手が見付からなかつた」鈴子は、「縁組み」する相手を渇望していた。

鈴子は、現在の自分の置かれた状況を、「自分の体を早くどうにか片付けなければならない大事な時期」とする。結婚を焦ることには、「二十歳を三つ過ぎても」という彼女の年齢が大きく関係していた。一九三二（昭七）年六月発行の『婦人公論』は、「深まりゆく結婚難」号と銘打たれた。巻頭論文では、一九三〇（昭五）年のデータを基にし、「二十歳から二十四歳までに結婚した女子の割合が（中略）年々漸増して（中略）半数以上がこの年齢層に於て結婚することになったのである(8)」と述べられている。結婚適齢期が二〇歳から二四歳だった当時にあって、二三歳という鈴子の年齢は、結婚できるか否かの瀬戸際にあった。

当時、結婚適齢期を過ぎた女性は、「老嬢」と呼ばれた。

高等教育の門を叩く娘さんが多くなつた今日、若し二十四五歳までを適当の婚期とすると、その婚期を逸せぬために機会を見付ける時間は僅か二三年である。少し廻り合はせが悪いとその二三年はすぐ空過して、その内徐々に老嬢の嘆きが忍び寄つて来ないと限らない。(9)

当時、結婚したくてもできずに、「老嬢」としての焦燥と憂鬱に悩む日々を送る女性は少なくなかったようだ。婦人雑誌には、しばしば結婚難に苦しむ女性たちの手記が掲載された。

私は、いつか、ある婦人雑誌で、やはり婚期を逸した婦人の手記を見ましたが、その中に、男、男、男、世の中にはあんなに沢山の男がゐるのに、自分の結婚の相手は何故ないのだらうか？　とのことが書いてありました。(10)

『奥さん今日の御用は…』見知らぬ御用聞のその当然の一言が堪らなく強いショックとなって、私の胸をどきんと叩くのでした。(中略)私は追はれるやうにお座敷に逃げ帰つてきました。(中略)「奥さん」と呼ばれることが不自然に感じられぬ程、それ程私は「娘の時代」から離れてゐます。(11)

手記には、日常生活の中で肩身の狭い思いをする女たちの悲痛の念が表れている。

ぐづぐづしているうちに私も二五になつてしまいました。その頃から私は、同窓会誌をそつと広げて、処女の日の姓と変わつた多くのクラスメイトの数をかぞへて、軽い焦燥を感じるやうになりました。[12]

この手記の執筆者と同様に、鈴子も「女学校時代の友達」が「次〱に縁組みして行く知らせを受け」ることで、「呪ひとか不満」を強くするのである。同年代の友人が、次々に結婚していくにも拘らず、自分にはその気配すらない。結婚適齢期を過ぎようとし、日に日に世間で侮蔑の対象として騒がれる「老嬢」へと近づいていくのである。仮に、結婚適齢期を女の春とするならば、鈴子は春の終り、つまりは「晩春」真只中にあったと言えよう。鈴子の「呪ひとか不満」は、「老嬢」目前にあって焦燥と憂鬱に苛まれる自己を、「現代的交際場」に出さずに隔離する深川へと向ったのであった。

2 「ひそかな情熱」

鈴子の〈苦しみ〉が、単に「呪ひとか不満」のみで生成されているわけではないという点には、着目しなければならない。「呪いとか不満」が、「ひそかな情熱」と「からみ合つて」初めて〈苦しみ〉となったのである。テクストにおける「ひそかな情熱」は、「呪ひとか不満」とは異なり、明示されてはいない。しかし、むしろ「ひそかな情熱」の方こそが、鈴子の根底にあったのではないか。そこに「呪いとか不満」が新たに加わり〈苦しみ〉として認識されたのだと考える。

「ひそかな情熱」は、一見すれば結婚願望として捉えられよう。しかし、前節で見てきたように「呪ひとか不満」が結婚願望に端を発したものであるから、「ひそかな情熱」は、それ以前の鈴子に内在していた欲求と言える。「女学校を出て既に三四年もたち」、「自分の体を早くどうにか片付けなければならない」とされる。鈴子が結婚願望を抱く以前とは、すなわち「女学校」時代と考えることはできないだろうか。短いテクストの中に、「女学校を卒業して暫くすると」、「女学校時代の友達」、「女学校を出て既に三四年もたち」と、「女学校」の文字が幾度も現れる。

女学校における教育について見ておきたい。一九二〇（大九）年の高等女学校令改定の際に、「殊ニ国民道徳の養成、婦徳ノ涵養ニ関連セル事項ハ何レノ学科科目ニ於テモ留意教授セン事」という内容が加えられた。「何レノ学科科目ニ於テモ留意教授セン」とされた「婦徳」であるが、それが最も顕著に見られる科目は、やはり修身であろう。女学校で使用された修身の教科書『女子修身書改訂版』（東京開成館　一九二五・一〇）の目次を概観すると、父母への忠孝を示した内容の講は、「父母の恩」、「父母に事へる道」などがあるが、良妻賢母に関する内容を示した講（「女性の力」、「母としての女子」、「理想の妻」他多数）が圧倒的に多い。そして、学年が上がるにつれて、その講が多くなり、内容もより具体的になっていく。「一家の和楽」の講では、「一家の和楽を図ることほど楽しい仕事はない」とされ、「母としての女子」の講では、「女子最高の任務は、実に理想の母であることに在るのである」と説かれる。「結婚」の講では、「結婚は自然の大法、人生の大事である」、「女子は結婚生活に由つて、その天職を果たす」、「女子と職業」の講では、「個より女子の理想は、家庭人として幸福な生活を送ること」、「女子には第一の使命が別にあつて、職業は大体に於いて補助的であることは免れない」とされ、女が職業に就く場合は、「家政を忽せにしない」、「育児を忽せにしない」ことが大前提であるとされている。最終学年の最終学期に教えられる「現代女子の行くべき道」に至っては、さらに断定的な内容となっている。

女子には年頃に結婚して子を生み育てる事より、自然で正常な道はないのである。女子が母となることを、その最高の任務であるとするのは、人間の定めた掟ではなく、女子の生理心理に基づいた自然の無上命令である。

女学生たちは、女の幸福及び女の務めは結婚をして良妻賢母になることであり、それが女の唯一の生きる道であると教育されていた。

女学校を卒業した女学生は、嫁入りへのコースに乗せられる。婦人雑誌に掲載された記事、全国女学校校長による「女学校卒業から嫁入りまでの導き方」には、「本校では時代の進運と家庭の要求に鑑み、高女卒業後の一ヵ年位家庭婦人として智識技芸の補習教育を施す」（福井県立福井高等女学校の石橋重吉校長）[13]、「家庭日常生活すべての方面に亘り実際的修練を積ませ、時々母校に集め」（長野県飯田高等女学校の臼他紀六校長）[14]などの発言が見られ、卒業後まで良妻賢母教育を施す女学校もあったことが分かる。実際の高等女学校卒業者の進路が、どうであったかと言えば、即結婚、もしくは結婚準備をする人が卒業者全体のうちで「一九二九年、七三・二%、一九三〇年、七四・五%、一九三一年、七三・五%、一九三二年、七一・八%、一九三三年、六八・八%[15]」に上った。約七割の女学校卒業者が、結婚という道を選択したわけで、鈴子の友人たちもこの例に漏れなかった。女学校時代には共に机を並べていた友人たちが次々と定められた道へと進んでいく様を目の当たりにした鈴子は、追い詰められ「呪ひやら不満」を抱かずにはいられなかった。当時の女として生きる唯一の道から外れていこうとする自己に危機感を感じることは、当然と言える。

軍国主義の風潮の中で、高等女学校では良妻賢母教育が提唱されていた。しかし、女学生たちが必ずしも、それを望んで、女学校に入学していたわけではあるまい。女学校の持っていた別の側面に注目したい。そもそも、明治前期に文明開化の波に乗り、女学校が設置されたのは、「女性にも十分な知識と教養が必要であるという考え[16]」からであった。「つねに新しい女性像の形成を自覚して尖端を切って歩んだのが彼女（女学生——引用者注）たちだった[17]」とされるように、やはり女学校は、新しい女の生き方の象徴だったのである。女も知的な存在へ、という大志を抱き、女学生たちは高等女学校へと進んだのではないか。女学校進学は容易ではなく、入学後も勉学に励まなければならなかった。女学校進学者は自覚を持ったエリートだったのである。鈴子も「下町」の小学校で、一生懸命勉強し、希望を胸に女学校に進学したのだろう。学びたい、知識を得たいという欲望こそが、鈴子の「ひそかな情熱」を生み出す源となったものだと考える[18]。

　女学校で学ぶことのできた科目は、先に示した「修身」や「家事」、「裁縫」だけではない。「国語」、「歴史・地理」、「数学」、「理科」の他にも、「外国語」や「音楽」、「図画」、「体操」もあった。また改定に伴い、「数学」、「理科」の時間数が増やされている。女学生たちは、様々なことを学ぶ過程において、自己の個性を見出し、それが発揮されるような将来の道を夢みていたことだろう。鈴子も自己の進路を模索し、自己を生かす未来を思い描いていたのではないか。

　鈴子の女学校の友人が、「山の手に家のある」ことから、鈴子の通った女学校が「山の手」にあったことが窺える。鈴子は、「下町」、「辺鄙」な深川から、わざわざ時間と労力をかけて女学校に通っていた。その苦労を厭わぬ姿勢にも、鈴子の「情熱」を垣間見ることができる。「山の手」の女学校は、まさに「現代的社交場」であっただろう。生まれた時から「辺鄙」な深川に燻っていた鈴子にとって、「山の手」に家を構える友人たちとの交流は、刺激的なものだったに違いない。新しい知識、自分の知らない社会で生きてきた友人。高等女学校に通ったことにより、鈴子の目の前には開かれた世界が広がった。鈴子に芽生えた「ひそかな情熱」とは、深川から飛び出して、広い世界に出たい、広い世界で自分の個性や能力を発揮したいという自己実現への希求を示すのではないだろうか。

　女学校で受けた良妻賢母教育によって、鈴子が良妻賢母思想を内面化していることは明らかであり、だからこそ、結婚できないことに「呪ひや不満」を感じている。しかし、一方では、自分の可能性を追い求めたいという強い願望も同時に女学校で培ったのである。それは「引込み思案の性質」の鈴子の「ひそかな情熱」として鈴子の胸の奥底に潜んでいくこととなる。

3 堀の魚

女学校を卒業し、鈴子の生きる空間は、再び深川だけとなった。鈴子は、深川に押し込められることによって、女学校で形成した「ひそかな情熱」のやり場を無くしてしまった。宙ぶらりんになった「情熱」の矛先が、結婚だった。後押ししたのは「老嬢」という言葉によって結婚適齢期の未婚女性を追い詰める当時の社会規範であった。鈴子が心の深部で真に希求していたものが自己実現であるならば、結婚と自己実現という相反する価値観は、鈴子の心を引き裂くこととなる。両者の葛藤こそが、鈴子の〈苦しみ〉の正体だと捉えられる。日々の鬱屈した〈苦しみ〉に苛まれていた鈴子は、それを癒すために、ある儀式を行っていた。

すっかり振り向きもしなくなったこの堀が、女学校を卒業するとまた、急に懐しくなつて堀の縁へ游いで来る魚を見るだけではあつたが、一日に一度、閑を見て必ず覗きに来た。

「ただ一匹、たとへ小鮒でも見られさへすれば彼女は不思議と気持が納まり、胸の苦しさも消えるのだつたが……」と、堀の魚を見つけるという行為によって、鈴子は心の安寧を得ていた。鈴子の堀の魚に対する執着は、危機迫るものである。この儀式は、「一日に一度」「必ず」行われる。

それ（水の濁りや水面の油膜——引用者注）に視線を奪われまいと、彼女はしきりに瞬きをしながら堀の底を透かして見ようとする。

鈴子が必死になつて魚を見たがるのと反対に、此頃では堀の水は濁り勝ちで、それに製板所で使ふ機械油が絶えず流れ込むので魚の姿は仲々現はれなかった。

魚を見つけられなかった日、鈴子は、「淋しかった」、「落ち付けなかつた」。「胸のわだかまりが彼女を夜ふけまで眠らせなかつた」のである。奇妙な儀式を繰り返す自身を「子供つぽいと思つたり、哀なものだと考へたり」していたが、「魚と、鈴子の胸のわだかまりに何の関係があるのかさへ彼女は識別しようともしなかつた」とあり、儀式が自分にとってどのような意味を持つかまでには、考えが及んでいない。

堀の魚と鈴子の〈苦しみ〉の関係について考えたい。


彼女は、七八歳の子供の頃、店の小僧に手伝つて貰つて、たもを持つてよく金魚や鮒をすくつて楽しんだ往時を想ひ廻した。その後、すつかり、振り向きもしなくなつたこの堀が、女学校を卒業して暫くするとまた、急に懐かしくなつて堀の縁に泳で来る魚を見る（後略）

堀の魚は、鈴子に幼い頃の「楽し」い思い出を蘇らせるものだ。女学校を卒業して、「急に」幼い日の憧憬に浸るようになった鈴子が堀の魚に見たものは、幼い日の自分自身の姿ではないだろうか。女学校に通う前の鈴子は、深川という狭いコミュニティの中だけで生きていた。その世界しか知らなかった鈴子は、楽しく、幸せであったはずだ。「ひそかな情熱」もなければ、「呪ひとか不満」を抱くこともなかった。深川に安住し、〈苦しみ〉を知らなかった頃の自分を確認する行為によって、現在の〈苦しみ〉が癒されていたと言える。

以下は、冒頭の鈴子が堀へと向う場面である。

鈴子は、ひとり、帳場に坐って、ぼんやり表通りを眺めてゐた。晩春の午後の温かさが、まるで湯の中にでも浸つてゐるやうに体の存在意識を忘却させて魂だけが宙に浮いてゐるやうに頼り無く感じさせた。その頼り無さの感じが段々強くなると鈴子の胸を気持ち悪く圧へ付けて来るので、彼女はわれ知らずふら〳〵と立ち上つて裏の堀の辺へ降りて行つた。

「われ知らずふら〳〵と」からは、鈴子が自身の〈苦しみ〉と堀の魚との関係について無自覚的であることが窺える。鈴子を堀の魚へと誘う感覚とは、「存在意識を忘却させて魂だけ宙に浮いてゐる」ような「頼り無さ」である。それは、行く末が定まらず、〈苦しみ〉に苛まれ、不安定に惑う現在の自分の状態そのものであろう。やっとのことで堀に辿り着いた鈴子は、魚を見付けては、何の不安もなく楽しかった子供の頃の自分を想起した。その頃の自分に戻れば、〈苦しさ〉から逃れられる。しかし、幼い日の自己に退行することで、現実の〈苦しみ〉から逃避しても、それを消し去ることには繋がらない。〈苦しみ〉に直面しようとしない鈴子は、一時凌ぎの儀式を繰り返すことしかできないのである。

鈴子に「頼り無さ」を感じさせたのは、「晩春の午後の温かさ」であった。「晩春」は、結婚適齢期の終りであると同時に青春期の終りをも示しているのではないだろうか。自分の進路を決定しなければならない瀬戸際、猶予期間の終焉直前である。しかし、「まるで湯の中にでも浸つてゐるよう」な「温かさ」を帯びる「晩春」の空気が破られる出来事が突然起こる。

うつとりとした晩春の空気を驚かして西隣に在る製板所の丸鋸が、けたたましい音を立てて材木を噛ぢり始めた。その音が自分の頭から体を真二つに引き裂くやうに感じて鈴子は思はず顔が赤くなり、幾分ゆるめてゐた体を引き締め、開きめの両膝をぴつたりと付ける。

非常に暗示的な場面である。「うつとりとした晩春の空気」が、守られた猶予期間の居心地の良さを意味しているとすれば、それが脅かされていることを示す。鈴子は、「自分の頭から体を真二つに引き裂」かれる感覚に、驚き、「顔が赤くなつた」。「ゆるめてゐた体を引き締め」「両膝をぴつたりと付ける」という動作からは、引き裂かれそうになる自己を防衛しようとする心理が読み取れる。先に、鈴子が結婚願望と自己実現の希求という相反する価値観の間で葛藤していることを指摘したが、二つの想いに引き裂かれた鈴子の〈苦しみ〉は極まり、有限である猶予期間も終ろうとしている。

次の瞬間、鈴子の目の前に、堀の魚が出現する。

とたんにもく〳〵と眼近くの堀の底から濁りが起つてボラのやうな泥色の魚がすつと通り過ぎた。鈴子は息を呑んで、今一度、その魚の現はれて来るのを待ち構へた。

いよいよ自己が引き裂かれてしまうという危機にさらされ、鈴子は必死に堀の魚を探すのだが、〈苦しみ〉から逃避する儀式は、母親によって阻まれた。

「（前略）順ちやんがね、また喘息を起こしたからお医者さんに連れて行つてお呉れ。」

忙しく母親が呼ぶ声を聞いて鈴子は「あ、またか。」と思つた。

「順ちやん」とは、「六歳になる一人の弟の順一」のことである。順一は、「喘息持ち」で、「何時発作を起すか判らないので、誰か必ず附いてゐなければならない」。順一の「お守りさんの為めにも鈴子は姉として母親代りに面倒を見なければならなかつた」。鈴子の家は、「帳場」、「店の小僧」という言葉により、内容は詳らかにされないものの、何らかの店を営んでいることが分かる。母は、店の切り盛りで忙しいのだろう。「順一」という名前から、長男であることが推察される弟は、家業の跡継ぎとして重要な存在である。「女学校を出て既に三四年もたち、自分の体を早くどうにか片付けなければならない大事な時期だといふのに、弟のお守りなんかに日を送つてゐることはつらかつた」とあり、鈴子は弟の存在を足枷のように感じていたことが窺われる。鈴子は、「誰も、私の気持なんか、本当に考へてゐて呉れない」と「心に呟き」、なおも堀の魚を探した。

「鈴ちやん、順ちやんが苦しんでゐるつて言つてゐるのに判らないかい。」

母親の嘆くやうな声が再び聞えると鈴子はしぶ〳〵立ち上つて「私だつて苦しいんだわ。」とやけに思つた。しかし、いつまでもしぶつてもゐられなかつた。

母親の催促に、堀の魚を探すことを諦めざるを得ず、〈苦しみ〉から逃れる手段を逸した鈴子は、「私だつて苦しい」と思う。

鈴子は、いつものように弟の世話をしに、家へと向かおうとするのだが、立ち上がるやいなや、突然の行動に出る。

彼女は、急にしやがんで小石を拾ふと先刻ボラのやうな魚の現はれた辺を目がけて投げ込んだ。すると変な可笑しさがこみ上げて来た。鈴子は少し青ざめて、くくと笑ひ乍ら弟の様子を見に家へ入つて行つた。

テクスト末尾の場面である。鈴子の行為は、あまりに唐突であり、一見常軌を逸している。しかし、この場面こそが、鈴子が「呪ひとか不満」を超越した瞬間だと捉えたい。堀の魚について、無自覚的であった鈴子が、母親から再三に亘り、弟の面倒を見るように迫られたことを契機として、その意味するところに気が付いたのではないか。魚は、かの子文学における重要なモチーフの一つである。高良留美子が、その象徴性について分析している。

岡本かの子は女性とそのいのちを魚（海豚やどじょうや鰻の場合もあります）のシンボルで表現し、家夫長または家父長になっていく若い男性を、釣師として描いています。女性（魚）が釣り上げられて飼っておかれる場所（家父長制の家）は、軒下につくられた池や室内の生洲によって表現されています。(19)

以上は、本テクストの堀の魚にも当てはまるものと考える。テクストに、「釣り師」は登場しない。しかし、次期家長となる弟の存在がある。堀は、「下町の而も、辺鄙な深川」、「浮島のやうに存在する自分の家」であり、魚は、そこに生きる鈴子である。堀には、「製板所で使ふ機械油が絶えず流れ込むので魚の姿は仲々現はれなかった」とあり、堀の魚が深川の環境によって、生存の危機に追い込まれていることが分かる。鈴子を「引き裂」こうとしたものとは、「けたたましい」「製鉄所の丸鋸」の音であった。「製鉄所」から作業の騒音が聞こえてくるのは、深川の日常の風景であろう。鈴子が突然とらわれた感覚は、深川の生活が自分を「引き裂く」という危機感である。

鈴子は、弟の犠牲に、ひいては、家の犠牲にされようとしていたのだ。

深川とそこに存在する家は、鈴子にとって両義性を帯びていた。封じ込めると同時に、守る役割をも担っていたのである。鈴子が、魚に託し、幼き日々に憧憬を寄せていたのは、それが守られた〈苦しみ〉のない安楽な環境だったからだ。鈴子は、自己が弟や家の犠牲になっていることを「つらい」「苦しい」としながらも、堀の魚を覗くこと、つまりは家に安住していることを確認する行為によって、直面している〈苦しみ〉を回避していた。

堀の魚への投石は、家に守られ安穏と暮らす自己を破壊し、さらには〈苦しみ〉から逃避していた自己と訣別したことを意味する。鈴子に「変な可笑しさ」がこみ上げてきた。「少し青ざめて、くくと笑う」。冷笑の対象は、深川や家に「呪ひとか不満」を抱きながらも、それに依存していた自分自身である。

おわりに

「引込み思案」の鈴子は、自身の力で、深川を出ようとはしなかった。〈苦しみ〉に耐え切れず、堀の魚を眺めることによって、「ひそかな情熱」を抱く女学校進学以前の自分に思いをはせていた。鈴子の〈苦しみ〉は、表面的には結婚できない女の焦燥である。しかし、その真の意味とは、結婚と内から突き出してくる自己実現の欲求との葛藤であった。民俗学では、「笑いの背後には未知という恐怖がある」[20]とされる。「温かく」、「まるで湯の中に浸つてゐるやうな」、「うつとりとした」、「晩春」の季節、青春は終わり、鈴子は「未知」の人生を自らの手で切り開いていかなければならない。病弱な弟や、その世話役として鈴子を頼りにする母親がいるため、深川や家から出ることは困難を極めることが予想される。しかし、堀の魚に石をぶつけることで〈苦しみ〉から逃避し深川や家に閉じ籠る自分自身を破壊し、〈苦しみ〉に正面から対峙した鈴子には、「未知」なる広い世界へと飛翔し、「ひそかな情熱」を形象化する可能性が残されているのではないか。

『晩春』では、自己の将来への希望を抱きつつも、それと時代の要請や、住居の位置、封建的な家との間に生じる葛藤に苦しむ女の実相が描かれている。痛切な葛藤に苦しむ女の姿は、かの子文学で一貫して描かれていくものであり、「不満と呪い」とともに「ひそかな情熱」を抱く鈴子の様相は、後に描き続けられる満たされない想いを抱きながらも、かえってその渇望を生の活力へ転化してゆく女の姿に通ずる。また、魚もしばしば重要なモチーフとして用いられ[21]、家というテーマ[22]はかの子文学の大きな特色である。いずれの要素も完全に描き切れているとは言えないものの、小説の出発期に発表された小品である本テクストに、既に後のかの子文学の萌芽が見られることは注目に値する。

注

(1)『東京百年史』第五巻(東京都　一九七二・一一)
(2) 注(1)に同じ。
(3) 鈴木克美『ものと人間の文化史一一三　水族館』(法政大学出版局　二〇〇三・七)
(4) 堀由紀子『水族館のはなし』(岩波書店　一九九八・八)
(5) 注(1)に同じ。
(6) 加藤文三他編『江東の歴史』(あゆみ出版　一九八七・三)
(7) 注(6)に同じ。
(8) 前田多門「深まり行く結婚難」(『婦人公論』一九三二・六)
(9) 注(8)に同じ。
(10) 高野君子「結婚難に悩める女性の手記(実話)」(『婦人公論』一九三二・六)

(11) 今井慶子「今結婚への絶望を抱いて」(『婦人公論』一九三三・一一)
(12) 注(10)に同じ。
(13)『婦人世界』(一九三三・四)
(14) 注(13)に同じ。
(15)「表三五　高女卒業者の進路」(国立教育研究所『日本近代教育百年史5　学校教育』教育研究振興会　一九七四・八)
(16) 唐澤富太郎『女子学生の歴史』(木耳社　一九七九・四)
(17) 注(16)に同じ。
(18)『鮨』のともよにおいても同様の点が指摘できる。詳しくは、第三部第三章「『鮨』——ともよの〈孤独感〉——」を参照されたい。
(19) 高良留美子「近代女性文学の深層——岡本かの子を中心に」(一九九五年六月一一日、城西国際大学・中国科学院アジア太平洋研究所主催「日中女性学・女性文化フォーラム」にて発表)後、『岡本かの子　いのちの回帰』(翰林書房　二〇〇四・一一)所収。
(20) 飯島吉晴『笑いと異装』(海鳴社　一九八五・一一)
(21) 高良留美子「近代女性文学の深層——岡本かの子を中心に」では、「魚が女性のシンボル」とされ、『母子叙情』(初出『文学界』一九三七・三)、『金魚撩乱』(初出『中央公論』一九三七・一〇)、『河明り』(初出『中央公論』一九三九・四)、『生々流転』(初出『文芸』一九三九・四〜一一)などの作品が挙げられている。
(22)『渾沌未分』(初出『文芸』一九三六・九)、『家霊』(初出『新潮』一九三七・一)、『過去世』(初出『文芸』一九三七・七)、『老主の一時期』(初出『いのち』一九三七・一〇)など多数の作品において描かれている。

第二章　『肉体の神曲』——揺らぐ〈肥満〉の意味——

はじめに

『肉体の神曲』（初出『三田文学』一九三七・一、三、五〜八、一二）は、発表当時、同時期に発表された『母子叙情』（初出『文学界』一九三七・三）、『金魚撩乱』（『中央公論』一九三七・一〇）が大反響を呼び、好評価が与えられたにも拘らず、等閑に付された。ほぼ並行して『三田文学』誌上で連載され、最終回も同時であった石坂洋次郎『若い人』（初出『三田文学』一九三三・五〜一九三七・一二）が、読者からの人気のために連載が長期化し、第一回三田文学賞まで得たこととは対照的である。両者とも青春期の若者の懊悩を扱っていると言えるが、評価は対極にあった。初出後いずれの単行本にも収録されず、埋もれていた本テクストは後年、岩崎呉夫『芸術餓鬼　岡本かの子伝』[1]で掬い上げられるが、「ダンテの「神曲」を大乗仏教を適用して処理してみようと試みた」「野心作」、「いたずらに錯綜した失敗作」と再評価されることはなかった。その後も小宮忠彦「解題」[2]で、「健康や肉体をテーマやモチーフにした作品」と他の作品とともにグルーピングされるが、作者の見聞が生かされていることが指摘されるに留まっている。

本テクストでは、「美人令嬢」であった女学生茂子が、肉体が〈肥満〉していくことに苦悩し、それを克服しようと格闘する姿が描かれる。「錯綜した失敗作」と批判される入り組んだ構成には、茂子の自意識が表出されていると考える。テクスト内時間[3]である一九三三（昭八）年当時の美の規範に留意しつつ、茂子の肉体に注がれる他者の〈眼差し〉を軸とし、変容していく〈肥満〉の意味と茂子の意識を明らかにしたい。

1 「異常」な〈肥満〉

テクスト冒頭より〈肥満〉した肉体についての懊悩が語られるのだが、以前の茂子は〈肥満〉ではなかった。肉体の変容がもたらした「幸福」から「地獄」への転落が明らかにされる。姉が「以前には、ほんとうに細そりした、い丶子だつたのにねえ」と「嘆きを帯びた声」を挙げたように「美人令嬢の代表として」「東京中で指折の中に数えられ」、「花框に飾られて度々婦人雑誌の口絵に載せられ」、「みんな」から、「美人といふ完成した女」と絶賛される少女であった。井上章一『美人コンテスト百年史』(4)によれば、「一九二〇年代末期から、一九三〇年代にかけての時期」になると「美人写真の公募を、あちこちの新聞、雑誌がおこなうようになりだした」という。「現代の女性美大募集」(『アサヒグラフ』)、「懸賞近代美人写真募集」(『婦人公論』)、「麗人発掘」(『読売新聞』)「全日本典型的美人選定」(『婦人世界』)「全国代表美人画報」(『婦人倶楽部』)等で、選定委員は、日本画家、美容師、洋画家、医学博士、小説家、彫刻家、詩人で、条件は、知り合いや親戚、友人らによる他薦、姿態を職業上の条件としない者(ダンサー、女優、芸妓、女給等は不可)であった。婦人雑誌の口絵は、一般の少女である令嬢のグラビアが飾り、出身地と名前が添えられ、場合によっては学歴や父親の名前も記される。「美人令嬢」たちは、読者の羨望の的なのである。その「代表」であった茂子は、家族には誇りにされ、同級生たちからは憧れの対象とされたに違いない。茂子は当時を「幸福」と回顧する。

ところが、「美人令嬢」の「面影を押し除ける脂肪や贅肉が盛り上がつて来た」。「首や手足は、猶予なく肉の氾濫の中へめり込んで」、「顎も二重になり、頬はむら〳〵と腫れ上がつて」、「腹部と腰が大きくなつて動くが妨げられる」ようになった。茂子は、自らの肉体を「贅肉の地獄」、「脂肪の沼」とし、「肉に包まれて行く自分の身体を洪水のやうに」感じた。他者の評価は一変する。姉は、「も少し身体つきを人並みにしなきや」と「露骨な言葉」を浴びせ、弟は「やあ、でぶ子が何だか背負つて来た」と「揶揄」し、母は「あんな肥つた子」と嘆いた。また、同級生たちは嘲笑の種にする。茂子の兄の結婚に際し、「この次は茂子ちゃんの番です」「素敵！　旺盛な花嫁！」と「大きな声で囃し立てるやうに叫ん」で、「一斉にやあーと歓声を挙げ互に爆笑を投げつけながら手を叩いた」。そして茂子が涙を流すと「嬉し涙！」と「口悪くからかひ」、逃げていくのだった。弟の「でぶ子」という言葉は、「茂子が一番怖れてゐた急所を得た」。日活女優の夏川静江は、「ぶく〳〵肥つたのですから、この調子では『夏川デブ君』といふニックネームを頂戴するのも目にみえてゐます」と減量を決意したことを語っている。[5]「でぶ子」の呼称は、恐怖の蔑称なのだ。一九三二（昭七）年九月『主婦之友』誌上には、写真漫画「デブ子嬢の結婚」が掲載されている。「デブ子嬢は二十四貫（九〇キロ――引用者注）といふ（中略）肉体美」という設定で、本テクストと酷似した場面や展開が見られる。物語は、茂子同様に女学校卒業間近の少女たちが、卒業後の結婚について語り合う場面から始まる。「有名なデブ子嬢」が登場すると「美人令嬢」という設定の女学生が「御結婚なさるおつもり？」と問い、「理想の男子が見つかつたら、モチ、結婚しますわ」という答に「まあ」と呆れ、理想の男子について「スラリと背の高い…」と語るデブ子嬢に「一同はどつと噴き出」す。茂子同様に、デブ子嬢は、「お友達に散々に嘲笑された」。「デブ子嬢」シリーズは、読者の人気を博したのか、翌年の新年号に続編が掲載されている。結婚したデブ子嬢は、デブ子夫人として登場し、歌留多取りの様子が滑稽に描かれる。「肉弾相打つ白兵戦」では、夫を押しのけ、お手付きの罰の墨で汚れた顔で、「お蜜柑を鱈ふく頬張つて」いるデブ子夫人は、読者の笑いを誘う。

〈肥満〉は、しばしば笑いを媒介として貶められる。茂子は、親戚たちが「口を揃えて興がる」ことを「辛い」と思い、同級生に嘲笑され、「嬲りものにされたやうな憤り」が「体内にしん〳〵と浸み入るやうに感じ」、「何といふ恥かしい口惜しいことか」と苦しむのである。茂子は、他者の侮蔑に抵抗する言葉を持たない。同級生の嘲笑に対し、無言で「思ひきり」「鈍重な体を打突け」ることが精一杯で、「突然両手で顔を覆ふ」と「指の間から涙の滴がぽつり〳〵と甲を伝つて流れ落ちた」。姉の非難にも、「ぽろ〳〵とこぼれる涙を腕でぐいつと擦つて」、「もう云はないでよ。済みません」と言い捨て「駆け出」すことしかできないのである。他者の感性を批判せず沈黙する自身もまた時代の美の感性を内面化していると言えよう。

茂子が怖れるものは、他者の「露骨な」言葉や態度だけではない。兄の結婚式に行くことを拒む理由は、親戚が「好奇の眼差しで、とみかうみするであらうと予期して」である。「はじめ愛嬌にして面と向つて笑つた」人々が、「笑はぬ振りをして、腹で笑ふやうになつた」ことが、「最も痛手」と、茂子は言葉よりもむしろその〈眼差し〉に傷付く。〈眼差し〉は、茂子に抵抗する術を与えない。語り手は、茂子の肉体に突き刺さる〈眼差し〉を執拗に追う。姉は、「うんざりした顔をして、肥つた茂子の身体つきを眺めた」。茂子は、姉の「眼差しを鋭く感じ、痛そうに背中を丸めて」、「人だかりの中へ隠れ込む」。満員電車は、束の間の「安住境」で、「骨が折れたが」、「方々から物珍しさうに見られるより」よほど良かった。「観察される心配がなく」、はじめて「気が落ち着いた」。「一人歩きを嫌つて誰か友達と連れ立つことにして、その友達の横に半身を隠すやうにして歩き」、「雑多な人混みの車内に埋まると、肥つた体も世間から隠し終へた気持ちになつて」、ようやく「安堵の溜息を漏ら」す。常時、他者の〈眼差し〉を意識し、それから隠れることしかできないのである。

茂子の肉体の形容には、「異常」の語が用いられる（「異常に肥つて」、「異常さに人々は遠慮して笑はなくなつた」）。茂子の体重は「六十五キロ」で、文部科学省の統計データ(6)によれば、一九三三（昭八）年の一九歳女性の平均体重は四九・六キロである。平均と比較すれば確かに〈肥満〉とされるかもしれない。悩む茂子は、「薬局の劇薬」に手を出そうとする。当時の新聞雑誌では、「やせ薬」の広告が散見され、「ふとり過ぎは見にくいばかりでなく他人からはデブだの豚だのと悪口され」るので、「ゼヒ一度は試み下さい」、「誰にも分からぬやうに発送します[7]」とある。しかし、茂子の〈肥満〉した肉体は、医者である父親が注射を数十回も試みても「少しの効果も現はれ」ないことからも、医学的な「異常」ではないことが分かる。

茂子の肉体に注がれたのは、「硬い常識で張り詰めた」、「世間」の〈眼差し〉である。茂子の〈肥満〉は、医学的な「異常」ではなく、「世間」の「常識」が定めた「異常」である。〈肥満〉が「異常」とされたことには、当時の美の基準が大きく関わっていると考えられる。美の基準は時代によって変わるものであるが、当時、大きな転換点を迎えていた。美の視点が、顔面から肉体へと移行したのである。

一九三一（昭六）年の「近代女性美座談会[8]」を概観したい。「今日まで、美人を云々する時には、顔中心であつたのが、身体全体の美といふことに移つてきた」、「顔ばかり見てゐて、身体全体を見ないといふことは、いけないことだ」という発言がなされている。「新時代の女性美」として理想とされた肉体は、「健康的な曲線美」である。「健康的」といっても、「医者にかゝらないこと、薬を服まなかつたこと、体力が強い」という意味ではないと断りがあり、「これからは、脚、手、胸」、「身体の均整がとれて」いることが重要だと強調される。さらには、身長は「五尺一寸五分」（一五五・八五センチ――引用者注）、体重は「十三貫」（四八・七五キロ――引用者注）とサイズまで指定され、「脚の長い痩せた」、「抽象的にいふとスマート」な女性が「美人」と定められた。背景には西洋映画や洋装の影響があるだろう。雑誌に掲載される「美人令嬢」たちの写真もかつては顔を中心とした胸までの半身像が主であったが、全身像を写したものが増え、身長、体重が付されるものも出てきた。「美人令嬢」たちの体重は決まって「十二貫」（四五キロ――引用者注）前後だ。

美＝痩せているという図式が出来上がりつつあった。茂子は、「自分の容姿として最後に頼めるものは眼」、「他のところはどうなつても、私のこの眼だけはどんな女にも負けやあしない」と考えている。しかし、時代の趨勢は既に肉体美なのである。他者の〈眼差し〉は、茂子の眼でなく〈肥満〉した肉体に注がれる。

肉体と、それに伴う他者の〈眼差し〉の変化は茂子の精神に大きな影響を及ぼした。「誰も彼も、自分を見る人間は悉く自分を嘲笑するやうに見え、用心と敵意をもつて向つた」と強迫観念に捕らわれ、「頭の中は授業中も自分の肉体と運命に就いての考へで一ぱい」、「寝ても醒めても全く肉体や食欲に気を取られてしまつ」た。自己の肉体にしか関心がなくなった茂子は、「何といふ下卑たエゴイストになつたのだろう」と己の変化を「悲しく」思う。以前には、「年に似気ない難しい詩など漁り読ん」でいたにも拘らず、〈肥満〉した今では「高い香り豊なものを求める自由で物足りない精神は全く残つてゐなくなつて」、「新刊書で婦人に関係のある（殊に肉体に就て）の書物」を「耽読」している。卒業後は、「肉体を他者の〈眼差し〉に晒したくなかったのだろう、「殆ど毎日」「自室に閉じ籠つて」いた。「自由」を失くした茂子は、卒業後の将来についても「人並とは別の生活に生きて行く女」とし「諦め」た。「人並」の女の生活としては、結婚が想定されている。美の基準が肉体に移行しつつあったことは男の嫁の選択にも当然反映される。女学校での「旺盛な花嫁！」という嘲笑は、同級生たちの結婚への期待の高まりの中で発生したものであり、家族の露骨な蔑みも「嫁の口もろく〳〵探せやしない」、「花嫁学校へ入れてみたら、或はあんな肥つた子でも貰つて呉れる口があるかも知れない」という「心配」ゆえであった。〈肥満〉した肉体は結婚の障壁となり、茂子は将来への希望を失い、「一そ死んで仕舞つた方がましだと思ふ」。当時の価値観に鑑みれば、結婚の道が絶たれることで、生きる希望が奪われたという感覚に陥るのは否めないことである。〈肥満〉した肉体は、茂子を「美人令嬢」から「可哀想な娘」へ、「幸福」から「地獄」へと墜落させた。他者の〈眼差し〉から「隠れる」という行為は、自らの存在を消し去りたいという気持ちの表れであろう。「幸福」の全てを奪われた茂子は、自らの肉体を「自分のものながら」「仇のやうに憎んだ」。茂子の精神と肉体は分裂し、敵対していた。肉体を憎みながらも、それにがんじがらめにされ、生きる上で何の希望もない茂子にとって、肉体との格闘だけが生きることとなっていたのである。

2 〈眼差し〉からの解放

部屋に引きこもり煩悶していた茂子であったが、「自分の肥り過ぎた肉体をこなす為めにどんな苦行もしやう」、「自分の体を思ひ切り揉み細める」という決意の下、「単身」岐阜の山村へと出発する。思い悩むことしかできなかった茂子が、「随分思ひ切つたこと」をした。目的地に近付くと、「全く違つた世界に入つて来た想い」に至り、「片唾を呑ん」で、「愈愈自分には別な生活が始まる」と覚悟を固める。これは、テクストの題名にされたダンテ『神曲』[9]における「ますぐな道を見失い、暗い森に迷いこんでいた」ダンテが、「主の山」のはるか上に「人を正しく導くあの光」を見出し、頂上を目指すことと重なる。山路を辿り始めたダンテは次々と現れる野獣に行く手を阻まれたが、茂子にも早速試練が待ち受けていた。吊り橋である。「しね〱と橋板は撓み」、「ゆらん〱と水平動と上下動との入り混つた妙な揺れ方で茂子の身体を鞠のやうに翻弄し」た。茂子にとって、「吊りが切れるといふ脅え」は「どうにもならない絶対絶命の境地」であった。「吊りを痛いほど握りしめ」、「「誰か来て」といふ叫びが咽元まで来て」いた。心中には、「呪ひの言葉」が去来し、「一たい誰が、こんな目に自分を遭はせるのだ」と、「肥らされた自分」が「自分を虐げる」ものとして真先に浮かんできた。かつての茂子であれば、沈黙し涙を流し、橋を渡るのを「諦め」るだろう。そして自分を「絶対絶命の境地」に陥れた〈肥満〉の肉体を「憎んだ」に違いない。しかし、茂子は「妙に、暁のやうな気持ちの変換を感じた」。「意地が涌」き、「揺れるなら揺れろ、切れるなら切れ落ちろ、どうせ向ふへ渡るより外に自分の行くところがないではないか」という捨て身の覚悟が生まれてきた。「歯を喰ひしばり」、「草履に力をこめ」、「自分を虐げる」〈肥満〉した肉体に挑むかのように「一つ一つ踏みしめ〳〵進んだ」。橋の向こう側には、「自由」を束縛され将来を「諦め」肉体のことのみに執着する生き方とは「全く違つた世界」が広がっているという想いが、茂子を奮い立たせたに違いない。橋を渡り切った茂子の胸には、「快感」と「次ぎの冒険を待ち望む元気」が涌き、「振り返つて吊橋を睨み付け」た。橋を渡る以前の自分への訣別である。

橋を自力で渡り切った経験は意味深いものであったが、全てが「変換」されるわけではない。茂子は、山村にやってきた後も、「丸い大きな身体を成るべく小さく纏めて改札口を滑り出」たり、「通行人が一人もないので自分の肥つた体に目をそばだてられる憂ひはなかつた」と〈肥満〉した肉体に注がれる他者の〈眼差し〉を怖れており、到着した夜に不思議な夢まで見る。夢の中で茂子の肉体が「みる〳〵膨らんで」、「こんな畸形の自分を人に見られては堪らない」、「早く身体を縮めたいと焦るが段々膨れる、さらに「人間の眼だけが四つ五つ、周囲の宙に浮かんで自分を探し廻つてゐる」。眼だけが自分を見つめ、それに追いかけられるという夢からは、茂子の強迫観念がいかに深刻なものであったかが窺える。都会から逃れてきても、茂子が他者の〈眼差し〉から解放されることはなかった。しかし、山村の人々の〈眼差し〉は、茂子がこれまで受けてきたそれとは明らかに異なった。出迎えの下男には、「突出した瞳で自分の肥つた身体を見廻はされた」が、「軽蔑の眼差しではなかつた」。叔父は、「成程、よく肥えてるなあー」と「体を眺め廻」し「無頓着」な「笑ひ」を示すが、これは都会で受けた嘲笑とは異なる。伯母は、「本当に丸々肥つて」と言いながら「差し出した右手で茂子の背を撫でさす」。人々に「よくおいでなすつたね」と歓待され、〈肥満〉した肉体は、蔑まれることはなかったのだ。一歳年下の従妹の雪子にいたっては、茂子の〈肥満〉した肉体に魅了すらされている。雪子は、「何といふしなやかな愛感の鬱積してゐるもの、量感だらう」と感嘆し、「停ち竦」むほどの「沸き立つ歓喜」を感じ、茂子を「美しい娘」とした。都会とは異なる美の感性を蔵する人々の〈眼差し〉は、凝り固まった茂子の精神をほぐしていく。茂子は、「自分に好意を持つ人々を周囲にして自分の冒険的な生活も兎も角安全に始まるのを思つて心強く」なる。

自分の足で橋を渡り、人々の好意的な〈眼差し〉に触れ、同時に山村の自然の雄大さにも感化され、徐々に精神が解き放たれていった茂子は、積極的に行動を起こす。「自分をこれ程までになやめるこの体に驚くべきトレーニングを加へて大恐慌を加へてやろう」と決意し、山へ入っていった。はじめは少し登ったところで「足が言ふことをきかなくなつ」て、「息が切れ動悸が烈しく」なったが、回数を経るごとに上へ上へと力強く登ることができるようになる。科学的自然方法の本で推奨されていた獣類のように四つ足で動き回る運動法を試み、登るだけで精一杯だったにも拘らず、太い薪を沢山背負い下山するようになる。足腰に疲労が蓄積されたが、「元気を出して」、山でのトレーニングに勤しんだ。そして、茂子は次第に「疲れた色も見せず、目立つて陽に灼けた顔を緊き締め」「だぶついた贅肉は振り落されて引き緊つた太り肉の精悍な娘に変化しつゝあつた」。

変化した茂子の「陽に灼けた顔」「太り肉」の姿態は、都会の美の基準から逸脱することに注意したい。「太り肉」がとりわけ倦厭され始めていたことは前節にて指摘したが、「陽に灼けた顔」も嫌悪の対象である。狂信的と言えるほど、色白の肌が信奉されていた。婦人雑誌では、白粉や美白クリームの広告が常に掲載され、美容ページの筆頭は美白特集が占める。少女雑誌の表紙は、中原淳一の描く手足の長い陶器のような蒼白い肌の少女たちが飾った。婦人たちに子供が産める頑強な肉体が求められ、少女たちに健康が称揚されるようになるのは日中戦争突入後のことである。(10) 茂子は、痩身していない上に、美の大敵である日焼けまでもしてしまった。さらなる苦悶が始まるのかと思いきや、そうではなかった。


茂子は自信のある笑顔を老人達に振り向けて黙つてゐた。

理想の美の基準から逸脱したにも拘らず、茂子は「自信のある笑顔」を浮かべたのである。「幸福」であったとされる「美人令嬢」時代も、「美人」と他者に言われると「当たり前」と思うほど「自信」があった。しかし、茂子は「美人令嬢」としての「自信」を取り戻したのではない。「美人令嬢」であった頃は、「内部から光を照らしてゐる白い肌と、若駒のやうに敏感で均勢の整つた体躯」であったので、現在の肉体とは乖離する。茂子の「自信」は、「美人令嬢」としてのそれとは全く異なるだろう。

山村に到着した直後、山村の人の「土に食ひついて歩くといふ実質的な歩き方」を目の当たりにした茂子は、自分はこれまで「見栄も外聞もなく」歩いたことは「一度もない」と気付く。「嬌姿を作つてみたり、誇りの精神に合ふ踵の上げ方をしたり」、「物心ついてから多くの人間を相手に歩いて来た」という想いに至る。「美人令嬢」としての「自信」は、他者による称賛の〈眼差し〉に依拠したものだった。茂子は、肉体が〈肥満〉した後も、顔には絶対的な「自信」を持っていた。度々鏡を見ては、「自分の顔が世界中で一番好きな顔」、「自分で自分の顔が好きで堪らな」いとする。鏡中毒の茂子が確認したかったのは「美人令嬢」の顔である。「肥つた体に悲観しても、その肥満が自分の顔だけは醜くさせてゐないことにいつも心を和らげられ」た。茂子の自己愛は健全なナルシシズムではあるまい。心理学者のリタ・フリードマンは、ナルシシズムについて「正常なナルシシズムは、外から押し付けられたのではなく自分の中から生じてきた肯定的な身体イメージを育てる」とし、「不健康なナルシシズム」は、「見られることだけに自分の価値を集約してしまったりする」[11]と説明する。「美人令嬢」とは、まさに究極の「外から押し付けられた」理想美である。茂子は、他者に「美人」として見られることだけが自己の価値であるかのように錯覚していたのではないだろうか。

鏡と同様に依存したのが、化粧である。人間の眼に追われる夢の中でも、「手早く、お化粧したなら、その眼に見つからない」とし「早くお化粧だ、お化粧だー。」と叫ぶ。化粧で造り出すのは、他者の〈眼差し〉を欺く「美人令嬢」の仮面だ。白粉の香は茂子の「心を慰めた」。理想化された美を体現する「美人令嬢」の枠内にいれば安全である。しかし、安全は同時に束縛をも意味する。茂子は「美人令嬢」であった自己を「自分の容姿に対して何の懸念もないだけに、こゝろは自由に空間を駆け廻つて」いたと振り返り、「高い香り豊なものを求める自由で物足りない精神」を持ち、「希望」に満ちていた自己に「立ちかへり」たいと希求した。しかし、他者の称賛の〈眼差し〉を自己の価値とし、それに依拠し、白粉で塗り固めた仮面で本来の自己を隠さなければならないことは真の「自由」ではない。都会で生きていれば、社会の価値観の影響を受けない肉体の認識はありえないだろう。茂子は「美人令嬢」としても、抑圧されていたと言える。

「全く違つた世界」にやってきて、他者の偏向する〈眼差し〉から解放された茂子の歩き方は「手足や腰の格好もかまはずに、たゞ盲動的」になり、「顔や手足に赤い血線を引いた引つかき傷」が付くが、気にも留めない。そして、鏡を覗くことも化粧の儀式もいつの間にか止んでいた。鏡を覗く行為はギリシア神話に登場するナルキッソスを想起させるが、茂子は美に溺れることはなかった。茂子が見せた「自信のある笑顔」は、「よくもかうまで自分を鍛錬出来た」という「喜び」に起因している。「美人令嬢」としての「自信」は、他者の〈眼差し〉に依拠し、自らの努力によって獲得したものでも内から湧き上がってきたものでもなかった。〈肥満〉に悩む折、「誰かに、何かに向つて救ひを求め」ていた茂子が、「捨て身になつて自分自身で行動を創造していく」と決意し、自分の力で変わることで「自信」を得たのだ。見られることだけに自らの価値を還元することはなくなりつつあり、本来の自己を見出し、自らの手で「自由」を摑もうとしていたのである。

3　価値の転倒

ようやく肉体の呪縛から解放されたと思われた茂子であったが、周囲の状況に異変が起こる。勘助という男の登場が契機となった。村では森の神である氏神と先祖の霊が信仰されていたのだが、勘助は、氏神の神殿を壊したので「罰当たり」として村人たちからつまはじきにされ、村から追いやられていた。村人の罵りや蔑みに、恨みを募らせていた勘助は、「突然現はれた全く違つた種類の女性」である茂子を「絶望の自分を慰め、励まして呉れる者」だと「信じ切」り、「神聖の女神」とするのである。茂子と邂逅した勘助は「涙」を流して感動し、「あなた様さへこの山の中にゐて下されば私はもう百萬の味方が出来た」、「神様ですよ。あなた様は」と縋る。そしていたどりを「お喰べ下さい」と、「恭しく茂子の前に差し出した」のである。山に入る際に茂子は「私は外来人だ。この氏神と墓場との守護を離れて更に上段の山奥に登りたい」としていたのだが、はからずも勘助には、茂子が村を守る氏神や祖先の霊を超越する尊大で神々しい、自らを救済する山の女神に見えたのである。山の神について、佐々木高明『山の神と日本人』[12]によれば、「山の神が女性であるという考えは全国にひろく分布し」、「女性とみなす例が圧倒的に多い」、さらに「山の神の祭りには女は奉仕しない。男ばかりで祭りをやる」ということだ。男である勘助が茂子を崇め奉る構図と重なる。そして、山の女神、茂子をめぐって男たちの欲望が争いを繰り広げることとなった。山にやってきた村の男たちは、勘助に向って「茂子さんのそばへ寄るんぢやないぞ」と「大声で怒鳴つた」。「お前たちこそ帰れ」と動こうとしない勘助に、村の男は「憤懣して」「弾丸のやうに」向かっていく。「愈々血を流す場面が今にも始まりさうであつた」。茂子は「陰から男たちの喧嘩を当惑して眺めてゐた」が、ついに声を放つ。

「嫌です！」茂子は衝動に駆られて叫んだ。（中略）半分やけ気味の向ふ見ずになつて、男達の間に進み出すと、胸の中から絞り出すやうな声で、「私嫌です、嫌です、嫌です、嫌です」

茂子は「必死の望みをかけて撰んだ場所なのに、早くも踏み荒らされてしまった」と「打ちひしがれた」。ようやく「自由」を得たかに思えたのに、束縛へと振り戻されてしまったことに対する吹き上がる怒りであった。

勘助が茂子を山の女神と妄信した理由は、茂子の肉体にあった。「丸く肥満した」肉体、「膨らんだ弾力のある体」に惹かれ、「神様ですよ。あなた様は。福々しく肥っておいで、」と、〈肥満〉が「神様」であることの根拠とされる。古来より、大地に豊饒の恵みをもたらす大地母神は豊満な肉体として形象化されてきた。吉田敦彦は大地母神に共通する明確な特徴として「乳房、腹、尻、女性器など、子どもを妊娠して生んで育てる、母親としての働きに肝心な部分が、極端に誇張され、現実にはありえないほど巨大に表されている(13)」点を挙げている。勘助は、茂子の〈肥満〉した肉体に、苦境にある自分を救済し、慈愛する大地母神の姿を見出したのであろう。対する茂子は勘助の狂信的な礼賛の〈眼差し〉をどの様に受け止めたのだろうか。「あらゆる感情を征服して漸く荒行苦闘に自信が出来かけた途端に、変な男がまつはり出した」、「眼の前から除け度くなつた」と、獲得した「自信」を抑圧する存在として危機感を抱いている。侮蔑であろうが礼賛であろうが、他者の一方的な〈眼差し〉が茂子を拘束することには変わりない。大地母神の像が「顔面などほかの部分の表現は、省略されたり簡略にされている(14)」ことに表れているように、勘助は象徴の女神としての肉体にのみ執心し、人としての茂子の内面に目を向けていない。「美人令嬢」であった時も、〈肥満〉した後も、〈眼差し〉を向ける他者は肉体を自らの都合で勝手に称賛したり、嘲笑したり、礼賛したりした。そして、茂子の内にある感情や考えは無視されてきたのである。茂子の放った「嫌です」という言葉は、「世の中も人生も自分の体も全部嫌だ」という意味であった。これは、肉体ではなく、その内にある自己を見つめて欲しいという悲痛の叫びではないだろうか。この叫びは、非常に重要な分岐点だと捉えられる。肉体を嘲笑されても侮蔑されても黙っていることしかできなかった茂子のままであれば、男たちの闘争を眺めるに留まるはずだ。しかし、茂子は沈黙を破った。前節において、茂子が自己の力で「自信」を獲得し、本来の自己を見出しつつあることを指摘したが、その変化があったからこそ、自己の感情を他者に向けて表出できたのである。

この発言以後、自己の肉体のことばかり考える「エゴイスト」であったはずの茂子が、他者に対する公平で広い視野を持つようになる。勘助について、村人の「半狂人ぢやから何をするか判つたものぢやない」という考えを「頑固な概念」とし、「救ひを乞ふたに過ぎなかつた」と冷静に見極め、いきり立つ村人たちに「いたどりを持つて来て呉れただけでした」と告げる。そして勘助と村の男両者の負傷を自分の「責任」とし、村人を見舞い、勘助のところへ見舞いに行けなかったことが「気になつて眠れなかつた」。村の処女会への出席依頼に対しては、「勘助は茂子様を裸にしてゐた」という村の風評を伝え聞き、欠席すれば「風評を更に確信させることになる」とすぐさま出席を「決意をした」。勘助へのぬれぎぬも自己に対する誹謗も「許すべからずもの」であった。他者の〈眼差し〉を恐怖する茂子にとって、大勢の人が集まる場に出て行くのは勇気のいることだ。さらに、スピーチもしなければならず、「息が付けない程の圧迫を受け」、「恐怖心さへ興して容易に腰が上げられない」。「無我夢中で立ち上が」り、やっとの思いでしたスピーチは、村の自然を称える内容であったが、心の中で「私はこゝの自然を賞讃した、然しこゝの人達を讃めはしない」と繰り返した。精一杯の抵抗であった。

茂子は、村人たちの「肥り過ぎた体に対する悪評」や「勘助事件にからんだ自分への誹謗」が、「一番大切に守つてゐる感情の自由を圧屈させた」と落胆する。「自由」を抑圧する他者の〈眼差し〉に「嫌気がさし」、山村での生活が「不愉快になりさうな予感」がしていた矢先、土橋が落下するという惨事が起こり、勘助が犯人として疑われた。捕えられた勘助の「貴方様に会ひたくて、幾度もこの山に来ましたが、面目なくて、いつも隠れて覗いているだけでした。それでも私は仕合せでした」という声は、「茂子の頭上をかすめたに過ぎなかった」。勘助の一方的な礼賛の〈眼差し〉は束縛以外の何物でもなかったのである。

茂子は結果的に「痩せなかつた」。しかし、帰京した茂子を待ち受けていたのは、〈肥満〉した肉体の価値の転倒である。家業を継ぐ次兄の卓朗は病に倒れ、「痩せ果てた身体」と化していた。卓朗は茂子の姿を一目見るなり、「お前の肥満は天の恵み」とし、「痩せやうなんて考へるのはお止し」と訴える。慰めや励ましではなく死の床に伏した者が、健康な肉体を「羨ましい」とする「切実」な言葉だった。卓朗の痩せ衰えた肉体と「切実さ」に圧倒された茂子は、「今まで一度だつて考えたこともなかつた考へに卒然と眼を覚まされた」。

自分の肉体的矯正などばかりに腐心してゐた今までの自分よりももつと全体的な生活の軌道に自分全体を自然に有のまゝに載せて行くのが本当かもしれないのに！

内から湧き上がる強い想いであった。村で得た「自信」が瀕死の卓朗の存在を契機に結実したと言えよう。敵対し分裂していた茂子の肉体と精神は統合され、「有のまゝ」の自己を受容することができたのである。長きに亘って肉体との闘いの中に閉じ込められてきた茂子は自己を解放し、前向きに行動していく。まずは家業の診療所を盛り立てようと懸命に働く。茂子の「潑剌」とした姿は、「急に変つた」という印象を周囲に与えた。医院は結局没落するが、〈肥満〉のせいで家族の中での存在価値を見出せなかった茂子が、最後まで「一人」「医院の守り立てに気負つた」のである。続いて嘲笑され辛い思いをした女学校の同窓会にも参加する。「肥満した体が暫く別れてゐた友達に事新しく見られる」ことが一瞬頭をかすめるが、「友人達の変化や実社会の経験を見聞する機会を失ふのもひどく惜しい」という積極的な想いが勝る。同級生たちは一斉に茂子に近付き、「われ等の力! 栄ある肉体!」、「痩せちや駄目よ」、「いつまでも肥つてゐてね」と「興奮の叫び声」を挙げた。卒業後、急激に環境が変化し不安を抱える彼女たちにとって、茂子の肉体は心弾んでいた女学校時代を思い起こさせる「懐かしい」ものだった。「玩弄化された軽い怒り」を感じるが、「有のまゝ」の自己を受容した茂子には余裕があった。かつての侮蔑から称賛に転じた同級生たちの「勝手な喜び」に、「痩せて来ると思つたの。お生憎様」と「屹立つて」告げる。

さらに、不意な縁談話までが持ち上がる。通学の電車で乗り合わせ茂子を「凝視」していた青年紳士が、実は茂子を見初めていたということが明かされるのだ。他者の眼に追われる夢で、「数個の人間の眼は集つて、くる〳〵と渦を巻き、仕舞に」電車の男の眼となっている。かつて茂子は、一生独身で暮らすと結婚を諦め、「がつかりして途方に暮れ」ていた。茂子にとって、多くの他者の〈眼差し〉の背後にある「一つの大きな眼」とは、嫁として自らを選ぶ男の眼であり、それに最も囚われていたと言える。「とても都合の好いこと」に、男が結婚したいとする理由が、茂子の「体格」にあった。障壁と思われた〈肥満〉した肉体が一転し、「幸福」の鍵へと化したのである。〈肥満〉の価値が完全に転倒し、結婚の機会が舞い込んできたところでテクストは閉じられる。

茂子が結婚式に行くことを拒む場面から始まり、縁談話で終わるという本テクストは、一見すれば大団円の単純なビルディングロマンスなのだが、テクスト末尾を看過してはならない。

> あの方の家の者はみんな痩せつこちで弱いから、あんたのような肥つて活き〳〵した人を貰つて自分の血統に鬱勃とした力を加へたいとも云つてらしたわ

ようやく肉体の呪縛から解き放たれ、「有りのまゝ」の自己を受容できたにも拘らず、茂子は再び拘束されよう

としていた。これまでの他者同様、求婚してきた男もまた、茂子の肉体にのみに惹かれ、内面にまで、〈眼差し〉を注いではいない。「血統に鬱勃とした力を加へたい」という望みは、明らかに産む性としての茂子への期待である。

テクスト発表年である一九三七（昭一二）年に視線を転じてみたい。盧溝橋事件後の戦時体制下、「産めよ、殖やせよ」と多産が奨励され、母性が礼讃されるようになると、理想の女性像は一変し、豊満で健康な肉体が求められる。茂子の肉体は理想そのものだ。また「みんな瘦せつこちで弱いから、あんたのような肥つて活き〳〵した人を貰つて自分の血統に鬱勃とした力を加へたい」という要求は、良質の遺伝形質を保って、子孫の素質を優れたものにするという優生思想を背景にしていると考えられる。テクストの最終回が掲載された翌月、一九三八（昭一三）年一月、母子の生活を守るべくして母子保護法が公布され、人口増加と体位向上を目的として厚生省が設置される。戦局が進むにつれ、多産の奨励と優生運動は高まりを見せる。

「優生」運動が活発化し（昭和九年頃より——引用者注）、政府は人口増加策（中略）を推進する一方、「国民優生法」（昭和一五年五月公布——引用者注）を制定し、「劣等人種」を規定し出生を阻止（「断種」）した。「健全・優良な人種・民族の増加を鼓舞する一方で「劣等人種」の断種を強制するダブルスタンダードの人口政策（後略）[15]

茂子に求婚した男の言説は当時の国家政策と重なり合う。テクスト内時間のジェンダー規範から逸脱していた茂子の肥満が、最後の場面で、発表時のジェンダー規範にされていくと言えよう。

おわりに

茂子の肉体は、時代の求める美の感性に基づく他者の〈眼差し〉に晒され、身勝手な思惑に翻弄されてきた。〈肥満〉する以前は羨望、〈肥満〉した後は侮蔑され、山では極端な崇拝を受けた。肉体は「美人令嬢」、「異常」な〈肥満〉、「女神」と偶像化され、その眼差しが茂子の心にまで注がれることはなかった。他者の〈眼差し〉を内面化する茂子は、それに応じて、自信と自己嫌悪、自由と束縛の間で揺れ動く。

山村で他者の〈眼差し〉から解放され、自分の力で自信と自由を獲得、「嫌です」と自己の意志を示した後には主体的に行動するようになり、ついには「有のまゝ」の自己を受容した。肉体と精神の葛藤は止み、肉体の呪縛から解き放たれた茂子は、他者から見られることだけを自己の価値とみなすことはなくなるはずであった。しかし、〈肥満〉の価値が、テクスト末尾で転倒し、求婚する男によって、再び茂子の肉体は、「子供を産むことを目的とした健康で豊満な肉体」という枠組に閉じ込められようとする。しかも、茂子は、それに抗うことなく「至極当然のこと」と考えてしまう。「有のまゝ」の自己を受容し、自信と自由を獲得したが、意識の深層において、「産めよ殖やせよ」という国家政策から逃れることはやはり困難であった。美しさや理想といった人々の感性さえも時代の制度に呪縛されていくのである。本テクストでは、時代の波に飲み込まれ、苦しみながら揺らがざるを得なかった女の実相が描かれていると言えよう。

注

(1) 七曜社　一九五三・二

（2）『岡本かの子全集』第三巻（筑摩書房　一九九三・六）
（3）「フランスの女流飛行家がイルズ嬢であつて」「日本の羽田へ華々しく飛んで来て」とある。イルズ嬢はマリーズ・イルズを指す。イルズが来日したのは一九三三（昭八）年四月であり、テクストでは女学校卒業試験前から同窓会までが描かれるので、テクスト内時間は、一九三三年三月から一〇月までと定めることができる。
（4）新潮社　一九九二・三
（5）「肥つてゐた私はどんな方法で痩せたか」（『主婦之友』一九三三・七）
（6）『我が国の教育統計――明治・大正・昭和・平成』（財務省印刷局　二〇〇一・二）
（7）東京市小石川町の鶴岡薬品部の広告。『婦人倶楽部』（一九三四・一）掲載。
（8）『婦人画報』（一九三一・四）
（9）引用は、ダンテ・アリギエリ著　寿岳文章訳『神曲』（集英社　一九八八・六）による。
（10）今田絵里香『「少女」の社会史』（勁草書房　二〇〇七・二）では、日中戦争を境に総力体制に突入すると、国家のために労働する少女・戦闘する少女が描かれるようになり、「少女はすべて丸々とした頬にふくよかな体つき、日焼けした肌を持つようになっている」と指摘されている。
（11）常田景子訳『美しさという神話』（新宿書房　一九九四・三）
（12）洋泉社　二〇〇六・二
（13）吉田敦彦『日本人の女神信仰』（青土社　一九九五・九）
（14）注（13）に同じ。
（15）吉川豊子「産めよ殖やせよ／産児調節運動から国民優生法へ――母性の奨励と優生思想」（岡野幸江・北田幸恵・長谷川啓・渡邊澄子編『女たちの戦争責任』東京堂出版　二〇〇四・四）

第三章　『娘』——室子の〈空腹感〉——

はじめに

『娘』（初出『婦人公論』一九三九・一）は、発表翌月に逝去したかの子の最晩年の作品である。主人公の室子はスカルの選手として形象化されており、その肉体は、川端康成によって「ナルチシズムの恍惚と戦慄」、「美の一つの極限」、「霊界へ射し通る稲妻」、「大自然と肉体との融け合ひでもある[1]」と指摘されてきた。

テクストは、室子が〈空腹感〉によって目覚める場面から始まり、父の妾の子である蓑吉との交流、スカルへの熱情、コーチ松浦への想いが描出され、スカルを漕ぐ室子に迫ってきた青年の艇との競り合いの末、気を失い、室子が青年に抱き起こされるという末尾で閉じられる。

スカル選手としての肉体美はあますところなく描かれているが、「霊界へ射し通る稲妻」という幻想的な美しさだけで室子を図り知ることはできない。先行研究では看過されているが、室子は単に「スカル選手」であるだけでなく、「鼈甲屋鼈長の一人娘」でもある。本論では、日中戦争下という時代背景に留意しつつ、スカル、蓑吉、松浦に対する室子の想いを中心に検証することによって、冒頭に示され、テクスト全体を貫くテーマであると考えられる室子の〈空腹感〉の内実を明らかにしていきたい。

1　スカルの選手

まずは、室子が熱心に打ち込む「スカル」がどの様な競技であるかを確認していく。

日本でスカルといへば「小さい艇」と「小さい橈」との総称である（中略）滑席艇の中で最もとつつき易い艇である。また、一人漕ぎであるから自由な時に出艇し、自由に漕ぎ終ることが出来るから、練成の機会の少ない女子用として特に推奨する。(2)

スカルは、最も小さい一人用のボートで、「日本では「あめんぼう」が一番実感的な呼び方(3)」とされるように、小回りを利かせ、水上を自由自在に動き回ることができる。オールを二本使用し、両手で漕ぐ。舵のないスカルは、速度とともに、方向にも留意しなければならない。ボートは複数人で漕ぐ競技が主だが、「スカル競槽は一人気強くむらなく漕ぐのが良い(4)」のである。

テクスト冒頭の場面を見てみたい。室子を目覚めさせたのは、「空腹」であった。

パンを焼く匂ひで室子は眼が醒めた。室子はそれほど一晩のうちに空腹になつてゐた。腹部の頼りなさが擽られるやうである。くく、くく、といふ笑ひが、鳩尾から首を上つて鼻に来る。それが逆に空腹に響くとまたをかしい。くく、くく、といふ笑ひが止め度もなく起る。

室子は、「下唇を痛い程噛んで」も止まらない「空腹の原因」を「突き止めた」。

いくら上品にするといつても、昨夜の結婚披露宴会のあの食事のあり方は、少し滑稽だ。皿にはデコレーションの嵩ばかり実になるものは極くすくない。室子はそれに遺憾の気持ちが多かつた（後略）

スカル選手の室子にとって、沢山の食事を摂り、栄養を蓄積することは重要なことなので、不足があれば、「遺憾の気持ち」が湧くのは当然である。「空腹」に耐え、「身体を、寝床から軽く滑り下ろした」室子は、「窓のカーテンを開ける」。室子は、眼下に広がる隅田川を見て、「それがほゞ八分の満潮である」と判断する。「スカルの漕ぎ手」室子には「一眼で判る」のだ。目覚めた後、すぐに隅田川の潮の満ち引きを確認する室子の日常は、「スカル」一色である。

室子はスカールの覆ひ布を除つて、レールの端を頭で柔かく受けとめた。両手でリガーを支へてバランスに気を配りながら、巧に艇身を回転させつつ渚へ卸した。そのまゝ川に通ずる石垣の角まで、引ぱっつて行く。オールを入れて左右のハンドルを片手で握り乍ら素早くシートへ彼女は腰を滑り込ます。ローロックのピンを捻ぢると、石垣へ手をやり、あと先を見計らつて艇を水のなかへ押し出した。

「もの馴れた敏捷な所作」でスカルを扱う様子からは、室子が日常的に熱心にスカルの練習をしていることが窺われる。室子は、「スポーツや勝負の激しさ」を身を持って知っていた。

室子は、「水上選手権」で好成績を収めている。「勝負」に勝つ為のスカルの猛特訓の様子を、同じボート競技を題材とした自伝的小説、田中英光『オリンポスの果実』（初出『文学界』一九四〇・九）で確認したい。『オリンポスの果実』は、一九三二（昭七）年に開催されたロサンゼルスオリンピック大会を舞台としている。

ぼく達（日本代表の早稲田大学クルー達――引用者注）は、向こうの新聞に、オォバアワアクであると、批評されたほど、脇目もふらずに練習を重ねるのでした。外国のクルウが、一、二回コオスを引き、それでも、隅田川にいた頃に比べれば、軽すぎるほどでした。（中略）どんな練習にも、全力をあげ、精も根も使い果し、ゴオルに入って「イジョオル（Easy-oar）（「漕ぎ方止め」の号令――引用者注）がかかると、バタバタ倒れてしまう日本選手の猛練習振りは、彼等（外国人――引用者注）には、全然、非科学的にみえるようでした。A crew of Coxswains（舵手だけのクル――引用者注）とぼく等は彼地の新聞に、一言で、かたづけられていたものです。(5)

早稲田大学のクルーであった主人公が取り組んでいた「非科学的」で「オォバアワアク」、「猛練習」という言葉に表されるような、ただひたすらに漕ぎ続けるという練習方法を室子も日々行っていた。

ただ一つのものが漕いでゐる。無限の空間にたつた一つの青春がすい〳〵と漕いでゐる。いつの頃から漕ぎ出したのか、いつの頃には漕ぎ終るのか、それも知らない。ただ漕いでゐる。石油色に光る水上に、漕いでゐる。

室子は、自らの肉体を「まるで海驢のやうだ」と感ずる。「漕艇用のスポーツ・シヤツに着換え」ると、室子は「海驢」に変身するのである。

逞しい四肢が、直接に外気に触れると、彼女の世界が変つた。それは新しい世界のやうでもあり、懐かしい故郷のやうでもあった。肉体と自然の間には、人間の何物も介在しなかつた。

艇を漕ぎ始めると、「海驢」の室子は、「人間」としての意識を失う。身体だけではなく、精神にも特別なものが作用していた。

精神の集注は、彼女を追つた意識の世界へ追ひ込む。両岸、橋、よその船等、舞台の空幕のやうに注意の外に持ち去られる。ひよつとして競漕の昂揚点に達すると、台風の中心の無風帯とも見らるべきところの意識へ這入る。ひとの漕ぐ艇、わが漕艇と意識の区別は全く消え失せ（後略）

スカルは、室子を俗世の喧騒や煩雑さから解放し、無意識の境地に至らしめるものであった。スカルに没頭する室子は、「自由で、独自で、自然」なのである。

「自由で、独自で、自然」な室子は、若い女性の多くが囚われる結婚についても「あまり気にならなかつた」。室子が「空腹」で目覚めた日の前夜は、「結婚披露宴」であった。

かなり沢山招かれた花嫁の友人の皆が既婚者であり、自分一人が独身者であったといふことさへ、あまり気にならなかつた。却つて傍の者達が、室子一人が独身であることを意識してかかつてゐる様子を見せたり、おしやまな級友は、口に出して遠回しに、あまり相手を選り過ぎるからだなどと非難した。

女の集団の中で、たった一人の独身者という異端の存在であっても、「独自」の生き方をする室子は、それを気に留めなかった。周囲から好奇の目を向けられたり、「非難」されても決して気に病むことはない。「自分の張り切つた肉体の表面だけで滑つて仕舞つて」とスカルの訓練で鍛えた弾力と、ぬめった「海驢」の肉体で、世間の詮索や噂話をもろともせずに、しなやかに跳ね除ける。室子はそんな自分を「普通の女の情緒を、スポーツや勝負の激しさで擦り切てしまつた」のだと分析した。当時の「普通の女」の多くは結婚を望んだであろう。しかし、室子が人生を賭け、熱情を注ぐものは、結婚ではなく、あくまでスカルなのである。先に述べたように、室子が結婚披露宴で「遺憾の気持ち」を感じたのは、「自分一人が独身者であったといふこと」ではなく、「食事が」、「実になるものは極くすくない」という理由からだった。室子の生活の第一義にはスカルがある。

結婚しない室子への友人たちの「非難」は、時代状況から考えれば決して不思議なことではない。テクスト内時間は、「支那事変の影響」という表現から、日中戦争開戦の一九三七（昭一二）年七月からテクスト発表年の一九三九（昭一四）年一月までの間と定められる。テクストにも蓑吉が「しきりに戦争の絵本かなにかに見耽つている」[6]とあるように、時代は日中戦争一色に染まっていた。「徐州の敵早くも総崩れ」、「漢陽も遂に落ち　凱歌・全支を壓す」[7]など連日、戦況が新聞を賑わしていた。そして、婦人雑誌には、「軍国の母」の文字が躍る。「軍国の母の力日本兵の強いのは母親が強いからだ‼　母の力こそ国を興す力だ‼」[8]とされ、日本の女性の最大の務めは、結婚をして子供を産み、強い戦士を育て上げることであるという規範が、女性たちに擦り込まれた。非常時に、国家の意図に背き、結婚しない室子は、非国民であり、「非難」の対象となったのである。

スカル選手としての室子は、「スポーツや勝負の激しさ」に身を置きながら、厳しい練習に打ち込んでいた。それは室子にとって、決して辛いことではない。室子は、「独自」の人生に邁進し、時代の規範に縛られることなく、「自由」なのである。とりわけ、日中戦争下にあって、「独身者であること」が「気にならない」室子は、体制の要請に動じることのない「自由で、独自で、自然」な女性と言えよう。そして、室子を「自由で、独自で、自然」にするものこそが、スカルである。スカルは、室子を室子たらしめるアイデンティティの中核をなしていたと捉えられる。先にみたように、テクスト冒頭で示された〈空腹感〉は、スカル選手としての生理的渇望であり、室子の生活、人生観の全てがスカルを基盤としていることを暗示している。室子の人生を貫く〈空腹感〉とは、少しでもスカルを上達させたい、勝利を得たいという野心であると考えられる。

2　鼈甲屋の一人娘

室子は、「スカル選手」であると同時に、鼈甲屋の一人娘でもあった。家業は、江戸時代、しかも「徳川、天保の改革」の「前からあつた」鼈甲細工の店である。鼈甲屋という特殊な商売は、常に時代の波の影響を受けた。特に日本と外国との関係を直接的に反映した。

明治初期に鹿鳴館時代という洋化時代があつた。上流の夫人令嬢は、洋髪洋装で舞踏会に出た、庶民もこれに倣つた。日本用の鼈甲を扱つて来た室子の店は、このとき多大な影響を受けた。明治中期の末から洋髪が一般化されるにつけ、鼈甲類はいよ〳〵思はしくない。

室子の父は、家業を建て直すために海外貿易に活路を見出したのだが、「昭和五年に世界各国は金禁止に伴つて関税障壁を競ひ出し」、「鼈甲製品の販路もほとんど閉ざされた」。作品内時間においては、家業はどうなっているのか。

支那事変の影響は、一方、日本趣味の復活に結婚式の櫛簪等に鼈甲の需要をまた呼び起したと共に、一方大陸への捌け口はとまつた。商売は痛し痒しの状態であった。

時代が、欧化主義と日本回帰に揺れ動く度に、鼈甲屋は禍を受ける。日中戦争下、商売がどう転ぶのか判別できず、さらに打撃をもたらしたのは、「盛んになつた模倣品の進出」であった。「根に模倣品に対する軽蔑がある」室子の父は、「店を小規模にして、自分に執着のある本鼈甲の最高級品だけを扱ふ道を執らうと決めてゐる」。家業は、まさに分岐点を迎えている。室子は、江戸時代から続く旧家の唯一の跡継ぎであり、かつ家業の転換期を担っていかなければならない立場にある。しかし、両親は、「今更婿養子をとつても、家業が家業なり、室子の性質なりで、うまく行くまい」と考え、室子に家業を継がせるつもりはなく、「見合ひ」をさせる。

母親はわが事のやうに意気込んで、見合ひの日室子を美容術師へ連れて行き、特別誂への着物を着せた。普通の行き丈けや幅ものでも、この雄大な娘には紙細工の着物のやうに見えた。出来上がつた娘の姿を見て「この娘には、まるで女の嬌態が逆についてゐる」と母親ががつかりした。

スカル選手の室子は、身長「五尺三寸（一七四センチメートル――引用者注）」、「雄大」で、「雄偉な身体」を持つ。母親が「まるで女の嬌態が逆についてゐる」と「がつかり」した室子の肉体のせいで、見合いが成就することはない。初回は、「順当に運」び、「附添つて行つた母親の眼にも落度は無いやうに思われた」のだが、先方は、「立派すぎる」という理由で断ってきた。次は「口実なしに先方が返事を遷延してしまつた」。

室子の見合いが失敗に終わった原因に、室子がスカル選手であることが大きく関わっていたと推察される。当時、スポーツ競技に携わる女性に対しての偏見があった。

女性の競技そのものが否定されることはなかったが、男性と同様に勝利をめざして闘争心をむきだしにし、負ければ涙を流して悔しがるといった姿に対し、女性らしさを損なう、といった見解が「教育的な」観点から示されるようになった(9)。

スポーツをする女性は「女性らしさ」に欠けるという偏見と、室子が見合いを立て続けに断られたこととは無関係ではあるまい。室子自身もまた「女の嬌態」、つまりは「女性らしさ」を必要とするであろう見合いに自分が適していないことを認識していた。

室子はさういう場合（見合いを断られた場合――引用者注）、得体の知れぬ屈辱感で憂鬱になる。そして、自分に何か余計なものかもしくは足りないもの、ありさうな遺憾が間歇泉のやうに胸に吹き上げる。

室子は友人の結婚披露宴の時にも「遺憾の気持」を抱いている。その際は、スカル選手として感じた生理的〈空腹感〉による「遺憾」であった。では、ここでの「遺憾」は、どこから来るものなのか。室子が自分の意志で結婚を望んでいたわけではないということには、注意しなければならないだろう。前節で指摘したように室子は、独身者であることが「あまり気にならな」いのだ。室子の「遺憾」は、「わが事のやうに意気込んで」いた母の期待に応えられず、親に「させられた」見合いで成果を残せなかったことに起因するではないか。旧家の一人娘である室子に本来課せられた使命は、「婿養子をとつて」家業を継ぐことであった。しかし、その役目は、「性質」によって、果たすことができないと判断され、次の手段として両親が考え出した「見合ひ」も上手くいかない。鼈甲屋の一人娘としての室子の存在意義は危機に晒されていたと言え、そのことを、室子が「遺憾」として受け止めていると捉えることができよう。

鼈甲屋の中で、室子の存在意義をますます希薄にするのが、蓑吉の存在であった。蓑吉は、「室子の父の妾の子」で、「義弟に当たる七歳」の少年である。蓑吉は、「乳離れすると、郊外の妾の家から通油町の本宅へ引き取られた」。室子の両親は、蓑吉を「手の中の珠のやうに可愛が」つた。「蓑吉を仕込んで小規模に家業を継がせ」ようと考えているのだった。旧民法下においては、「父カ認知シタル私生子ハ之ヲ庶子トス」（第八二七条）と規定され、「本宅に引き取られた」蓑吉は、庶子にあたる。庶子である蓑吉に「家業を継がせ」ようとする室子の両親の望みは、旧民法では保証されていた。

被相続人ノ家族タル直系卑族ハ左ノ規定ニ従ヒ家督相続人トナル二親等ノ同キ者ノ間ニ在リテハ男ヲ先ニス（第九七〇条）

旧民法の家督相続順位は、嫡出男、庶子男、嫡出子女、庶子女とされている。とにかく「男ヲ先ニス」とされ、庶子男は、嫡出子女よりも優遇されたのである。つまり、男であるがために、庶子である蓑吉の方が、嫡出子の室子よりも優位なのであった。室子は、蓑吉によって、家での立場を危うくさせられていた。室子の地位を脅かす蓑吉だが、義姉弟の関係は穏やかなものである。蓑吉は、妾のお咲が「実母とはうす〳〵知つてゐ」るとあり、室子が実の姉ではないことも知っているはずだが「姉ちゃん」と呼び、「折を見つけては姉のゐるこの橋場の寮へ遊びに来度がつてゐる」とあるように室子を慕っていた。室子も、蓑吉を「蓑ちゃん」と呼び、「膝に凭せ」たりして可愛がった。二人のやりとりを見ていた女中が幾度も「きゆう〳〵笑ふ」ような微笑ましい光景である。

しかし、室子は、お菓子を欲しがる蓑吉に、「向う河岸」にある店まで、「一人で白鬚の渡し渡つて買つてらつしやい」とつかいを命じる。室子には加虐の心が芽生えていた。

実母にさへ、あんな傲慢なこの子に案外弱気なところがある。室子はそこを一寸突いても見たかつた。何か悄然としたあはれさをこの子から感じたかつた。

平素、室子は蓑吉に姉として愛情深く接している。しかし、ふとした瞬間に、自分が継ぐはずであった家業を蓑吉が担っていくことが、無意識のうちに想起され、その満たされない想いが蓑吉に向かうではないか。

蓑吉は、室子にとって両義的な存在であった。蓑吉から「悄然としたあはれさ」を感じたいとする一方で、大切な弟として慈しむ。試練を与えた、すぐ次の瞬間、室子は「急に不憫にな」り、「手早く漕艇用のスポーツ・シヤツに着換へ」、スカルを漕ぐと「櫻餅を買つて戻る蓑吉を待つてゐた」。蓑吉を見守ることのできる位置に来た室子は、ようやく安堵し、水の上で「いまにあの小さな蓑吉が、櫻餅の籠を提げて帰て来る――」と再会を待ち遠しく思う。

小さい足はよろめいて、二三度可愛ゆい下駄の音を立てるだらう。（中略）蓑吉は一人使ひの手柄を早く姉に誇らうと気負ひ込み、一心に顔を緊張させ、眼は寮の方ばかり見詰めるだらう。（中略）自分が知らん顔して、艇を渡船と平行に、すい〳〵持つて行く。それを発見したときの蓑吉の愕きと悦びはどんなだらう。あの「小さき者」は何といふだらう。

室子の蓑吉への揺れ動く感情は、室子の鼈甲屋の一人娘としての不確かな地位に対する不安が表出したものではないか。嫁に出ることを望まれても「見合ひ」は上手くいかず、家から出ることもできない上、親は、蓑吉を「手の中の珠のやうに可愛がる」。室子は、家に居所のなさを感じていたに違いない。室子は、鼈甲屋の跡取りとしての満たされない思い、つまり〈空腹感〉に苛まれていたと言えよう。

3 「男性といふもの」

家に居場所のない室子だったが、スカルの選手として寮に入り、家から離れることができた。先に見てきたように、スカル選手としての室子は、「自由で、自然で、独自」であった。鼈甲屋の一人娘としての満たされない思いを埋めたのは、やはりスカルであろう。

そのスカルを室子にもたらした人物とは、コーチの松浦である。見合いを断られた際、室子は「屈辱感で憂鬱になる」のだが、それは「直接男性といふものに対する抗議にはならなかつた」。なぜならば、室子は「男性といふものには、コーチの松浦を通して対してゐる」からだ。松浦は、室子にとって非常に重要な人物である。

洋行帰りの青年紳士は、室子の家の遠縁に当たり、嘗て彼女をスカルへ導き、彼女に水上選手権を得させ、スポーツの醍醐味も水の上の法悦も、共に味はせて呉れた男だつた。

スカルを与え、その魅力を存分に味わわせたコーチの松浦は、常に室子に寄り添う。「親切で厳しく、大事な勝負には一しよに嘆いたり悦んだりして呉れる」。二人は、「艇を並べて漕ぎ進む」。

松浦は微笑の唇に皮肉なくびれを入れ乍ら漕ぎ越す。擬敵に対する軽い憎しみはやがて力強い情熱を唆つて漕ぎ勝たうと彼を一心にさせる。また松浦が漕ぎ越す。一進一退のピッチはやがて矢を射るよりも速くなつても、自分には同じ水の上に松浦の艇と自分の艇が一二メートルづつ競り合つてゐるに過ぎない感じだ。(中略)ふと投網の音に気が逸れて、意識は普通の世界に戻る。彼女はほつとして松浦を見る。松浦も健康な陶酔から醒めて、力の抜けた微笑を彼女に振向けてゐる。

スカルを通しての松浦との交感は、室子にとって「なつかしい」ものであった。松浦は、室子にとって師であり、憧れの人なのである。室子は、水の上の松浦に「匂ひ」や「神秘」を感じており、異性として意識していることも窺える。コーチである松浦は、室子のスカルへの熱情を理解し、支えることが出来る上に、「室子の家の遠縁」であり、室子の家の「婿養子」としては、この上ない相手に思われる。松浦と結婚すれば、室子は、「スカルの選手」としても、「鼈甲屋の一人娘」としても、満たされることとなる。

しかし、室子と松浦の間には、絶対的な障壁が存在した。松浦は「妻子持ち」なのだ。ただ一人の「男といふもの」として意識する松浦が「妻子持ち」であるという事実によって、室子の目は父親の妾であるお咲へと向かう。

蓑吉は、実母である妾のお咲が時折実家へ来て「坊ちやん」と云つて自分に侍いても、実母とはうす〳〵知つてゐながら別に何とも無い顔をしてゐる。用をして貰ふときには、室子の父母が呼ぶやうに、実母を「お咲、お咲」と平気で呼びつけにする。それで、実母も何ともない性質の女で、はい〳〵と気さくに用事を足してゐる。室子は、案外その人情離れのしてゐる母子風景が好きだつた。

室子は、尋常ではない母子関係を「好きだ」とする一方で、お咲の妾としての悲哀も見逃さない。お咲が買い物帰りに本宅へ寄ったある日、蓑吉は本に気を取られ、お咲に「見向きもしない」のだが、お咲が「粗末なおみやげ」として持参した菓子に手だけを伸ばす。

お咲に妙な気持ちが込み上げた。

「こら、何です、この子は」

お咲は、思はず地声で叫んだ。吃驚して実母を見た蓑吉の手は怯えにかじかんで、直ぐには蓑吉の体の方へさへ帰つては行かなかつた。お咲はすぐ傍に室子の母親のゐるのに、気付き、普段に戻つて、から〳〵と笑つた。涙も襦袢の袖口で一寸抑へて仕舞つた（後略）

室子は、この光景に「何とも仕様もない、人間の不如意の思ひが胸に浸み入つた」。実の息子に見向きもされず、息子を叱ることも出来ない。愛想笑いで取り繕うと涙を拭う。室子は、妾という立場の「不如意」を目の当たりにした。

室子は、自分の将来をお咲に重ねてみたことはなかっただろうか。松浦の妾となり、子供を産む。室子は「何にしても子供は可愛ゆい。男は兎に角、子供だけは持ち度いものだ——」と考えている。室子にとっての唯一の男、松浦は「妻子持ち」なのだから、結婚は不可能である。だが、お咲のように妾となって子供を産めば、蓑吉のような「可愛ゆい」子供を持つことはできる。室子が独身であることを「あまり気にならなかつた」のにも、松浦の存在が影響していると考えられる。

ところが、松浦に、室子が「なつかしい」想いを感じるのは、「水の上でだけである」。

水の上であの男に感じる匂ひや、神秘は何処へ消えるか、彼は二つ三つ水上の話を概念的に話したあとは、額に苦労波を寄せて忙しい日常生活の無味を語る。彼女に何か、男といふもの、気の毒さを感じさせる。その同情感は、一般勤労者である男性にも通じるものであらう。

室子が特別な感情を抱いていたのは、スカルに熱中する松浦であり、「陸の上で会ふ松浦は、単に平凡な勤勉な妻子持ちの社員だけ」と感じている。以上からは、室子が「男性といふもの」を見る際にも、スカルから離れられないということが分かる。室子は、「男性といふもの」にさえも、スカルを介在させている。しかしながら、自分にとって唯一の「男といふもの」である松浦を得ることはないという虚無感は、室子の〈空腹感〉として捉えることができよう。

さて、テクスト末尾において、松浦だけが「男といふもの」であった室子に、新たな男が接近する。スカルに乗って蓑吉を待つ室子に、一艘のスカルが「不自然な角度で自分の艇に近付いて来た」。室子は、「ふだんから結局のところ男に敵はないと思つてゐた」。

当時、日本でボート競技が盛んであったことは、早い段階からオリンピックに出場していることからも分かる。日本が初めてオリンピックに出場したのは、第五回のストックホルム大会だが、第九回のアムステルダム大会で、ボート競技に参加している。アムステルダム大会での数少ない出場種目の中にボートが含まれているのだ[10]。しかし、出場したのは、もちろん男子のみである。スカルの歴史を概観しても、男子の全日本選手権の最初の大会は一九二四（大一三）年五月に開催されたが、女子は、少し遅れての一九二七（昭二）年である。室子のスカルの「娘仲間」が「三四人」とあることからも、女子の競技人口が少なかったことが推察される。歴史も浅く、指導者も少なく、環境の整わない中で、技術面で男子に遅れをとるのは仕方のないことであった。

さらに、当時、男子にとってのスポーツと女子にとってのそれとは、全く違う意味合いを持っていた。オリンピックで日本女性として初めてメダルを獲得した陸上選手の人見絹江は、「女子の運動競技の目的とは第二の国民を作る母性の身体改善にあり[11]」と述べている。非常時において、女性のスポーツは、兵士を生み育てる母体育成を目的としていた。そして、スポーツで身体を鍛えることによって、非常時を乗り切ろうという標語がさかんに流布された。一九三八（昭一三）年八月号の『主婦の友』には、「銃後に鍛ふ」という巻頭グラビアが特集され、数人の女子スポーツ選手の写真がコメント付きで掲載された。水泳選手の「貞子様」は、「銃後の女性は健康で大いに張り切らなくては、と意気込んでゐるんです」とコメントする。室子と同じくスカル選手である「辰子様」も紹介されている。

スカルを始めてから、もう四年余り。競漕のある頃は猛練習でヘト〱になりますけど、いくら疲れても、やつぱり楽しくて…え丶、力一杯漕ぎますの、まさに非常時を乗り切らうつて意気込みですわ。

戦時下においての女子スポーツは、母体育成と銃後を守るという二つの目的に収斂された。国家の要請から女子スポーツが逃れることは困難であった。

ただし、室子が「男には敵はない」としたのは、技術面、体力面においてである。スカルに向ける情熱が劣っているとは考えていないだろう。室子はただひたすら「スポーツや勝負の激しさ」に心身を「擦り切つてしま」う程に没頭していたのである。「水上選手権」に出場し、好成績を狙う室子は、「勝負」にこだわっており、当時の女子スポーツをめぐる母体育成や銃後を守るという体制の要請には回収されない。室子は、あくまで「自由で、独自で、自然」なのである。

技術的、体力的には「結局のところ男には敵はない」と思いながらも、男であるコーチの松浦を「擬敵」として練習に打ち込んでいた。この日も、追随してくる青年の艇に負けまいとする。猛然と近付く青年の艇に、室子はスカル選手としての競争心を刺激された。「辛いとも楽しいともいひやうのない極限感が、彼女の心身を占めて、彼女を痺らす」。通常の室子であれば、この後に「迫つた意識の世界へ追ひ込」まれ、「台風の中心の無風帯とも見られるべきところの意識へ這入」り、「ひとの漕ぐ艇、わが漕艇の区別は全く消え失せ」る。しかし、今回は様相が異なった。

彼女に生まれて始めてこんな部分もあつたかと思はれる別な心臓の蓋が開けられて、恥かしいとも生々しいともいひやうのないやうな不安な感じと一緒に其処を相手から覗き込まれた。

室子は「うろたえた。咽喉だけで「あつ」といつた」。室子にとって「男といふもの」は、松浦であった。しかし、室子は、この青年と競漕することで、「別な心臓の蓋が開けられ」たのだ。室子は、蓑吉には兄弟愛を、松浦には師弟愛を抱いていたわけだが、この青年に抱いた「恥かしいとも生々しいともいひようのないやうな」感情は、それらとは「別な」もので、恋愛感情と捉えることができよう。初めての激しい感情に混乱した室子は、必死で「逃げ出した」のだが、青年の艇は一定の距離を保ちつつ追い掛けてくる。

その（青年の——引用者注）漕ぎ連れ方には愛の力が潜んでゐて、それを少しづついたはりに変へ、女を脅かさぬやうに気をつけながら大やうに力を消費して行くかのやうである。青年の人柄が人柄なら、その技倆にも女の魂を底から揺り動かす魅力があつた。

青年の「魅力」に、室子は「恥かしさと嬉しさに、肉体は溶けて行くやう」と感じる。室子は、「疲れにへと〳〵になり、気が遠くなりながら、身も心も少女のやう」になる。青年の「只事では無い」追い掛け方に、「愛の手を差し延べ、結婚の申し込みでは無からうか」と室子は考えた。

しかし、着目すべきなのは、室子が迫ってくる青年の「魅力」に惹かれながらも、同時に「異常な圧迫感」をもひしひしと感じていた点である。

今まで、自由で、独自で、自然であつた自分が手もなく擒にされるのだ。添へものにされ、食はれ、没入されてしまふのだ。何と、うしろからバックされて行く自分の姿のみじめなことよ。今まで誇つてゐた技倆の覚束ないことよ。自分の漕いで行く姿が、だん〳〵畸形になる事が、はつきり自分に意識される。

スカル選手の室子は、「自由で、独自で、自然」であった。しかし、男性のスカル選手に打ち負かされることによって、「添へものにされ、食はれ、没入されてしまふ」と感ずる。室子が鍛錬して、「誇つてゐた」スカルの「技倆」は、青年の前に全く歯が立たず、「みじめ」な自分を思い知らされたのである。青年が、室子に恋心を抱かせるとともに、室子のアイデンティティであるスカルに対する自信を奪ったということは非常に重要である。

室子は、「疲れにへと〳〵になり、気が遠くなりながら」も、必死で青年に抵抗する。

眼が眩んで来て星のやうなものが左右へ散る。心臓は破れさうだ。泣いて縋つて哀訴したい気持ちが一ぱいだ。（中略）せめて吾妻橋まで――今くづ折れるのはまだ恥かしく、口惜しい――

室子は、青年に屈しそうになりながらも、何とか「くづ折れ」まいとし、心身の限界に達するまでスカルを漕ぎ続けた。自分にとって、唯一無二のスカルで負けることは、室子にとって何よりも「恥かしく、口惜しい」ことであろう。しかし、室子は、「すでに気を失ひつ、あつた」。

テクスト末尾は、気を失った室子が、意識を取り戻す場面で閉じられる。

姉ちやん、姉ちやんと蓑吉の呼ぶ声がしたかと思つた。室子が気がついてみると、蓑吉はゐなくて、自分を抱き起してゐるのは後の艇にゐた青年であった。

室子の前に蓑吉はいない。「男といふもの」の象徴であったはずの松浦もいない。青年が「自分を抱き起してゐる」ということは、室子が、兄弟愛でも師弟愛でもない、男女の愛を得たことを示す。

しかし、同時に室子のスカル選手というアイデンティティが、「添へものにされ、食はれ、没入」してしまったとも言えよう。これまで見てきたように、スカル選手として「誇つてゐた」室子は、「自由で、独自で、自然」であった。軍国の母、母体育成、銃後を守る、といった体制の言説をすり抜けて、自分の生き方を貫いてきた。しかし、最後にはついに「食はれ」てしまったのである。

一九三八（昭一三）年四月には、国家総動員法が公布される。市川房枝は、「国民総動員というからには、国民の半数を占むる婦人も含まれているに違いない[12]」とし、奥むめおは「非常時に婦人の力を試さん――地歩獲得のためには絶好の機会至れり」と題した以下の文章を発表した。

誰しも経験のあることでしょうが、平素、思いも設けなかつたような力や知恵が、ある機会に、ふいに現れて大きな働きをいたします。（中略）婦人の成長のためにも社会の発展のためにも、まことにうれしいこの時機をぜひ有効に生かして用いたいものです[13]。

戦時体制において、女性たちの能力は利用された。女性たちは体制に取り込まれていったのである。

室子と同様に「スポーツと勝負の激しさ」に生き、一九三六（昭一一）年のベルリンオリンピック大会で金メダルを獲得した前畑秀子選手でさえ、早婚多産の政策に利用されている。『主婦之友』の一九三七（昭一二）年五月号に、「世界一の水の女王　前畑秀子さんの新妻振り」という特集記事が掲載された。「感激の日章旗を掲げた水の女王の前畑さんが、今はよき妻、よき主婦として実を結ぶべく、新家庭に入られました」と始まり、掃除、洗濯、炊事、裁縫と家事をこなし、かいがいしく夫の世話をやく様が写真とともに掲載される。記事は、以下のように締め括られる。

「もう水には入りません。次の新しい方が活躍してくださいましよう。私は、これから幸福な家庭を作ってゆきたい、そればかりで、胸が一杯ですの。」と微笑む。その仕合せな、新家庭を（中略）祝福してあげませう。

「スポーツと勝負の激しさ」に生きることは、体制の論理から外れる。前畑選手同様に、時代と隔絶した室子のアイデンティティは、時代の文脈に巻き込まれたと捉えることができるだろう。

おわりに

室子は、絶えず、満たされない想い〈空腹感〉を抱えていた。その〈空腹感〉は、末尾で青年に抱き起こされたことによって、解消されたのだろうか。鼈甲屋を象徴する蓑吉が目の前にいなかったということからは、蓑吉への複雑な想いを克服し、家に居場所がないという〈空腹感〉は消えたと読み取ることができる。また、新たな「男といふもの」の発見で、松浦を得られないという〈空腹感〉も消えたと言える。室子は、「食はれ」ることによって、いわば食いたいという〈空腹感〉を克服した。

では、スカル選手としての〈空腹感〉も失ってしまったのだろうか。本人の意識と時代の文脈が裏腹の場合、体制の政策や言説を超越することは困難である。常に「自由で、独自で、自然」であったはずの室子であっても例外ではない。しかし、室子が、気を失い、青年に抱き起こされる直前に強く感じた気持ちは、「口惜しい」であったことは見逃せない。室子は、意識を失う最後の一瞬まで闘っていたのである。そうさせたのは、室子のスカル選手としての野心である。室子のスカル選手としての〈空腹感〉は、むしろ青年に対する完敗によって、強化されたのではないだろうか。「口惜しい」とした室子が、このまま自己のアイデンティティを抑圧する時代に埋没してしまうのか。最後に残されたスカル選手としての〈空腹感〉を胸に、更なる精進を重ね、一度は失った誇りや自信を再び回復させる可能性も残されている。室子は、先行研究で「霊界へ射し通る稲妻」と指摘された幻想的な女ではなく、虚無感を抱えながらも現実を生き抜く一人のスカル選手であると捉えたい。テクスト末尾には、スカル選手としても髑甲屋の一人娘としても〈空腹感〉を内在し、不安定に揺れ動く室子の「娘」時代が終焉を迎え、大人に成長するための契機が提示されたと捉えたい。

本テクストは、かの子の他作品と比すると異質なところが多い。「家霊」の文学[14]とも評される通り、かの子の作品には女が家を担っていくという型が頻繁に見られるのだが、本テクストでは庶子が家業を継ぐことになっている。また、「男を食う」[15]と評される女が多い中、男に食われる女が主人公に設定されている。これは、かの子最晩年に至り、戦局が日に日に激しくなっていく現実が背景にあったことが要因だろう。庶子は、一人でも兵士が必要な政府にとっては、有効に機能した。女たちは食われるが如くに戦時体制に取り込まれていった。本テクストは、戦時下の刻々と移り変わる時代状況を掬い上げているという点においても価値が見出せる。

注

（1）「岡本かの子」（『日本評論』一九三九・七）
（2）宮田勝善『橈と櫂』（日本機動艇協会「舵」発行所　一九四三・四）
（3）注（2）に同じ。
（4）注（2）に同じ。
（5）『田中英光選集』一巻（月曜書房　一九五〇・二）
（6）『大阪毎日新聞』（一九三八・五・二八）
（7）『大阪毎日新聞』（一九三八・一〇・二八）
（8）間宮英宗「名僧法話」（『主婦之友』一九三八・二）
（9）來田享子「スポーツへの女性の参入」（飯田貴子・井谷惠子編『スポーツ・ジェンダー学への招待』明石書店　二〇〇四・七）

(10) 他には、陸上競技、競泳、飛び込み、ボクシング、レスリング、馬術に出場。
(11) 人見絹江『女子スポーツを語る』(人文書房　一九三一・一〇)
(12) 『女性展望』(一九三七・一〇)
(13) 『婦人運動』(一九三七・九)
(14) 最初に亀井勝一郎が指摘して以来、定説となっている。該当する作品は、『渾沌未分』(初出『文芸』一九三六・九)、『家霊』(初出『新潮』一九三七・一)、『過去世』(初出『文芸』一九三七・七)、『老主の一時期』(初出『いのち』一九三七・一〇)、『鮨』(初出『文芸』一九三九・一)他、多数。
(15) 最初に亀井勝一郎が指摘して以来、定説となっている。該当する作品は、『渾沌未分』(初出『文芸』一九三六・九)、『花は勁し』(初出『文藝春秋』一九三七・六)、『老妓抄』(初出『中央公論』一九三八・一一)。

第二部　家業を担う女たち

第一章　『渾沌未分』——小初が希求したもの——

はじめに

『渾沌未分』（初出『文芸』一九三六・九）は、「かの子全作品の母胎をなす[1]」とも評価される。しかしながら、先行研究を概観すると、長きに亘り、早い時期に発表された亀井勝一郎の論が踏襲され、定説化されてきたと言える。亀井は、水中で、主人公の小初に、恋人の薫が唇を吸われ、もがき苦しむという一場面のみを取り上げ、主人公の小初を「水に住む妖精の色情」、「妖気のたちこめてゐる浅ましい性欲」、「女の色情狂[2]」と読んだ。これにより、テクストは、男を飼う小説、若い男の命を吸う小説と定められてきた。近年、様々な視点から新たな研究[3]が示されたが、小初について、完全に亀井論から脱却し、現実に根差した女としてその実情が読み解かれるには至っていない。

本論では、等閑視されてきた小初の「青海流」の「女水泳教師」という人物造型に着目し、テクストの中心話題である妾になるという小初の選択について時代のコンテクストに基づき検証した上で、末尾の「遠泳会」の場面における小初の内面と行為の意味について検討する。

1　「青海流」の継承者

小初は、「青海流」の「女水泳教師」である。このことが、小初の根幹をなしていると言っても過言ではなく、

「青海流」とはどの様なものであり、その「女水泳教師」であることが何を意味するのかを検証していく必要があろう。

まずは、「青海流」について見ていきたい。「古典的」とされ、「父祖の代から隅田川に在つた」、「作法」、「家伝」、「こゝろ」、「型」という特徴から、実在こそしないものの、日本古来の日本泳法が意識されていると考えられる。日本泳法とは、「日本固有の民族的身体文化として発達した無形文化財[4]」であり、「心身一元論に基づく、身と心による技[5]」を重視し、スポーツである競泳とは異なる。日本泳法の伝承は、単に技術の習熟だけでなく、広く水に対する心得、水からの護身法、修練上の注意等、人と水にかかわるあらゆる知識を対象とする。スポーツというよりも、芸道の範疇に含めるのが適切であろう。日本泳法の源流は、既に鎌倉時代に見ることができ、継承者は、古来よりの伝統を後世に守り伝えていくという責務を担っているのである。「青海流」も例外ではなく、「父祖の代から」脈々と受け継がれてきた「作法」、「家伝」、「こゝろ」、「型」を伝承していこうとしている。

流派名の「青海流」は、「青海」を「せいかい」ではなく「せいがい」と読み、文様の青海波に由来するものと捉えたい。青海波紋は、「大海原を表現する波の模様として古くから使用され[6]」、「同円あるいは大小の円弧を重ねて規則的に波形を表した文様[7]」である。同形の規則的な文様は、圧倒的な存在感と力強さに加え、永続性を表す。切れ目が存在しない文様には、始まりもなければ終わりもなく、波がどこまでも、いつまでも永遠に重ねられていく様が表現されているのだ。「青海流」という流派名には、流派永続の願いが込められているに違いない。

しかし、永遠に伝承されるべき「青海流」は、存亡の危機にあった。

父の水泳場は、父祖の代から隅田川岸に在つた。それが都会の新文化の発展に追除けられ追除けられして堅川筋に移り、小名木川筋に移り、場末の横堀に移つた。そしてとう〳〵砂村のこの材木置場の中に追ひ込まれた。

転々した敗戦のあとが傷ましくずつと数えられる。

現在の「青海流」当主である小初の父敬蔵は、砂村が「立派に市域の内には違いなかつた」ことに「虚栄心を満足させた」。父が、都会に執着するのは、「青海流」の特色に深く関係している。「青海流」は、父が「わが青海流は都会人の嗜みにする泳ぎだ。決して田舎には落したくない」と言うように、「何代も都会の土に住み」、伝承されてきた流派であった。「青海流」が都会において発展してきたことは、水着に入れられた「都鳥」の紋所にも表れている。「青海流」は、決して都会と切り離すことはできない。だから、「都会」から「追除けられ」たことが、「敗戦」にあたるのだ。

家長の父にとって「青海流」は、命に代えても守るべき絶対的なものである。

つひに父は荒川放水を逃路の限りとして背水の陣を敷き、青海流水泳の最後の道場を死守するつもりでゐる。

以上からは、父の決死の覚悟と家長としての使命感を窺うことができる。父の「青海流」への思い入れは、「自家偶像崇拝欲を満足せしめたい旧家の家長本能」という言葉で端的に示される。

「青海流」を守り伝えていこうとする父は、跡継ぎである小初に大きな期待を掛けた。

こどもの時分から一人娘を水泳の天才少女に仕立てるつもりの父親敬蔵は、かなり厳しい躾け方をした。水を張つた大桶の底へ小石を沈めて置いて、幼い小初に銜え出さしたり、自分の背に小初を負うたまま隅田川の水の深瀬に沈み、其処で小初を放して独りで浮き上がらせたり、兎に角、水というものの恐怖を取り去り、親しみを持たせる為め家伝を倍加して小初を躾けた。

父は、「青海流」の継承者である小初を厳しく鍛えた。父の徹底した修業は、水泳のみならず「新舞踊を習わせ」と多岐に渡った。また、それは身体面だけでなく、精神面にも及び、父は「青海流」の「こゝろ」を、「いつも小初に説明してゐた」。

自分の娘は超人的な水泳の天才である。この誇りが父の畢生の理想でもあり、唯一の事業である。

父は、この「唯一の事業」を成し遂げる為に、「母の没後、後妻も貰わないで不自由を忍んで来た」。自らの犠牲と引き替えにしてでも、小初を「青海流」の立派な跡継ぎとして養育しようとした。それは父の宿願であった。父から「青海流」唯一無二の継承者として、「こどもの時分」から「青海流」のすべてを叩きこまれた小初は、父の期待に添う、家業を継ぐべき者としての自我を形成した。先行研究において、亀井が、小初を「先祖の霊を担ひ、そのいのちに花開かせてやらうとした」、「亡霊の代弁者」(8)と捉えたが、小初の「青海流」への想いは、そのような幻想的なものではなく、幼少の頃より培ってきた次期家長としての自覚に他ならないと考える。

小初にとって、師匠である父は、かつて絶対的存在であった。しかし、父への想いに、変化が生じ始める。小初は、都会から追われた父に「衰亡」の影を感じ取っていた。父は、自分を揶揄する小初に言い返す「気力なく」、「気まりの悪い衰へた顔つき」を浮かべる。以下は、小初の父への眼差しが最もよく表れている場面である。

「いゝ具合に宵闇だ。珠数子釣りに行つて来るかな」(中略)父のその様子を気の毒な儚い気持ちで見送つたが、結局何か忌忌しい気持ちになつた。（中略）思へば都会偏愛のあはれな父娘だ。それがため、父はいらだたしさにさもしく老衰して行き（後略）

「珠数子釣り」は、「衰亡の人間が衰亡の虫を囮に衰亡の魚を捕えて娯しみにする」「憐れ深い情景」とされた。小初が、弱った父に対して「気の毒な傍い」、と同情を寄せるとともに、「忌々しい」「さもし」い、と嫌悪を感じている。小初は、父を「衰亡の人間」と捉えた。家長である父への尊敬や畏敬の念は、哀れみや苛立ちに置き換えられていた。かつては圧倒的な力を持っていたはずの父を、次期家長としての自分が乗り越えるべき存在として認識していたのではないだろうか。小初は、「わが家没落の必至の感を深く」していた。水泳場が都会から追われた直接的契機は、父の事業の失敗であり、「先祖から伝へられてゐた金も道具も失くしてゐた」。小初は、「衰亡」した父には、もはや「青海流」を都会の地で再興させることは不可能であると悟り、父に代って自分が「青海流」を復活させようと考えていたのではないか。

小初の「青海流」への思いは、父と異なり、明確に示されてはいないが、テクストのいたる所に都会への思慕が散りばめられている。

何といつても父や自分の魂の置場は彼処――都会――大東京の真中よりほかにないのだから仕方がない、是非もない……。

小初は、「自分の魂の置場」は、「都会の真中よりほかにない」としている。他にも「はらはらしたなつかしさ」、「都会の中央に戻り度い一心」、「都会偏愛」など都会への執着が示される。従来、小初の都会偏愛は、都会の贅沢な食事を好むことや、華やかな都会の夜景に「自分に関係ない歓楽ならさつさと一閃に滅びてしまふがいい」と思うこと、「生活欲を満足させよう」という表現より、「歓楽」や「生活欲」に起因していると捉えられてきた。しかし、単に小初が「歓楽」を求め、「生活欲」を満たしたいが為だけに、都会に固執するのであれば、父や「青海流」を捨てれば済む。しかし、小初には自分一人で都会に戻ろうという考えは微塵もないのだ。常に「父や自分の仇敵」、「都会偏愛の父娘」、「父や自分の魂の置場」とし、自分と父を切り離すことはしない。つまり小初は、個人としてではなく、家業「青海流」が、都会に戻ることを切望していると言える。次期家長として、「都会人の嗜み」である「青海流」を都会の地で復興させなければならないという重責が、小初の都会偏愛の基底をなしていると捉えたい。

「青海流」の「女水泳教師」である小初は、「自家偶像崇拝欲を満足せしめたい旧家の家長本能」に支配された父の教育によって、「青海流」の継承者としての自我を形成し、「青海流」を守り伝えていくという重責を担っていた。小初の行為は、「青海流」への強靭な想いに基づいてなされていくものであると考える。そして、この小初の自我は、決して神秘性を帯びるものでなければ、自然発生的なものでもないことを指摘しておく。

2　妾

次期家長として都会奪回を目指す小初は、窮地に追い込まれていた。

「不味いものを食ふくらゐならいつそ、くたばつた方がいゝ」これは、美味のないとき、膳の上の食品を罵倒する敬蔵の云ひ草だが、ひよつとすると、それが辛辣な事実で父娘の身の上の現実ともなりかねない今日此頃

（後略）

父娘は「水泳場に寝泊り」し、明日の食事さえままならない逼迫した状況であった。都会奪回どころか、「青海流最後の道場」の存続さえ危ぶまれる。窮地を脱しなければならない小初の頼みの綱は、貝原であった。テクストは、小初が、貝原と恋人の薫の間を揺れ動く形で進行していく。貝原と薫の両者とも、小初にとって、非常に重要な存在であり、それぞれが小初に関与していく。

まずは、貝原について見ていく。

自分への興味のために、父の旧式水泳場をこの材木堀に無償で置いて呉れ、生徒を世話して呉れたり、見張りの船を漕いで呉れたりして遠巻きに自分に絡まつてゐる材木屋の五十男

物理的援助だけでなく、人手不足の水泳場に「毎日」「手伝ひに来」る貝原は、小初の窮状を救う人物であり、「青海流」存続の要と言える。小初は、そんな貝原を「見直して来た」。好意を抱いていたわけではなかったが、「必要がいくらか好みに変つて来た」としている。都会で「青海流」を再興させたい小初にとって、「必要」なのは資金である。資金を備えた貝原は、「青海流」再興の手段だった。小初の貝原に対する想いは、「功利心」という言葉で表される。小初は、目的の為に、貝原に媚を売ることを厭わない。飛び込みの模範を見せる際には、「食い付きさうな表情で見つめ」る貝原を意識し、「異性の罠を仕込んで」、「妖艶な雰囲気」を演出した。

しかし、「五十男の世才力量」は、小初の「異性の罠」の下に隠された「功利心」を見破っていたに違いない。「狡猾」な貝原は、それを十分に承知した上で逆に利用しようとしていた。貝原は、水泳場への様々な援助の他に

も、定期的に小初を都会へと連れ出し贅沢な食事をご馳走している。それらの見返りを、小初の「生々しい魅惑」の「肉体」をただ「遠巻きに」眺めることだけで済ますはずはなかった。

遠泳会が間近に迫ったある晩、貝原は小初に自分の妾となることを要求した。貝原のやり口は、非常に巧妙であった。まず「老先生（小初の父──引用者注）には鐚一文出しません」と通告した。小初が自分の資金をあてにしていることを知りながら、これ以上援助する気はないことを明言したのだ。しかし、「老先生には」という言い方は、小初には援助しても良いという意味が含まれている。貝原は、「出来のいゝ品のある子供が欲しいです」、「あなたの持つてゐる血筋を、こゝに新しく立てる私の家の系図へちいとばかり注ぎ入れて頂き度いのです」と申し出た。貝原の顔には「利を摑むときのやうな狡猾の相」が浮かんでいた。黙り込む小初は、次のように考えていた。

──自分の媚を望むなら、それを与へもしよう。肉体を望むなら、それも与へもしよう。魂があると仮定して、それを望むなら与へもしよう。自分がこの都会の中心に復帰出来るための手段なら、総てを犠牲に投げ出しもしよう。

「総てを犠牲に投げ出しもしよう」とする小初は、「青海流」を「都会の中心に復帰」させる為、貝原の妾となることを既に決心していた。「媚」も「肉体」も「魂」さえ売り渡しても構わないとする小初の姿勢には、「青海流」の継承者としての並々ならぬ覚悟を見ることができる。

しかし、小初は、貝原の「申込やう」を「滑稽」とした。

「貝原さん、子供が欲しいなんて云はずに真直ぐに私が欲しいと云つたらどうですの」

この小初の発言については、横井司が「血の導入という理由が、自分の欲望を隠す姑息な物語であることを見破っていたから[9]」と指摘した他には、かつて言及されてこなかった。しかし、小初が次期家長としての意識を強固にしていたことを考慮すれば、非常に重要な箇所として着目しなければならない。

娶妾制度において、妾に求められた役割は、大別して二点あった。一点目は、「売笑婦」「享楽的金銭取引の契約関係[10]」で、小初は、苦しみながらも、これを受け入れていると言える。二点目は、「「家」の承継者たる男の嗣子をえる[11]」、つまりは家の跡取としての子供を生むことである。小初の「子供が欲しいなんて云はずに」との発言は、この後者の役割を完全に拒絶していると言える。戦前において、庶子は民法によって認められていた。貝原の示した「子供」という理由は、単なるカモフラージュとは言えず、十分に現実味を帯びている。しかし、問題にすべきなのは、貝原の真の意図ではない。「すべて」を「与へもしよう」とする小初が、「子供」を「与へ」ることのみを拒んでいる点である。

なぜ、小初は、貝原の「子供が欲しい」という要求を、「しらぐ〳〵しい、ありきたりの嘘」として、すぐさま拒否しなければならなかったのか。「青海流」において、「子供」は、流派を継承していく重要な存在である。父にとって小初がそうであったように、小初にとっても自分の「子供」は、「青海流」の希望なのである。それを貝原に売り渡すことはできない。小初の発言には、「青海流」の継承者としての自我が表れていると捉えたい。

小初は貝原に「青海流」の再興を宣言した。

「(前略) 私たち必死で都会を取り返さなけりやならないのよ」小初はきつい眼をしながら云ひ続けた。
「それには私達、どんな取引きだつてするといふのよ」小初のきつい眼から涙が二三滴落ちた。

小初が妾になること以外に、父娘が「青海流」の担い手として「生きて行く道」は残されていなかった。小初は、「青海流」の次期家長としての務めを果たすべく、苦渋の選択をした。自分を妾として囲おうとする貝原の存在は、小初にとって「青海流」再興の突破口であった。

次に、もう一人のキーパーソンの薫について見ていきたい。薫は、「去年の夏から互いに許し合つてゐる」「初恋」の相手である。小初は、薫との関係を「夢のやう」とする一方、「切ない功利心」から「軽蔑」していた。薫は、「薄給会社員の息子」で、「青海流」を復興させる資金は望めない。小初が「青海流」の再興と薫の両方を手に入れることは不可能であった。しかし、小初は貝原との取引後、「薫さん、ついてお出よ。東京の真中で大ぴらに恋をしよう、ね」と涙ながらに訴えている。「貝原との約束を全然決定し仕切れない心に苦しめられてゐた」小初は、貝原に買われていく瀬戸際で、愛する恋人に救いを求めたのだ。しかし、薫の反応は、小初の望むものとは異なった。

「そりや、貝原さんは好い人さ、小初先生と僕のことだつて大目に見ての上で世話する気かも知れませんさ。だけど、僕あ嫌ひです。いくら、僕、中学出たての小僧だつて、僕あそんな意気地無しにあ、なれません」

薫は、愛する小初よりも自分の「意気地」、つまりは男としての沽券を選んだ。そんな薫に、小初は「ぢやあ、どうすればいいの」と畳み掛けた。

「どうも出来ません。僕あ、どうせ来月から貧乏な老朽親爺に代つて場末のヱナ会社の書記にならなけりやあならないし、小初先生は東京の真中で贅沢に暮さなけりやあならない人なんだもの……」

薫は、「弱い消極的な諦め」から、小初を突き放した。薫は、しばしば「薫少年」と呼称される。しかし、来月から父の後を継ぐこととなった薫は、「野太いバスの声」を出し、もはや「少年」ではない。家を存続させ、父権社会を担う一員となったのである。薫とて、小初の父や貝原同様に、家父長制社会に生きざるを得ない男なのだ。

薫の存在は、小初にとって、命綱であった。しかし、それは無惨にも引きちぎられた。従来、貝原の妾として囲い込む行為に比べ、薫の行為は軽視されてきた。しかし、最後に小初を突き放したのは、恋人の薫である。

小初は、貝原と薫の間を揺れ動きつつも、結局妾になることを選択する。家の補完機能を果たす娶妾制度によって小初を所有しようとする貝原も、家を継ぐ為に小初を見放した薫も、家父長制社会の規範を内面化する男たちである。しかし、「青海流」再興という目的の為に、自らを犠牲にする妾という選択をした小初こそが、最も強く家意識を内面化していると言えよう。

3 「生まれたてほや〳〵の人間」

小初は、辛い現実を受け入れ切れないままに、「遠泳会」の日を迎えた。テクストは、小初が「遠泳会」の天気を気にする場面から始まり、「遠泳会」の場面で終わる。全体を通して小初が「遠泳会」の天気を執拗に気にしている様子が描かれる。以上から小初が「遠泳会」を何かの節目と捉えていることは明らかである。

小初にとって鍵となる「遠泳会」は、「青海流」においても、非常に重要な意味をもっていた。現存する日本泳法の観海流には、「青海流」の「遠泳会」と酷似した「古式沖渡り」があるのだが、それは、今もなお「観海流の華として伝えられている」[12]。流派の大事な儀式であることは、「青海流」も同様であろう。それは「生徒達は今日の遠泳会を一度も船へ上つて休まず、コースを首尾好く泳ぎ終らせれば、一級ずつ昇級する」と、弟子たちの「昇級」が掛かっていることからも推測される。次期家長として、「青海流」の伝統を守り伝えていこうとする小初にとって、「遠泳会」は、何よりも大切なものであったはずだ。

そんな「遠泳会」において決定的な出来事が起こる。

父親の老先生が朝食後ひどく眩暈を催して水にはいれぬことになつてしまつたので、小初先生が先導と決つた。

「青海流」の最も大切な儀式である「遠泳会」の「先導」は、本来ならば当然、家長が務めるべきである。「大潮の日」ということ以外は、特別な決まり事はないようなので、家長である父の体調が優れないという理由で、延期することも十分に可能なはずだ。しかし、父に代り小初が「先導」の役目を担うこととなった。

「先導」の変更は、父から小初への世代交代を意味している。自身の「衰亡」を察知した父は、「畢生の理想」、「最後の誇り」、「希望」を小初に託したのである。「青海流」最大の儀式「遠泳会」の「先導」を小初に譲ることで、自らの退任と、小初の家長就任を示したと言える。一方、父の「衰亡」を目の当たりにしていた小初も、いよいよ自分が「青海流」を背負う日が訪れたことを実感したに違いない。

さらに、小初にとって「遠泳会」の持つ意味は、他にもあった。「遠泳会の後に控へてゐる」のは、「貝原との問題」である。小初は、妾になることを要求する貝原に「貝原さん、何もかも遠泳会過ぎにして下さい、ね。私、あなたが好い人だつてことはよく知つてるのよ」と言い、恋人の薫には「薫さん、遠泳会にはきつと来てね。精一杯泳ぎつこね。それでお訣れなら、お訣れとしようよ」と告げていた。つまり、「遠泳会」は、小初にとって、貝原の姿となり、薫と永遠に別離することが決定する日であった。まさに小初の人生の分岐点そのものである。

「遠泳会」の様子を追っていく。

小初が先頭に水に入つた。男生、女生が二列になつてあとに続いた。（中略）彼等は勇んで「ホイヨー」「ホイヨー」と掛声を挙げながら、ついて来る。（中略）小初は振り返つて云つた。

「さあ、こゝからみんな抜き手よ」

弟子たちを先導する小初の姿からは、「青海流」を継承した者の自覚と誇りを見ることができる。傍には、重要な存在である男たちがいた。

小初のすぐあとに貝原が目印の小旗を持つて泳いで来る。薫はときどき小初の側面へ泳ぎ出る。黙つて泳いでいる。

「青海流」の弟子たち、貝原、薫を率いて泳いでいるうちに、小初にある感情が湧き上がってきた。

両方（貝原と薫――引用者注）から同時に受ける感じがだん〳〵いまはしくなつて来た。反感のやうな興奮がだん〳〵小初の心身を疲れさせて来ると薫の肉体を見るのも生々しい負担になつた。貝原の高声もうるさくなつた。小初は無闇やたらに泳ぎ出した。生徒達の一行にさへ頓着なしに泳ぎだした。

小初は、「必要」な貝原を「うるさく」、愛する薫を「負担」に感じた。自分にとっての最重要人物であったはずの二人ともが、「いまはしく」感じられたのだ。さらに、小初の自我の基底をなし今後背負っていく「青海流」の享受者である弟子たちにも、「頓着なし」に「泳ぎ出した」のである。

無闇やたらに泳ぐ小初に、「不思議な性根が据つて来た」。

こせ〳〵したものは一切抛げ捨て、仕舞へ。生まれたてほや〳〵の人間になつて仕舞へ。（中略）自分の一切を賽にして、投げて見るだけだ。そこから本当に再び立ち上れる大丈夫な命が見付かつて来よう。今、なんにも惜しむな。今自分の持ち合わせ全部をみんな抛げ捨てろ——一切合財を抛げ捨てろ——。

渾沌未分…………

渾沌未分…………

小初は、「自分の持ち合わせ全部」を捨て去りたいと思った。小初にとっての「一切」、「全部」とは、愛する薫であり、資金を援助してくれる貝原であり、守るべき父であり、「青海流」である。これまで小初は、それらに強く固執し、それがために、苦しみ悩み抜いてきた。にもかかわらず、なぜ唐突に、何もかもを捨て去ろうとするのだろうか。この反転そのものが、テクストの主題であり、「生まれたてほや〳〵の人間になつて仕舞へ」という決意こそが小初の真の希求であると考える。

突然の反転の意味は、題名にもされ反転後の小初の胸にこだました「渾沌未分…………渾沌未分…………」から見出せるのではないだろうか。「渾沌未分」とは、「「天」も「地」も全く形づくられていない、何とも形容しようのない「天地」「万物」の未分化の状態[13]」と説明される。「青海流」においては、水に対する「こゝろ」である。幼少の頃より水に親しんでいた小初は、「渾沌未分の境涯」を常に肌で感じていた。

水中は割合に明るかつた。磨硝子色の厚みを保つて陽気でも陰気でもなかつた。陸上の生活力を一度死に晒し、実際の影響力を軽《かる》くして仕舞ひ、幻に溶かしてゐる世界だつた。すべての色彩と形が水中へ入れば一律に化生せしめられるやうに人間のモラルもこゝでは揮発性と操持性とを失つた。いはゞ善悪が融着してしまつた世界である。

「渾沌未分」の水中には、「陸上の生活力」や「人間のモラル」は存在しない。そこは、人間の作為が加わる以前の状態だ。老荘思想において「渾沌未分」と反対語の対概念として使用されるのは、「秩序」である。小初は、家長としての自我を強固にし、家の為に、妾になろうと考えていた。陸上では、まさに家父長制社会の「秩序」に自らを押し込めていたと捉えられる。しかし、水の中では、すべての「秩序」から解放されていたのだ。ところが、「遠泳会」の場面で、小初は、「渾沌未分」の水の中で、陸上における「秩序」にまとわりつかれることとなった。薫や貝原は、家父長制社会の「秩序」を担う男たちであり、「青海流」の弟子たちは、今後小初が家長として背負っていく言わば家の象徴とも言えよう。

以下に『荘子』第七篇に収められた寓話「渾沌」を挙げたい。

南海の帝を儵と為し、北海の帝を忽と為し、中央の帝を渾沌と為す。儵と忽と時に相互に渾沌の地に遭ふ。渾沌之を待つこと甚だ善し。儵と忽と渾沌の徳に報いんことを謀る。曰く、人皆七竅有りて、以て視聴食息す。之独り有る無し。嘗試に之を鑿たん、と。日に一竅を鑿ちしに、七日にして渾沌死す。(14)

これは、南北の皇帝「儵」と「忽」が、「秩序」以前を象徴する中央の帝「渾沌」に、人間に似せようと目鼻口などの穴を空けたら、「渾沌」は死んでしまったという話である。この寓話の中で、倏と忽は、「秩序」の象徴とされている。無為自然の「渾沌」は、人為的な作為を加えられたことによって死んでしまうのである。テクストで、小初が、貝原、薫、「青海流」の弟子たちに、まとわりつかれる様は、「渾沌」が倏と忽に穴を空けられている様子と重なり合う。

小初の唐突の反転は、切迫した危機意識に起因すると捉えたい。先に指摘したように、小初は幼い頃からの父の期待や教育によって、「青海流」を継承する家長としての自我を形成していた。さらに、「青海流」継承者としての重責によって、自らを犠牲にし、「青海流」の再興の為に、妾になるという決断をしている。小初は、自らが内面化した家意識に捕われて生きてきたと言えよう。しかし、果たしてそれは、本来の小初の姿なのだろうか。「秩序」(＝「儵」「忽」)に捕われた小初(＝「渾沌」)は、このままでは死んでしまう。土壇場で、小初の中に生まれた危機意識とは、本来の自分が抹殺されることへの恐怖を意味する。

世代交代によって「青海流」の家長になること、同時に「青海流」の都会における再興の為に貝原の妾となることが、まさに確定しようとする直前、小初は、「生まれたてほや〳〵の人間」になることを希求した。「生まれたてほや〳〵の人間」とは、人間の初源的状態を表す。小初は、「秩序」に捕われず、「秩序」に依存する以前の、原初の自分を求めた。小初は、「誰も決してついて来るな」と、貝原、薫、「青海流」の弟子たちを死に物狂いで振り切った。本来の自分に立ち戻る為には、今迄の「一切」「全部」を捨て去らなければならないことを小初は知っていた。末尾では「もはや、小初の背後の波間に追つて来る一人の男の姿も見えない」。

あふれ出る涙をぽろ〳〵こぼしながら、小初は何処までも何処までも白濁無限の波に向つて抜き手を切つて行くのであつた。

テクストは、小初がただ一人で無限の波を進んでいく場面で閉じられる。ここには、本来の自己の可能性に賭けることを決意した小初の再生と出発が象徴されていると考える。

おわりに

小初は、「青海流」という先祖代々続く日本泳法の家に生まれ、家長である父の期待を一身に受け、ゆくゆくは「青海流」を背負っていく者として教育された。「青海流」の継承者としての自我を形成した小初は、迷い揺れながらも恋人の薫と別れ、貝原の妾として生きていくことを決めた。

しかし、「青海流」の家長となり、貝原の妾となる瀬戸際、運命の「遠泳会」において、小初は自らが抹殺されるという危機感を覚え、脱出を図った。小初が希求したものは、本来の自己である。その可能性に賭け、すべてを捨て去った小初は、自己再生の道へと踏み出した。

「生まれたてほや〳〵の人間」に戻った後の小初は、今後「青海流」を捨て、全く違った道を歩むのか、再度改めて「青海流」の継承者として生きていくのか。重要なのは、小初が今後具体的にどう生きていくのかということよりも、小初が原初の自分を希求し、自らの手で自己の本来的な可能性を探求しようとしたこと自体ではないだろうか。
『渾沌未分』というテクストには、家父長制社会に生き、その規範を内面化した女が、「秩序」に捕われ生きることが決定されようとした最後の瞬間に、ありのままの自分を希求し、自己の本来的な可能性を自らの手で探求していこうとするまでの過程が描かれているのである。家に囚われていた女が、そこから解放される姿を形象化した点に大きな意義を見出したい。

注

（1）瀬戸内晴美『かの子撩乱』（講談社　一九七一・一二）
（2）亀井勝一郎「岡本かの子――川の妖精――」（『生々流転』後編　鎌倉文庫　一九四五・一一）
（3）初めて自律したテクストとして読み、フェミニズム批評を行った漆田和代「「渾沌未分」（岡本かの子）を読む」（江種満子・漆田和代編『女が読む日本近代文学――フェミニズム批評の試み』新曜社　一九九二・三）を皮切りに、トポスに着目した橋本克己「瓦斯タンクと放水路――岡本かの子『渾沌未分』城東區砂町――」（『千葉商大紀要』一九九三・九）、小初の少女性を指摘した横井司「海へ向かう〈少女〉――『渾沌未分』試論――」（専修大学大学院文学研究科畑研究室編『岡本かの子作品の諸相』一九九五・六）、ギリシア神話の影響を検証した野田直恵「岡本かの子「渾沌未分」成立の背景」（『蒼光』二〇〇〇・三）、D・Hロレンスの受容を指摘した外村彰「「渾沌未分」――相克する表象、ロレンスの受容――」（『岡本かの子の小説〈ひたごころ〉の形象』おうふう　二〇〇五・九）がある。
（4）浅見俊雄・宮下充正・渡辺融編『現代体育・スポーツ大系　第一四巻　競泳・飛込・水球・シンクロナイズドスイミング・日本泳法』（講談社　一九八四・六）

（5）注（4）に同じ。
（6）北村哲郎『日本の文様』（源流社　一九八八・四）
（7）花林舎編『日本の文様図典』（花林舎　一九九六・三）
（8）亀井勝一郎「解説　岡本かの子　河明り・雛妓」（『河明り・雛妓』新潮社　一九五八・七）
（9）横井司「海へ向かう〈少女〉――『渾沌未分』試論――」
（10）中川善之助『妻妾論』（中央公論社　一九三六・一）
（11）久武綾子『氏と戸籍の女性史』（世界思想社　一九八八・五）
（12）注（4）に同じ。
（13）池田知久「中国思想における渾沌」（『東京大学公開講座五三　渾沌』東京大学出版会　一九九一・六）
（14）阿部吉雄・山本敏夫・市川安司・遠藤哲夫『新釈漢文大系　第七巻　老子・荘子（上）』（明治書院　一九六六・一〇）

＊「渾沌未分」が『日本紀』の注釈（谷川士清『日本書紀通證』（宝暦一二年刊））に登場していることを指摘しておく。本論で触れることができなかったが、今後検討していきたい。

第二章　『鮨』——ともよの〈孤独感〉——

はじめに

『鮨』（初出『文芸』一九三九・一）は、かの子永眠の一ヶ月前に発表された。テクストは、鮨屋を舞台に看板娘のともよと常連客である湊との交流が中心に描かれ、ともよと湊をめぐる現在の物語に、湊がともよに語る過去の物語が挟まれた構造になっている。同時代では、湊の姿に「滅び行く東京人の一つのタイプ」[1]、「虚無」[2]を見る読みが主流であり、戦後も、かの子文学最大の理解者とされる亀井勝一郎が、湊が衰亡する旧家に生まれたことから、テクストのテーマを「旧家の頽廃」[3]と指摘し、それが定説となった。ともよと湊は共に〈孤独感〉を抱えているにも拘らず、着目されるのは湊の〈孤独感〉のみで、ともよの〈孤独感〉は看過されていると言えよう。唯一、ともよに着目した呉順瑛も「孤独において、湊に相似したところがある」とし、「湊の語りはともよの存在なしでは果たせなかった」[4]と指摘している。同時代から今日まで湊中心に読まれることは変わらず、ともよは「飽くまで傍観者」[5]とされてきた。これまで、ともよは湊の語りの聞き手、湊に視線を向ける傍観者として位置付けられ、彼女の内包する〈孤独感〉は湊と二重写しに解されてきた。本論では、ともよと湊の〈孤独感〉の内実の差異を明らかにし、テクストをともよの物語として読むことにより、テクストの新たな可能性を探ることを目的とする。

1　〈孤独感〉の共鳴

湊は、ともよの家「福ずし」の客の中で異色であった。「先生」と呼ばれ、店主であるともよの父親も「しぜん、ほかの客とは違つた返事をする」。ともよ自身も、「初めは少し窮屈な客と思つてゐただけ」であったが、交流を重ねるにつれて、特別な存在として意識していく。湊が、「一度もその眼を自分の方に振り向けないときは物足りなく思ふ」ようになり「自分ながらしらず〳〵湊の注意を自分に振向ける所作」をする一方で、「そしらぬ顔をして黙つて」みたり、「つんと済して立つて行つて仕舞ふ」などと素気ない態度を取ることもあった。店における湊の挙動が気になって仕方がない。酒を飲んではいけない体の湊が他の常連客と盃のやり取りをすれば、「もうよしなさい」と盃を「ひつたくる」。湊の体に対する心配ではなく、「妙な嫉妬」に起因していた。次第に湊が「妙な気がかり」となってくる。「妙な嫉妬」や「妙な気がかり」を抱くともよは、明らかに湊に惹かれているわけだが、「妙な」という表現から分かるように、その感情が何であるのか明確に認識していない。

ともよは、鮨屋にくる客を「自分に軽く触れて慰められて行く」存在と看做していた。そして、客たちはともよから受ける「仄かなあかるいもの」を「自分の気持ちのなかに転じられて笑ふ」。ところが、湊は笑みを提供する側であったともよに微笑み掛けるのである。湊は常にともよに笑顔を振り向けた。目が合えば「微笑」し、自分の注意を引こうとするともよを見ては「微笑」する。またひどい剣幕で食ってかかられても「苦笑」し、そしらぬ顔をされた時でさえ「明るく薄笑ひ」を浮かべる。湊に微笑み掛けられたともよは、「父母とは違つて、自分をほぐして呉れるなにか曖昧のある刺激のやうな感じ」を受けた。

ともよは、父母から「自分をほぐして呉れる」、温かい充足感を得たことが無かった。表面上は「比較的仲のよい夫婦」だが、「気持ちはめい〳〵独立して」おり、〈孤独感〉を「染みつけられてゐた」。さらに「女学校時代に」、「孤独な感じはあつた」と、家だけでなく学校においても〈孤独感〉を抱いていた。「学校の遠足会で多摩川べりへ行つた」挿話が語られるが、一人「小川の淀みの淵を覗」き、魚の往来を眺めるともよの姿には、〈孤独感〉が漂う。家では父母と、学校では友達と距離を置き、「孤独的なものを持つてゐる」性格となったともよにとって、湊は自らが常に内包してきた〈孤独感〉を「ほぐして呉れる」唯一の人物だったのだ。ともよを「ほぐして呉れる」湊の笑顔は、ともよへの憐憫の情によるものだと考えられる。湊は、〈孤独感〉を宿すともよに自らの少年時代を見ていた。実は湊も、ともよ同様に、「家の中でも学校でも」「別もの扱ひ」される周囲から孤立した少年だったのだ。少年時代の湊は、「ときぐ〳〵、切ない感情が、体のどこからか判らないで体一ぱいに詰まるのを感じ」ていた。湊の体に充満した「切ない感情」とは、〈孤独感〉に他ならない。

両者は、単に〈孤独感〉を抱えていたということだけでなく、それがもたらされた場所も「家」、「学校」と共通している。しかし、テクスト内時間であるともよの時代と、湊の少年時代では約四〇年間もの隔たりがあるので、それぞれが孤立した場について、時代の文脈の中で捉えていく必要があるだろう。テクスト内時間は一九三六（昭一一）年から一九三八（昭一三）年で[6]、日中戦争開戦直前期から戦争下にあたる。戦時中の国家の方針は、一九三七（昭一二）年五月、文部省より出され、小学校から大学までの各学校に配布された『国体の本義』に顕著であり、「国民の生活の基本が家」、「家の継承が重んぜられ」とある。戦争勝利のために、政府及び軍部によって「家」という制度、家族という集団の組織化が強行に進められ、家族国家観が強められた。また「国体」が「我が国教育の淵源」であるという思想の下に、個人主義は否定され、戦争への総動員体制が図られ、「皇運を扶翼」することが精神理念とされた。ともよが「学校」で受けていたのは、国体明徴が強調された教育である。

湊の少年時代の教育はどの様なものであったのだろう。湊の少年時代は、「五十過ぎぐらゐ」と設定されている湊の年齢から、一八九二（明二四）年周辺と定められよう。一八九一（明二三）年一〇月には、教育勅語が発布されている。先に見た『国体の本義』で強調されている「皇道の道」は、「教育勅語に示された国体の精華と臣民の守るべき道の全体をさす[7]」とされており、両者の受けた教育は時代を越えて一続きとなっている。教育勅語発布の前年には、帝国憲法の施行、皇室典範の作成がなされており、天皇は国民の家長であると考える家族国家観が強化されていた。当時は、明治民法の編纂期にあたる。明治民法の目的は、「家」の存続にあり、家長の絶対的権限を規定し、家督相続のシステムを温存する封建的家族制度を踏襲するものである。

ともよと湊が共に孤立した場「家」、「学校」を時代に位置付ければ、湊は天皇中心の家族国家観の基盤が整備された時代にあり、ともよは一五年戦争下の国体明徴の時代にあり、両者ともに家イデオロギーがとりわけ強化され、それと軌を一にした教育がなされていた点で共通することが分かる。

ともよも湊も「学校」で、周囲に馴染まない特殊な生徒と看做され、問題視されたことで〈孤独感〉を抱いていた。ともよは、「男に対してだけは、ずばずば応対して女の子らしひ恥らひも作為の態度もない」という理由によって、「教員の間で問題になつた」。「女の子らしひ恥らひ」に欠けることが「問題」とされたのは、当時の「婦徳」の観念に反したからだと考えられる。一九三四（昭九）年刊行の『婦人の心理と婦徳の基礎[8]』では、「女子は男子に対して」、「遠慮深く、所謂おじけて、なるべく避け遠からんとするもの」、「如何にも恥かしさうな、而かも愛らしい風情を示すもの」とされ、「女子に取て格別大切なもの」は「羞恥心」であると説かれている。戦時体制下、女性は将来兵士となる子供を産み、強い兵士を育てるという役割が担わされ、良妻賢母教育が強化されていた。良妻賢母規範を補強する「婦徳」の観念も重要視されていたに違いない。ともよは、時代の要請に添わなかったがために、「学校」で「問題」にされ、〈孤独感〉を内包せざるを得なかった。

一方の湊は、勉強の「よく出来た」優秀な生徒であったが、肉、魚、野菜が食べられないというひどい偏食ゆえに、「食事が苦痛」で、無理に食べようとすれば「すぐ吐いた」ような腺病質な子供だった。湊が「あんまり痩せて行く」ことで、「学校の先生と学務委員たちの間で、あれは家庭での衛生が足りないからだといふ話が持ち上がつた」。学業優秀の湊が非難されたのには、当時の教育改革が関連している。教育の三要素とされる知育、徳育、体育のうち、それまでは、立身出世の思想と相俟って何よりも知育が尊重されていたのが、ちょうどこの頃に転換期が訪れていた。一八九〇（明二三）年、等級制が廃止され、学級制が導入されている。「知育一辺倒の学力主義的競争を弱める」[9]ことが、目的の一つにあった。知育に偏っていた教育が見直され、体育が強化された。運動会が年中行事化したとされるのもこの時期である。学業優秀であっても、虚弱児であった湊は、時代の思潮にそぐわなかった。

時代は異なれど、二人に〈孤独感〉をもたらした「家」、「学校」という枠組みは重なり合う。さらに、両者とも「学校」で孤立していた原因が、時代の要請に合わないことにあった。

湊は、〈孤独感〉を内包するともよの姿に、自らの少年時代を重ね合わせたのだろう。湊の微笑みが、ともよの〈孤独感〉に共感し、それを慰めようとするものであったからこそ、ともよは自らの〈孤独感〉を「ほぐして呉れる」と感じたのだ。ともよは、湊との交感によって自分を苦しめる〈孤独感〉を無意識裡に緩和していたと言える。

2 〈孤独感〉の差異

ともよの〈孤独感〉は、一見すれば湊のそれと「相似」していると言えよう。しかし、その内実は決して同じではない。まず「学校」で孤立した要因が、ともよの場合には他にもあったことを見逃してはならないだろう。「いつの間にか」問題視されていたともよの「疑ひは消えた」。その理由は、「商売柄、自然、さういふ女の子になつたのだと判つて」とされている。教員たちは、ともよの家の「商売」が鮨屋であるから、「女の子らしい羞らひ」がないのは、仕方がないと納得している。背景には「鮨屋」への差別意識があった。なぜ「鮨屋」が差別の対象となったのだろうか。ここにも戦争の影響が指摘できる。戦時色が色濃くなるにつれて、物資節約の必要性から贅沢と無駄が固く禁止された。一九三八（昭一三）年に出された大蔵大臣・池田成彬「婦人の力で銃後は固し――貯蓄・節約は主婦の責任[10]」では、「生活のあらゆる方面に亘つて、この際特に細心の注意を払つて頂きたい。戦場に立つ兵士の気持になれば、どんな節約も我慢できませう」とある。婦人雑誌には節約記事が盛んに掲載され、街頭には「パーマネントはやめましょう」「一汁一菜」「享楽禁止」などの標語が掲げられた。そんな時流にあっては、贅沢品である鮨を生業にする鮨屋が白い眼で見られても不思議はない。そして、周囲の人間だけではなく、ともよ自身も鮨屋の娘であることに引け目を感じていた。

女学校時代に、鮨屋の娘であるといふことが、いくらか恥ぢられて、家の出入の際には、できるだけ友達を近づけないことにしてゐた苦労のやうなものがあつて、孤独な感じはあつた（後略）

「教員」や「友達」に異端視されるとともに、自らも「鮨屋の娘」であることを「恥ぢ」、友人と距離を置いていたともよは〈孤独感〉に苛まれていた。しかし、「鮨屋の娘」ということは、本人の問題でなく家の問題であることを指摘しておきたい。どんなに〈孤独感〉を払拭したくとも、ともよにはなす術がない。湊の場合、原因は自己の偏食にあり、不可抗力の下に発生したともよの〈孤独感〉とは決定的に異なる。

次に、ともよが〈孤独感〉を抱いたもう一つの場「家」についても見てみたい。ともよの「家」での〈孤独感〉の要因について、先に、愛情の薄い両親との関係を指摘したが、それだけに留まらないと考える。「夫婦と女の子のともよの三人きりの暮し」とあり、ともよは鮨屋の一人娘であることが分かる。家督相続人として家業を継ぐという特殊な立場なのだ。当時のイデオロギーでは、「親を養うという孝の義務は、すべての子に平等にあるのではなくして」、「家督相続人が専属的に負うものとされ」「親が老後に家督相続人の世話になることは当然の権利」[11]であった。ともよには将来的には親を養っていく義務があり、おのずと両親の期待が向けられた。「気持ちはめい〳〵独立」している両親が、「娘のことについてだけは一致したものがあつた」。彼らは、「自分は職人だつたからせめて娘は」、「教育だけはしとかなくては」と、自分たちの受けてこなかった教育を娘には受けさせたいと切望している。[12]しかし、動機は純粋に娘のためというよりは、「まはりに浸々と押し寄せて来る、知識的な空気に対して」の「社会への競争的なもの」であった。以上からは、両親の家業の跡継ぎとしてのともよに対する多大な期待が窺える。ところで「東京で屈指の鮨屋で腕を仕込んだ職人」の父親の手腕により「福ずし」の経営状態は、「職人を入れ、子供と女中を使はないでは間に合わな」い程、非常に良好であった。父親は、鮨屋の経営に情熱を傾け、「どこか下町のビルヂングに支店を出すことに熱意を持ち」と、家業をさらに拡大、発展させようと野心を抱いている。一人娘のともよには大きな重圧が圧し掛かっていた。

しかし、両親の跡継ぎとしての一人娘への期待や、父親の鮨屋経営に対する情熱とは裏腹に、ともよ自身は家業に対して冷めた想いを抱いている。鮨屋の娘であることを「恥」としていたともよの店を手伝う態度に、鮨や店への愛情を見ることはできない。店で出される鮨を見て、「『飽きあきする、あんなまづいもの』と顔を皺め」、常連客に珍味を求められると「面倒臭さうに」探す。「店のサーヴィスを義務とも辛抱とも感じなかつた」とするともよは、「その程度の福ずしの看板娘だった」。この言葉には、ともよの家業への想いが端的に表れている。ともよにとって鮨も家業も「その程度」であり、特別な想い入れはないのだ。両親の期待や父親の情熱との隔絶は、〈孤独感〉を導き出すものであろう。

湊の家も、内容は詳らかにされないものの家業を営んでいた。そして、湊もともよと同じく「一家の職に」「気が進まなかつた」とあり、家業に対する想いは希薄である。しかし、湊は、一人娘で「家」の跡継ぎであるともよと、家における立場が違う。「家族は両親と、兄と姉」の湊は次男で、明治民法で「男子数人アルトキ其先ニ生マレタル者」（一九五一条一項）と規定されているように、家督相続の権利はなく、家を継ぐことはない。家における立場は、父親の息子への対応にも表れる。虚弱であった子供の頃には、養育は母親任せにし、「人が振り返るほど美しい少年」へと成長すると、「急に」「興味を持ち出し」、遊びを教える。父親は、湊を家業の継承者ではなく、「い丶道楽者」として仕立て上げた。湊の家の家業が「没落」していた点でも両者は対照的である。

繁栄している鮨屋の跡継ぎのともよと、衰退する家の次男の湊では、果たすべき役割や、家長である父親の期待も全く異なる。「家」におけるともよの〈孤独感〉は、「家」での立場や両親の期待に反して、「鮨屋」に情熱を注げないことにあるのではないだろうか。それは、家や両親に逆らっていくことを意味し、家の重圧がない湊と同一に見ることはできない。また「学校」で陥った〈孤独感〉にしても、要因とされた「鮨屋の娘」であることは、自身の力では解決しようがなく、湊の偏食のように本人の問題とも捉えられることとは異なる。ともよは、自分ではどうしようもない現実との間で葛藤している。その葛藤こそがともよの〈孤独感〉を形成していると捉えたい。湊とともよの〈孤独感〉の内実は対照的であり、湊と比較することでともよの〈孤独感〉がいかに深刻で脱却困難なものであるかが浮き彫りにされる。

ともよの逃れようもない現実とは、「鮨屋の娘」であることだ。つまり、ともよの〈孤独感〉の根幹をなすものがテクストの題名でもある鮨だと言えよう。二人が初めて鮨屋の外での邂逅を果たした際、「なにかいろ〳〵訊いてみたい気持ちがあつた」ともよが、「何を云はうかと暫く考へ」、「とう〳〵云ひ出した」問いは「あなた、お鮨、本当にお好きなの」であった。自己の〈孤独感〉を「ほぐして呉れる」湊が、〈孤独感〉の根源である鮨をどの様に思っているかを知ることは、ともよにとって重要な意味を持つ。

湊の独白はテクストの中心を占めると言ってもよい。しかし、話を聴いているともよの反応は、全く描かれず、ともよが「傍観者」と定められる要因になっていると考えられる。語りに触発されるともよの心情を考察し、末尾における二人の別離の意味を読み解きたい。

3 別離

湊は「家」でも「学校」でも〈孤独感〉を抱かなければならなかった少年時代を回想し始めた。湊の悲哀を、ともよは理解し、湊から受ける「自分をほぐして呉れるなにか曖昧のある刺激のやうな感じ」の正体が、共感であったことを知る。さらに、湊の語りは核心へと及ぶ。湊の鮨の思い出に、ともよは衝撃を受けたに違いない。贅沢禁止の風潮において、「鮨屋の娘」であることを「恥じ」、「苦労」を背負わなければならなかったともよにとって、鮨は金銭と切り離すことのできないものだ。客たちは、「ちんまりした贅沢」を求めてやって来る。父は商売熱心で、母は、「店の売上げ額から、自分だけの月がけ貯金」をしている。店で交わされる会話は「さんまぢや、いくらも値段がとれない」、「おとッつあん、なか〳〵商売を知つてゐる」といった金銭に関係するものだ。店名「福ずし」の「福」には、商売繁盛の願いが込められているだろう。背後に金銭が見え隠れする鮨をともよは嫌悪していた。湊にとっての鮨は「母親のことを想ひ出す」ものである。湊は福ずしでいつも「玉子と海苔巻に終る」。玉子焼の鮨は、母が一番初めに湊のために握った鮨である。偏食で腺病質の息子を救いたい母の苦肉の策だった。鮨は、母親の湊への「心配」と「愛感」が結晶化したものである。鮨を口に入れると「おいしさ」、「親しさ」、「歓び」「切ない感情が、体のどこから判らないで体一ぱいに詰ま」った。これを契機とし、湊は「見違へるほど健康になった」。湊は、母の鮨によって、救済されたのである。「母親の手製の鮨」は、「贅沢」や「商売」とは無縁である。自分を〈孤独感〉に陥れ、悪感情しか抱いてこなかった鮨が一人の少年を救ったと言う。ともよは、湊の語りによって、鮨の持つ新たな側面を知ることとなったのだ。

続いて、鮨による救済で〈孤独感〉の要因を克服した湊のその後の人生が語られる。「中学でも彼は勉強もしないでよく出来」、「高等学校から大学へ苦もなく進めた」と表面上は順風満帆に見える。しかし、内面は空虚なもので、常に「何かしら体のうちに切ないものがあつて」、しかも「それを晴らす方法は急いで求めてもなかなか見付からない」と感じていた。湊は母によって見出された光明を生かすことはしなかった。要因が取り除かれたにも拘らず〈孤独感〉を内包し続けたのだ。「永い憂鬱と退屈あそびのなかから大学も出、職も得た」。「道楽者」に仕立てようとする父親に歯向かうでもなく、なされるがままに「い、道楽者」として生き、「勉強もしない」。大学卒業後には「父母や兄姉も前後して死んだ」ことで、次男である湊に家督相続の権利が生じるが、「一家の職にも、栄達にも気が進まなかつた」。ついに「生活には事かかない見極めのついたのを機に職業も捨てた」のである。湊は、結局は〈孤独感〉と馴れ合い、周囲の状況に身を委ねて生きてきたに過ぎない。いつまでも〈孤独感〉を「晴らす方法」を見付けられずに、「憂愁」「諦念」を生きる姿勢とした。

湊の人生の顛末をともよはどの様に聴いたのだろうか。自分と同じく〈孤独感〉を抱える湊がそこから脱却し得なかったということは、ともよを絶望させてもおかしくない。しかし、ともよには少しも落胆の色は見えない。「あ、判つた」と納得しているのだ。ともよの反応は、自己の〈孤独感〉と湊のそれの差異を認識したことによるものと捉えたい。湊は「年をとつた」現在に至ってもなお、母への憧憬を追い、〈孤独感〉からの救済を求めている。現在の湊の〈孤独感〉は、無気力に、流されるがままに生きてきた「諦念」による結果に過ぎない。ともよの〈孤独感〉は、自己を抑圧する現実との葛藤によって抱かざるを得なかったものだ。

ともよを取り巻く現実は、より厳しくなっていくことが予想される。鮨はともよの〈孤独感〉の根幹であったが、ともよの未来を拘束し、「没落」させる可能性まで孕んでいた。鮨屋の未来は、決して明るいものではない。戦時色がますます色濃くなるにつれ、先にも指摘した贅沢禁止の風潮は強まり、鮨屋は実質的な被害を受けることとなる。一九三九（昭一四）年には、鮨の命とも言える白米の禁止令が施行され、一九四〇（昭一五）年には、「東京の食堂、料理屋は米の使用が禁止され、オカラや小麦粉などの代用食となり、販売も制限される[13]」ようになる。鮨職人が一五年戦争下について、「戦地にひつぱり出されました」、「握りたいと思つたつて、なにせ統制経済で材料がまるでない」「魚だつて配給[14]」と証言している。戦禍が激しくなれば、鮨職人も兵士として召集される。鮨には欠かせない米もねたとなる魚も入手できる状況ではなかった。鮨屋の行く末には暗雲が立ち込め、その跡継ぎであるともよの未来には不安が渦巻いている。作品内現在だけを見れば、鮨屋は繁盛しており、湊の家の家業の状況とは対照的であるが、この先は、湊の家同様に「没落」する運命にあるのだ。ともよは、鮨屋とともに時代に飲み込まれ、湊のように「没落」していくのだろうか。

従来言及されてこなかったが、ともよは湊から「自分をほぐして呉れるなにか曖昧のある刺激のやうな感じ」を受ける反面、「まともにその眼を振り向けられ自分の眼と永く視線を合せてゐると、自分を支へてゐる力を暈されて危いやうな気」も感じていた。ともよが、湊に「暈されて」しまうと感じた「自分を支へてゐる力」とは、何なのか。ともよが「自分を支へてゐる力」を培った場は、女学校であったと考えられる。当時の女学校は、良妻賢母教育であったが、「女の子らしひ羞らひ」がないと「問題」にされていたことから窺えるように、ともよはそれを内面化してはいないだろう。むしろ、教育が本来的に持つ力の恩恵を受けていたと考える。ともよとほぼ同時代に女学校に通っていた女性は、「水を得た魚とはこのことを言うのかと思う程に」「毎日がとても楽しくて、はりきっていた」、「ひたすら待っている毎日であった[15]」と語っている。教育が本来的に持つ力とは、人間の能力や可能性を開花させ、具現化させる力である。[16]「自分を支へてゐる力」とは、主体的に生きようとする力ではないだろうか。生きて行くにあたって「自分を支へてゐる力」を信じていたともよは、〈孤独感〉に捕らわれ、「憂愁」や「諦念」に閉ざされた湊に釣り込まれることを無意識裡に拒んでいたのだと捉えたい。湊の独白により、〈孤独感〉の差異、すなわち生きる姿勢の差異を自覚したともよは内面に抱いていた湊に対する危機感の正体も知ることとなったのだ。

この日以来、湊は「すこしも福ずしに姿を見せなくなつた」が、ともよは「また何処かの鮨屋へ行つてらつしやるのだらう――鮨屋は何処にでもあるんだもの――」と執着しない。ともよにとって、湊は既に「ほかの客とは違つた」客ではなくなった。現実と向き合わず、「憂愁」、「諦念」の人生を送る湊は、「現実から隠れんぼうしてゐるやうな者」である他の客と何も変わりないということに気付いたのだ。

湊との別離によって「ともよの側は一層深い諦念の世界へ戻される[17]」と捉えられてきた。しかし、両者の〈孤独感〉は似て非なるものであり、二人の生きる姿勢には決定的な差異があるゆえ、ともよが湊同様に、「諦念」の人生を歩む、ないしは時代に飲まれ「没落」することはないと考える。湊は、「勉強もしないでよく出来」、「高等学校から大学へ苦もなく進め」、「職も得」、「頭が好くて、何処へ行つても相当に用ひられた」と、能力や境遇に恵まれ、自分の手でどうとでも人生を切り開いていけたにも拘らず、結局は〈孤独感〉を逃げ道にし、流されるがままに生きているに過ぎない。〈孤独感〉に苛まれながらも現実に抗い、「自分を支へてゐる力」を信じ、主体的に生きたいともがくともよとは正反対である。そんな両者が同じ運命を辿ることはないと捉えたい。テクスト末尾に示されたともよと湊の別離は、両者の生の軌道が別々の方向へと進むことを示しているのではないだろうか。

おわりに

現在のともよの年齢と、湊が「結局い、道楽者になつてゐた」年齢（「十六七」）は一致し、住む場所も、二人とも「東京の下町と山の手の境ひ目」と同じである。「十六七」という年齢は、少年、少女から大人へと成長する過渡期であり、「境ひ目」というトポスは、どちらへも転ぶ可能性のある境界の位置にあることを意味しているのではないだろうか。女学校を卒業したが、「それから先どうするかは、全く茫然としてゐた」ともよは、人生の分岐点にいた。そんな中での湊との交感から、ともよは二つの気付きを得たと考える。一つは、湊の鮨への想いによってもたらされたものである。母の愛が凝縮した鮨によって少年が救済されたという事実によって、自己の〈孤独感〉の根幹をなし、嫌悪の対象であった鮨に対する想いが変化したはずであり、「鮨屋の娘」ということで抱いていた劣等感から解放されるのではないだろうか。もう一つは、自己の主体的な生の認識である。湊の〈孤独感〉の内実が「憂愁」と「諦念」に覆われた受動的な生であることが明らかになり、湊の生との対照によって自己の〈孤独感〉の内実が照らし出された。家や時代など自分ではどうすることもできない現実との葛藤によって内包せざるを得なかった〈孤独感〉について、今後その要因が取り除かれるわけではなく、むしろより重く圧し掛かってくることが予想される。しかし、「自分を支へてゐる力」を信じ、主体的に生きることを確認したともよは、〈孤独感〉を踏み越えていこうとするだろう。湊との別れ際、ともよが湊に向けた笑いには、未来へと踏み出す契機を与えてくれたことへの感謝の念が込められているのではないだろうか。

従来、湊の語りを成立させるためにともよが配置されたということは自明のこととされてきたが、湊の語りは、ともよが未来に向っていくために必要不可欠なものであり、ともよの主体的に生きる姿勢を導き出すものであると捉えたい。本論では、ともよを単なる視点人物としてではなく、家にもジェンダー規範にも抗い、「自分を支へてゐる力」を信じている存在として前景化した。テクストをともよの物語として読むことにより、「旧家の頽廃」、「家霊」、「滅び」といったかの子文学の定説の範疇に押し込められてきたテーマを、女の主体的生への希求と読み替える可能性を提示したい。

注

（1）浅見淵「文芸時評」（『早稲田文学』一九三九・二）

（2）十返肇「岡本かの子論」（『三田文学』一九四〇・一二）

（3）亀井勝一郎「解説」（『老妓抄』新潮社　一九五〇・四）

（4）呉瑛順「岡本かの子「鮨」論　鮨屋をめぐる二つの物語――湊の語り、ともよの独白」（『学芸　国語国文』二〇〇六・三）

（5）宮内淳子「《泳ぐ魚》を中心に――『鮨』――」（『増補版　岡本かの子論』EDI　二〇〇一・八）

（6）鮨屋の常連客に「兎肉販売の勧誘員」がいる。一九三七（昭一二）年一二月に刊行された雑誌に掲載されていた「兎肉の知識と其の食べ方」（井舟静水『栄養と料理』）という記事に、兎肉は、「直接国防資材であり、戦線と銃後を充たす栄養食品」として「猛烈に奨励」されるが、「取引の商売系が整つてゐない」とある。「販売の勧誘員」がいたのは、一五年戦争下、軍需品の毛皮として、魚に代わる貴重な蛋白源として、兎肉の販売が促進された一九三七年前後であろう。また湊が常連客と「競馬の話」をしているのだが、公認競馬が全国的に統一されたのは、一九三六（昭一一）年五月に競馬法が公布されて以後である。以上より、作品内時間は、一九三六（昭一一）年から作品発表年月が一九三九（昭一四）年一月なので、一九三八（昭一三）年までの間と定めることができる。

（7）鈴木博雄『日本教育史』（日本図書文化協会　一九八五・五）

(8) 雀部顯宜著。一九三四年九月北文館発行。
(9) 荒川章二「規律化される身体」(小森陽一他編『感性の近代』岩波書店 二〇〇五・二)
(10) 『主婦之友』(一九三八・八)所収。
(11) 川島武宜『イデオロギーとしての家族制度』(岩波書店 一九五七・二)
(12) 『老妓抄』でも、老妓が養女のみち子を女学校に通わせている。詳しくは第五部第二章「『老妓抄』――芸者が舞台を降りるとき――」を参照されたい。
(13) 『毎日グラフ別冊一億人の昭和五〇年史』(毎日新聞社 一九七五・一)
(14) 内田栄一『江戸前の鮨』(晶文社 一九八九・四)
(15) 加太貴美子『私の女学生時代』(かのう書房 一九八九・一一)
(16) 「ひそかな情熱」を抱く『晩春』の鈴子においても同様の点を指摘できる。詳しくは、第一部第一章「『晩春』――鈴子の〈苦しみ〉――」を参照されたい。
(17) 注(5)に同じ。

第三章　『家霊』——くめ子と〈仕事〉——

はじめに

かの子最晩年の作品である『家霊』（初出『新潮』一九三九・一）には、代々続くどじょう屋の帳場を受け継いだくめ子とその母、毎晩どじょう汁をせがみにくる徳永老人の交流が描かれている。名作と名高くかの子の代表作の一つに数えられ、また題名の「家霊」は、かの子文学を論じる上で重要なキーワードとして使用されてきた。同時代の代表的な論者、亀井勝一郎は、「古びた沼」、「妖気の立ちのぼる生の湿地帯」である「旧家のすがたが典型的に描かれている」「奇怪な作品」[1]とし、川端康成は、「高いいのちへのあこがれ」[2]が底流にあるとした。近年になっても、旧家の姿が描かれた霊的で神秘的な作品との評価は変わらず、主人公のくめ子は、旧家の持つ「霊」や「魂」といった人智の及ばぬ力によって押し潰される存在として読まれる傾向にある。[3]新たな読みとして、宮内淳子「帳場からの眺め——『家霊』[4]——」があり、「生きる意志の哀切な燃焼のさま」が描かれ、「流れていく時間を」「その都度燃焼するものとして見れば、旧家の特権は無効になってしまう」ゆえ「旧家の物語としての展開が認められない」との指摘がなされている。一方で、高良留美子「家父長制と女の〈いのち〉[5]」では、どじょうは「女の「いのち」のメタファ」、それを食う男、帳場に縛り付ける家父長は釣り人とされ、テクストには「女たちのいのちが釣り上げられ、生洲に飼われ、男たちに食われてきた家父長制という一つの制度＝文化」が描かれているとされている。全体的に、『雛妓』（初出『日本評論』一九三九・五）に描かれた「家霊」[6]意識の影響もあいまって、作者かの子に重ね合わせて論じられることが多い。

本論では、これまでほとんど言及がなされてこなかったくめ子が家を継ぐ前に「職業婦人」の経験を得たことに着目したい。くめ子と〈仕事〉の関係を検証していくことで、くめ子の心情の推移を追い、くめ子が「窓の中に坐る」最終場面について検討する。

1　職業婦人

くめ子の家は、「名物のどぜう（傍点本文　以下同じ）店」である。「どぜう、鯰、鼈、河豚、夏はさらし鯨」を「独特な料理方をするのと、値段が廉いのとで客はいつも絶えなかつた」。そして、「店の代々の慣はしは、男は買出しや料理場を受持ち、嫁か娘が帳場を守る」ことであり、くめ子は、この繁盛しているどじょう屋の「一人娘」だった。

> 自分は一人娘である以上、いづれは平凡な婿を取つて、一生この餓鬼窟の女番人にならなければなるまい。

くめ子は、「一人娘」として「女番人」になるという自分に課せられた役割を自覚してはいたのだが、それが苦痛で堪らなかった。

> 女学校に通つてゐるうちから、この洞窟のやうな家は嫌で〳〵仕方なかつた。人世の老耄者、精力の消費者の食餌療法をするやうな家の職業には堪へられなかつた。

くめ子は、「女番人」となり家を継ぐという役割を断固拒絶すべく、「女学校を出たのを機会に、家出同様にして、職業婦人の道を辿つた」。くめ子が「職業婦人」の経験を得たことは、非常に重要であると捉えたい。テクスト発表同年同月に同時に発表された作品に『鮨』（初出『文芸』一九三九・一）がある。鮨屋の娘である主人公ともよと常連客の老人との交流が描かれており、設定や構成が酷似していることから、同一線上に論じられることが多い。川端康成は「一つは泥鰌屋、一つは鮨屋、共に日本的で妙な食ひものの店を描いてゐる」「一対をなす短編」[7]と捉えている。両テクストには様々な差異が見られるのだが、大きな違いとして主人公の「職業婦人」の経験の有無が挙げられる。ともよもくめ子同様に、鮨ねたを見て「飽きあきする、あんなまずいもの」と顔を皺め」たり、「鮨屋の娘といふことが、いくらか恥ぢられて」など家業を好ましく思ってはいない。しかし、女学校卒業後「それから先をどうするかは、全く茫然としてゐた」と、給仕として鮨屋の「看板娘」に納まっていた。女学校卒業後の進路に「職業婦人」を選び、積極的に家からの脱出を図ったくめ子の行動、「職業婦人」として社会に出て働いた体験には、意義が見出されるのではないだろうか。

テクスト内時間は、宮内によって既に断定された最後の場面の時期を手掛かりとし[8]、一九三七（昭一二）年の暮前から一九三八（昭一三）年の春までの間と定めることができる。くめ子が、帳場を引き継いだのは「七八ヶ月ほど前」で、「三年間」働いていたので、女学校卒業時は、一九三五（昭一〇）年前後であった。これは『鮨』のともよが女学校を卒業した時期とほぼ一致しているのだが、ともよが「どうするかは、全く茫然としてゐた」ことから窺えるように、女学校を卒業したからと言って直ちに「職業婦人」への道が開かれるわけではなかった。一九二九（昭四）年以降の昭和恐慌によってもたらされた深刻な不景気のあおりを受け、「漸次求職者数が求人数を越える有様で、昭和五年の頃から次第に婦人の間にも所謂就職地獄の現象が現れ[9]」、一九三四（昭九）年に至っても「職に就くことを希望する婦人も日増しふえて来ましたので、婦人の就職はなか〳〵困難[10]」な状況は継続していた。一九三五年の六月から一二月まで『婦人公論』に連載された麻生豊の漫画『女学校は出たけれど』では、毎回、職業婦人を志し奮闘する主人公の就職活動にまつわる苦労が描出され、一つの求人募集に大勢の女性たちが押しかける様が描かれ「職業婦人ニナルノモ楽ジャナイワ」と主人公が溜息をつく場面で閉じられている。この就職難の現象は、とりわけ東京府下で「甚だしく[11]」、「山の手の高台」から「下町に向く坂道」の途中に家のあるくめ子は、就職難の真只中、就職が最も厳しい都市部において勤め先を探さなければならなかったことが分かる。そんな厳しい状況下、職が得られたことには、くめ子の家を出たいという強靭な意志が働いていたと言えるだろう。普通の家庭であれば、結婚することによって家を出ることが可能になるのだが、婿を取らなければならなかったくめ子には、「職業婦人」以外に家を脱出する道はなかったのである。

就職地獄の折、厳しい就職戦線で勝利し無事に就職先を得たくめ子だったが、苦労は続いていたと考えられる。「家出同様にして」、「職業婦人」になったくめ子は、「自宅へは寄寓のアパートから葉書ぐらゐで文通してゐた」とあり、一人アパートに下宿していた。一九三七年の政府による「職業婦人」の居住状況のデータ[12]によれば、「自宅より通勤するのが普通で、自宅以外に居住するものは至つて少ない」とあり、親や親族、知人に扶養、保護監督されている者が大多数を占め、単独で自炊により自活している者は、一割にも満たない。これは、「一婦人の身として独立生活を送ることが如何に困難であるかを物語もの」である。原因には、賃金の低さが挙げられる。賃金は職種によって大分違う。くめ子は「何をしたか、どういふ生活したかを一切語らなかつた」ので、詳細は不明であるが、「華やかな職場の上を閃めいて飛んだり」、「いつまで経つても同じ繰返しばかり」との描写から、女工、女車掌などの肉体的労働を伴う職種、医師、教員、看護婦などの専門的な知識を必要とする職種ではなく、「世俗一般に所謂オフイス・ガール及びショツプ・ガールなる近代後の下に、知識、境遇、業務、社会的地位等の極く類似した同一範疇の階級層と理解されてゐる」[13]「職業婦人」であったと考えられる。不景気による会社の低賃金政策によって、東京都の調査によれば、ボーナスが支給されていない者もあり、生活費さえ、家庭その他より補助を受けなければ成り立たない者も少なくない。「家出同然」で、親の援助を受けていなかったくめ子にとって、住居費、食費を捻出し、生活していくことは生易しいことではなかったはずだ。

以上より、「職業婦人」として家を出たくめ子に様々な困難が付き纏ったことは明らかである。しかし、くめ子は、「嫌で〳〵仕方なかつた」、「洞窟のやうな家」を念願通りに抜け出したのであるから、辛苦に耐え抜く覚悟はあっただろう。就職難の折に苦労して手に入れ、薄給でありながらどうにかしてしがみついている「洞窟」の外の世界に、多大なる期待を抱いていたはずだ。

ところが、くめ子が「職業婦人」であった三年間を「想ひ浮かべる」際、そこに希望を見出すことはできない。

三年の間、蝶々のやうに華やかな職場の上を閃めいて飛んだり、男の友だちと蟻の挨拶のやうに触覚を触れ合はせたりした、たゞそれだけだつた。それは夢のやうでもあり、いつまで経つても同じ繰返しばかりで飽き〳〵しても感じられた。

くめ子が「たゞそれだけ」「飽き〳〵」と感じたことには、「職業婦人」をめぐる社会の風潮や職場環境が大きく関係していると捉えたい。このことについては、宮内によって「結婚までのいわゆる腰掛け的な就職が増えて、結局雇主も責任ある職を任せられなくなり、それが女性の地位を低いままにとどめている」、「家庭にも職場にも、女性が長く仕事を続けにくい状況のあったこと」[14]という指摘がなされ、貴重な示唆を得た。本論では同時代資料を多数概観することにより、より具体的に検証していきたい。

当時は、まだまだ「職業婦人」に対して世間は無理解であり、さらに「職業婦人」の増加によって「男性の職業分野はそれだけ狭小となり、之が所謂失業問題の誘因の一を成してゐる」[15]との社会問題になっており、一部では「職業戦線から、女子を駆逐せよ」、「女子は家庭に帰り、一家の主婦たれ」などのスローガンが掲げられた。また社会の風当たりが強いばかりではなく、職場でも女性は認められていなかった。「職業婦人」に対する雇用主の感想や希望の調査[16]を見てみると、雇用主から見た「職業婦人」の長所については「綿密」、「従順」、「親切」、「男に比し給料安く執務良好」、「忍耐性」、「忠実」などが上位を占め、希望としては「婦道に反せざること」、「忠実に執務すること」、「明朗性を希望する」、「感情性に走らざること」などが挙がり、職務に関する具体的な要求としては、少数派意見に「珠算を習得すること」があるに過ぎない。「職業婦人に対する社会の要求は従来の家庭的な女に対する職業上の要求とが相半ばしてゐて、全体的には未だ幼稚な段階にゐる」[17]という状況である。短所としては、「思考的仕事劣る」、「仕事に対する責任乏し」、「多角的仕事劣る」、「執務男子に劣る」が挙がっている。以上の様に、女性は、男子に比べ思考的分野で劣るとされていたので、女子に任される業務は「思考」や「多角的」視野を必要としない単純作業になるだろう。おそらくくめ子に与えられた〈仕事〉も、誰にでもできるルーティンワークだったに違いない。やりがいが伴う責任のある〈仕事〉を任されないくめ子は、地に足が着かずにふわふわと「職場の上」を彷徨う「蝶々」の様でもある。

「蝶々のやうに華やかな職場の上を閃めいて飛んだり」するくめ子の行為は、「職業婦人」に求められたことでもあった。職場において、女性に必要とされたのは、思考を要する複雑な職務をこなす能力ではなく、「蝶々」のような美しさ、愛らしさだったのだ。全国代表会社人事課への「職業婦人としてどんな女性を求めるか」[18]というインタビューでは、「優しくて」「女性らしい人」、「愛嬌のある人」などの回答が目立つ。「チャーミングな人。昔から男は度胸、女は愛嬌といつてゐる。婦人にチヤーミングな所がなければ、婦人としての資格がない」と明言している企業までである。また、容姿に関しても「端麗な程結構です」とし、「十人並以下の人はお気毒ですが余程の特徴のない限り選に漏れ勝ちでせう。致方がありません」とされている。「婦人に対して周囲が常にかゝらかひ半分で」、「容貌などの事」を「思ひ遣りのない」冗談にする光景も日常茶飯事であった。「職業婦人たる以上、周囲の男性に対しては、飽くまでも、女らしさと愛嬌とを忘れてはならない」、「貴嬢たちの生命」は「「動く線の美」ですから」[19][20]といった価値観は広く浸透しており、根深いものであった。そんな職場環境にあって、「蝶々のやうに」美しく、愛嬌をふりまき「閃めいて飛んだり」する以外に、くめ子が「職業婦人」として生きる道はなかったのだろう。

くめ子は、「職業婦人」であった時間を「夢のやう」としている。政府の調査[21]によれば、当時の「職業婦人」たちが、社会や職場に対して要求したことは、第一に、「人格を尊重し、私的生活に干渉するな」であった。これは、「労資共存共栄に志し、待遇を良くせよ」を上回っている。彼女たちが望んでいたことは、給料や手当てなどの待遇以上に、人格を尊重し、職業人として認められることだったのだ。男性の仕事を奪う、男性に能力が劣るといった理由で、責任のある仕事をさせてもらえずに、職務とは無関係の場面で干渉され、求められるのは愛嬌や美しさのみであったならば、その生活は「飽き〳〵」したものになるであろうし、そこに、生きがいは見出せるはずはなく、生きている実感のない「夢のやうな」日々となるだろう。

三年間の「職業婦人」としての経験を経たくめ子は、「誰の目にもたゞ育つただけで別に変わつたところは見えなかつた」とされているが、その胸には、大きな挫折感が刻まれたはずだ。くめ子が希望を抱いた外の世界には、くめ子が求めていたものはなかった。くめ子は、「洞窟のやうな家」の閉塞感を嫌い、自己解放を希求したわけなのだが、「職業婦人」は、社会や、職場における周囲の人々の目によって拘束され、主体性を奪われるものであった。しかしながら、就職難の中、自覚的に「職業婦人」という職業を得たこと、苦労しながらもどうにか自活していたこと、そして社会の現実との軋轢によって挫折を味わったことは、くめ子の人生に大きな影響を与えたと言えるのではないだろうか。

2 諦め

くめ子は、「母親が病気で永い床に就き、親類に呼び戻されて家に帰つて来た」。「今まで、何をしておいでだつた」との母の問いに、「えへへへん」と「苦も無げに笑つた」。前節で見てきたように、くめ子に苦労がなかったわけがないことは、「その返事振りにはもうその先、挑みかかれない微風のやうな調子」があったことからも窺える。くめ子の「えへへへん」という笑いに吹いた微かな風とは、「職業婦人」として味わった挫折感ではないだろうか。「あしたから、お帳場を頼みますよ」という母の言葉にも、くめ子は、「えへへへん」と笑いで応えた。そして、「今度はあまり嫌がらないで帳場を勤め出した」のである。くめ子は、「嫌で〳〵仕方がなかつた」家、「耐へられなかつた」〈仕事〉を継ぐことを受け入れた。「家出」をしてまで、拒絶したかった道を「あまり嫌がらないで勤め出した」理由とは一体何なのか。

そもそも、くめ子が帳場を受け継ぐという道を拒否していたのには、「人世の老衰者、精力の消費者の食餌療法をする」どじょう屋に対する嫌悪と、子供の頃から常に目にし続けてきた母親の姿があった。

それ（帳場――引用者注）を忠実に勤めて来た母親の、家職のためにあの無性格にまで晒されてしまつた便（ママ）りない様子、能の小面のやうに白さと鼠色の陰影だけの顔。やがて自分もさうなるのかと思ふ（後略）

くめ子は、母に自らの行く末を見て、「一生この餓鬼窟の女番人にならなければなるまい」と「身慄ひが出た」

のだった。家に戻った際、母に変化が見られたわけではなかった。相変わらず控え目で、自分の問い掛けに対して、ただ「えへへん」と笑うくめ子に「推して訊き進む」こともしない。くめ子が嫌悪した「餓鬼窟の女番人」の姿のままである。さらに「不治の癌」に侵されている母は、「餓鬼窟の女番人」の人生の末路を示しているかのようだ。

どじょう屋という家業も、そこの「女番人」である母も何も変わらないにも拘らず、くめ子が「女番人」という〈仕事〉を継ぐことを受容したのは、積極的な理由によるものではない。くめ子は、それを「多少諦めのやうなものが出来て」としている。この「諦め」には、二つの意味があると考える。一つは、母が病気に倒れ、帳場を勤められなくなったことだ。しかし、母とくめ子は、くめ子が家を出ていた三年間、「葉書ぐらゐで文通してゐた」だけであった程、「心情を打ち明けたり、真面目な相談」をしたりする関係ではなく、単に母親を思いやってというわけだけではなさそうだ。また、帳場を継ぐべき「一人娘」としての責任感でもないことは、「家出同様にして、職業婦人の道を辿った」ことに明らかである。くめ子のもう一つの「諦め」の意味とは、「職業婦人」として体験せざるを得なかった失意に因るものだと考えられる。

「餓鬼窟」の外の世界に飛び出したものの、「職業婦人」としてくめ子が求められたこと、そして自らが実現できたことは、抱いていた期待とは裏腹であった。くめ子が「職業婦人」として在職していた期間は「三年間」である。この三年間という在職期間は、当時としては決して短い方ではなかった。当時の「職業婦人」で在職年数が長い人は、教員など特定の職種に限られており、「事務員の如きは一年未満の者が多数を占め、一時的職業なることを物語つて居る(22)」という現状であった。それには、結婚問題が大きな影響を及ぼしていた。「職業婦人」を結婚までの準備期間とみなす考え方は一般的であった。結婚適齢期になっても勤務を続ければ、居心地の悪い想いをしなければならなかったのだ。また働く女性自身にもその様な考えを抱いている人が少なくなかった。さらに、結婚すると仕事を辞めなければならないことが大半であったようだ。結婚の問題がなかったとしても、やりがいのないルーティンワークを永年に亘って継続したいとは思えないのではないか。多くの女性が「職業婦人」を持続することに様々な困難を感じ、職を去ったと同様に、くめ子も〈仕事〉に対する「諦め」を感じていたのだろう。希望を打ち砕かれ、「飽き〳〵」していたくめ子にとって、母親の病気は、一つの契機となったと考えられる。潮時を見極めたとも捉えられよう。

失意の後に、くめ子は、「嫌で〳〵仕方がなかつた」、「耐へられなかつた」「餓鬼窟の女番人」という〈仕事〉と、希望を抱いていた「職業婦人」には、何の差異もないということを悟ったのではないか。くめ子が嫌悪感を抱いていた「餓鬼窟の女番人」である母の特徴は、「忠実」、「無性格」、「頼りない様子」、「能の小面のやう」であった。それは、くめ子が目撃し、体験した「職業婦人」と重なるのではないだろうか。雇用主は、「職業婦人」に、「忠実」であることを要求し、「頼りない」からと誰にでもできる簡単な〈仕事〉に従事させた。「職業婦人」に、個性や主体性はむしろ邪魔であり、人格を認めず「無性格」であることを良しとした。そして、内面を求めない代わりに、容貌の美しさや愛嬌を強要した。まるで人形のように振舞わなければならない「職業婦人」と、「能の小面のやう」に無表情な母に、どの様な違いが見出せるだろうか。

「諦め」によって、「女番人」となったくめ子の「帳場格子」に座る日々が始まった。くめ子の働く「帳場格子」という場所やその性質にも「職業婦人」と重なる点を見出すことができる。まずは、店の構造を見てみたい。

> 板壁の一方には中くらゐの窓があつて棚が出てゐる。客の誂へた食品は料理場からこゝへ差し出されるのを給仕の小女は客へ運ぶ。客からとつた勘定もこゝへ載せる。それ等を見張つたり受け取るために窓の内側に斜めに帳場格子を控へて（後略）

帳場は、客席と料理場の境界に位置し、両方の橋渡し的な役割を担っている。くめ子が「格子」の中に佇んでいることは、象徴的であると考えられる。実は、どじょう屋の外装も「拭き磨いた千本格子の真中に入口を開けて古い暖簾が懸けてある」という構造になっており、高良留美子はそこに着目し、「二重の格子の奥にとらえられ、より深く家父長制にとりこまれた存在[23]」と指摘している。「格子」の特性を「とらえられ」、「とりこまれ」と捉えることも可能であると考えるが、「窓の内側に斜めに帳場格子を控へて」と、「窓」と二重構造になっていることに注意したい。テクストにおいて、この後、帳場を指す際には、「娘のゐる窓」と描写され、最後の場面でも「窓の中に坐る」とされている。「窓」は、外と内をつなぐもので、内を外から見られ、内から外を見るという性質を持つ。テクスト中にも、「窓から覗いているくめ子」、「窓の方へ顔を覗かせて」及び「窓の中を覗いた」、「様子も窓越しに見えました」とある。「帳場格子」の掛かった「窓」を通して、見られ、見る関係が顕著な場面がある。

　くめ子の小麦色の顔が見える。くめ子は小女の給仕振りや客席の様子を監督するために、とき〴〵窓から覗く。
　すると学生たちは奇妙な声を立てる。

学生たちがくめ子に視線を注いでいたことは明らかである。「永らく」控えていた年老いた母に代わり、帳場に座り始めた若いくめ子は、学生たちの興味をそそったのであろう。

当時、「窓」の女と言えば、私娼が想起された。同時代に新聞誌上に連載された永井荷風『濹東綺譚[24]』には、作家大江匡が私娼窟玉の井の私娼お雪となじみを重ねる様が描かれている。窓は、お雪の佇む場として作中で重要な役割を果たしている。主人公は、「お雪はどうしたか知ら。相変わらず窓に坐つてゐることはわかりきつてゐながら、それとなく顔だけ見に行きたくて堪らない」と窓へ向かう。『濹東綺譚』の挿絵を担当した木村荘八は、玉の井を実際に訪れ、「家々の特徴成した小窓。そこに女がいてこの稼業渡世の重要な「職場」となっていた[25]」とし、私娼が「小窓から「ちょいとだアーんな」(中略)などと呼び[26]」客引きをする様、客のいない時には「窓の中で窓わくに両手をかけて、つくなんでしょんぼり[27]」している様などを観察している。

私娼である「窓」の女たちは、「窓」ごしに、性的対象として男たちに品定めされた。これは、くめ子が「精力の消費者」と表した「青年たち」が、店の前で「一つ、いゝ、いのちでも喰ふかな」と呟き入店してくる様に重なる。そして、彼らは、若いくめ子を見て、「奇妙な声を立てる」わけだが、「窓」の女たちが、「窓」の中から、客を見、「窓から捕らえる[28]」ように、くめ子も彼らの眼差しを避けるわけではなく逆に関わっていく。

くめ子は苦笑して小女に「うるさいから、薬味でも沢山持つてつて宛てがつておやりよ」と命ずる。葱を刻んだのを、薬味箱に誇大に盛つたのを可笑しさを堪へた顔の小女が学生たちの席へ運ぶと、学生たちは娘への影響があつた証拠を、この揮発性の野菜の堆さに見て、勝利を感ずる歓呼を挙げる。

ここに表れるくめ子の青年たちへの交わり方は、「職業婦人」であった頃に、「男の友だちと蟻の挨拶のやうに触覚を触れ合はせたりした」ことに同じであろう。「職業婦人」も、見られ、見る存在であった。くめ子は、「職業婦人」の頃に、既にその体験をしていたので、青年たちの戯れにも動じない。

見られるという意味では、第一に、「窓」の女たちが男の性的対象として見られたように、「職業婦人」たちも同様の視線にさらされていたことが指摘できる。「会社なんかに勤めていらつしやると、重役か上役に目をつけられるといふことなど。この間も上役に誘惑されて、子供を孕ませられて、その処置に困つていらつしやる話なんか伺ひました[29]」といった様に、「職業婦人」が男性社員によって、性的な被害を受けることも少なくなく、婦人雑誌には、そういった類の身の上相談が頻繁に掲載されている。また、性的な意味を含まずとも、「職業婦人」には好奇の目が注がれていた。かの子の夫であり、時代の寵児として当時もてはやされていた漫画家の岡本一平は、「丸ビル漫画」において、次の様に描写した。

> 邦字タイプライターを売る店のショウウインドウに人蝟りして居る。硝子越しに女店員が機械を打つてるのだ。硝子越しに女を見せれば男が蝟る事屹度受合ひ。(30)

これは店員の例だが、どんな職種であれ、「職業婦人」たちは、一様に自らが見られる対象であることを意識していたようだ。以下も一平による揶揄である。

> 午後五時の閉店時刻になると姿の乱れた女事務員達、化粧道具を提げて婦人便所へわれ勝ちに駆け込む。出て来る時は、みな、カルメンやカチユウシヤの顔と変つてゐる。この顔でまた夜分又一稼ぎするものもあるとの噂（後略）(31)

「職業婦人」に要請されたことが、容姿や愛嬌のみであったのだから、彼女たちが外見に捕らわれるようになるのは致し方ないことなのではないか。

しかし、「職業婦人」たちは、見られるだけに留まらない。彼女たちには、周囲を冷静に見つめる必然性があったのだ。菊池寛が「職業婦人に与ふるの書」で以下のように述べている。

多くの男性が何を女性に求めてゐるか（中略）多くの男性の、自分に対する態度行動の中で、真実の愛情、真面目な触手をはつきりと見極める機会などを多く与えられている（中略）職業婦人として巷に出てゐる中に、い丶相手（結婚相手――引用者注）を見つけるチヤンスが与えられる(32)

女性たちが職場で生き残るために、まずは第一に、男性の領分を侵さぬように従順でいて、「多くの男性が何を女性に求めてゐるか」に目配りしなければならなかった。さらに、男性社員の魔の手から身を守るために、男性社員の「真実な愛情、真面目な触手」を見極めつつ、結婚相手にふさわしい「い丶相手」を見付けなければならなかった。

自己の欲求と現実との軋轢の中で、現実に挫折したくめ子は、母の姿と「職業婦人」の類似性を感じ、見られ見る「窓」の中は、かつての職場と変わらないと感じたのではないだろうか。くめ子は、憧れを抱いていた「職業婦人」も、「嫌でく仕方がなかつた」「耐へられなかつた」どじょう屋の「女番人」も同じなのだという結論に至ったと考えられる。くめ子の「諦め」とは、結局どこへ行っても、どんな〈仕事〉をしていても同じではないか、という挫折感から生まれ出たものであると捉えたい。

3　二人の〈仕事人〉

「諦め」の中、挫折感を拭えない状態に陥ったままに、くめ子は帳場に座る毎日を送っていた。そんなある日、くめ子は「何となく心に浸み込むものがあるやうな晩」を迎えた。この晩は、くめ子の人生における重要な分岐点であったと言えよう。それは、「押し迫つた暮近い日」で、くめ子が「帳場を勤め出した」日から、数ヶ月が経っていた。[33] 閉店間際、毎晩どじょう汁を付けでせがみに来る彫金師の徳永老人から、通常通りの注文が入った。くめ子は、「困つちまふねえ」としつつも、「おつかさんの時分から、言いなりに貸してやることにしている」ことを理由に「持つてつておやりよ」と出前持ちに指示した。しかし、出前持ちは「今夜に限つて」、「暮れですからこの辺りで一度かたをつけなくちや」と、くめ子に進言する。くめ子は、出前持ちに従い、どじょう汁を与えないことにした。やって来た徳永老人は、出前持ちに、勘定を払うように詰め寄られ、初めは「吃々と」言い訳を述べていた。その萎れた様子は、「寂しげ」で、「薄幸を想はせる顔付き」、「よれよれ」の身なりに見合っている。しかし、話が一旦「自分の仕事」に及ぶと、徳永老人は「急に傲然として熱を帯びて来る」。身振り手振りを交えながらの語り口に、店の者たちは皆「引緊められるものがあつて」「身体を引起こした」。徳永老人のこのパフォーマンスは、「毎度のこと」でありながら、店の者たちは「心奪われる」のである。そして、店員たちは、「くすくすと笑つた」り、「どつと笑う」。徳永老人によって店は温かい笑いに包まれた。

そして、徳永老人の〈仕事〉の話に、引き付けられたのは店の者だけではなかった。くめ子も、徳永老人の姿から目を離すことが出来なかった。「窓から覗いてゐ」たくめ子は眼前で彫金の身振りをする徳永老人に、次のような想いを抱いた。

老人の打ち卸す發矢とした勢ひには、破壊の憎みと創造の歓びとが一つになつて絶叫しているやうである。その速力には悪魔のものか善神のものか見判け難い人間離れのした性質がある。見るものに無限を感じさせる天体の軌道のやうな弧線を描いて上下する老人の槌の手（後略）

くめ子は、徳永老人の職人としての所作に、「破壊」と「創造」、「憎み」と「歓び」、「悪魔」と「善神」と、相反するものが一つになって「絶叫しているやう」な「人間離れ」した凄味を見た。その迫真の〈仕事〉ぶりは、「見るものに無限を感じさせる」。徳永老人は、その「芸」によって、「生きたものを硬い板金の上へ産み出して」きたのだった。自己の片切彫という特殊な技術の話をする時には、「得意になつて言ひ」、また「堂々たる姿勢」で「真摯」に語る徳永老人の「自負の態度」は、「奇稀性」のある〈仕事〉に一生を賭けてきたという誇りと情熱に裏打ちされているのだ。〈仕事人〉としての徳永老人は、自信に満ち溢れ、生き生きとしており、普段の「寂しげ」「薄幸」「よれよれ」の様子とは程遠い。くめ子は、〈仕事人〉徳永老人に神々しささえ感じたのである。

前節で指摘した帳場の「窓」を通しての見る、見られる関係は、くめ子と徳永老人の間にも成立している。しかし、それは「職業婦人」と大して変わらない軽薄で、打算を伴った関係性では決してない。くめ子の徳永老人への眼差しは、畏敬の念を帯びている。くめ子が「職業婦人」として経験してきた〈仕事〉は、徳永老人の様に人生を賭け、誇りと情熱を抱けるものではなかった。また、「女番人」である母の働く姿にも、それを見たことはなかった。くめ子にとっての〈仕事〉とは、「飽き〳〵」して「身慄ひが出」るほど嫌なものだったのである。くめ子は、徳永と自分の〈仕事〉の差異、〈仕事〉に傾ける情熱の差異を感じていたのではないか。徳永は、自分の〈仕事〉を得意気に語る際、「へへへんと笑つた」。くめ子も同様に、「えへへんと笑つた」ことが二度あった。家に戻ったくめ子に対する母の「今まで、何をしておいでだつた」という問いに、また「あしたから、お帳場頼みますよ」という言葉にも「えへへんと笑」って応えた。どちらも「職業婦人」、「女番人」と、くめ子の〈仕事〉に関連することである。しかし、無論この笑いは徳永の様な「自負」の笑いではなく、「諦め」の笑いである。「へへへん」と「えへへん」という二人の笑いの微妙な違いには、同じく自己の〈仕事〉に対して漏らした笑みでありながら、それが起因する心情がまるで正反対であることが表れている。

〈仕事人〉徳永老人は、くめ子に強烈な印象を残した。これは、自分の〈仕事〉、ひいては人生に対して「諦め」

を抱いているくめ子に、心境の変化をもたらすものだったに違いない。年の「暮」は、旧い年から、新しい年へと向う節目である。何か重要な出来事が起こることを予感させる。(34)

徳永老人とくめ子の直接の交感がなされたのは、この日からそう間の空かない「風の吹く晩」である。店の者が居なくなるのを「見済ましたでもしたかのやうに」徳永老人が、くめ子のもとを訪れた。徳永老人は、くめ子のいる「窓に向つて坐つた」。「窓一つに向つた」徳永老人に、くめ子は「決意に充ちた、しほしほとした表情」を見る。徳永老人は、まず、どじょうが自分にとって、どの様な食べ物であるかを語った。「身体のしんを使ふ仕事には始終、補ひのつく食ひ物を摂らねば業が続かん」と、どじょうが「奇稀」な芸を、徳永老人が一生を捧げてきた〈仕事〉を支えてきたことが明かされる。そして、「遂に懐からタオルのハンカチを取出して鼻を啜」り、くめ子の母について語り出した。

> こちらのおかみさんは物の判つた方でした。(中略) 窓の方へ顔を覗かせて言はれました。徳永さん、どぜうが欲しかつたら、いくらでもあげますよ。決して心配なさるな。その代り、おまへさんが、一心をうち込んでこれぞと思つた品が出来たら勘定の代りなり、またわたしから代金を取るなりしてわたしにお呉れ。それでいゝのだよ。(後略)

くめ子の母は、徳永老人の〈仕事〉の源であるどじょうを惜しみなく与え続け、「窓」越しに励まし続けてきたのだった。若き日の徳永の方は、若い母が婿の放蕩に苦労しながらも「ぢつと堪へ」、「帳場から一歩も動きなさらんかつた」のを見兼ねていた。徳永の目には、母が「むざむざ冷たい石になる」、「生埋めになつて行く」ように映っていた。そんな母を徳永は自分の「芸」の力で救いたいと願ったと言う。

せめて、いのちの息吹を、回春の力を、わしはわしの芸によつて、この窓から、だんだん化石して行くおかみさんに差入れたいと思つた。わしはわしの身のしんを揺り動かして鏨と槌を打ち込んだ。それには片切彫にしくものはない。

徳永は、「窓」越しに、母へ「いのちの息吹」、「回春の力」を「差入れたい」とした。その為に、徳永は「骨折」り、「技量を鍛へ」、「いのちが刻み出たほどの作」を生み出そうと「芸」に精進したのである。「窓」を介しての母と徳永の関係は、互いに支え支えられる関係であった。そして、互いに向ける眼差しは、温かい励ましであり、〈仕事〉に執心する者に対する尊敬の念ではないだろうか。「女番人」として、「帳場から一歩も動」かず、徳永をはじめとした〈仕事人〉を支え続けてきた母もまた、れっきとした〈仕事人〉だったのである。

徳永老人の話は、現在の自分のことへと移った。徳永老人は、「もう全く彫るせきはない」、「仕事の張気も失せました」と、精魂込めてきた〈仕事〉に幕を引くことをくめ子に宣言する。その理由は、「身体も弱りました」という身体的な限界と、「永いこともないおかみさんは簪はもう要らんでせう」ということだった。母は、「不治の癌」で、余命いくばくもない。そして、「一歩も動きなさらんかつた」帳場をついに娘のくめ子に託したのであった。自己の〈仕事〉に人生を懸けて執心する同志を失ったことが、徳永老人に引き際を悟らせたのではないだろうか。

人生を懸けてきた〈仕事〉を失った徳永老人は、同時に生きる気力をも失うのかと思われた。しかし、徳永老人は、「哀訴の声を呪文のやうに唱へ」、「嘆願」した。

あなたが、おかみさんの娘ですなら、今夜も、あの細い小魚を五六ぴき恵んで頂きたい。（中略）あの小魚のいのちをぽちりぽちりわしの骨の髄に嚙み込んで生き伸びたい――

「生き伸びたい」と切望する徳永老人の生きることへの執着に、くめ子の心身は大きく動かされた。くめ子は、「われともなく帳場を立上つた」、そして「妙なものに酔はされた気持でふらりふらり料理場に向つた」。

日頃は見るも嫌だと思つたこの小魚が今は親しみ易いものに見える。くめ子は、小麦色の腕を捲くつて、一ぴき二ひきと、柄鍋の中へ移す。握つた指の中で小魚はたまさか蠢く。するとその振動が電波のやうに心に伝はつて刹那に不思議な意味が仄かに囁かれる――いのちの呼応。

「諦め」によって「女番人」となったくめ子には、どじょうはやはり「見るも嫌」な物であった。それが今は、「親しみ易いもの」に思えたのである。かつて、くめ子にとって、どじょうは「精力」の象徴であり、「下品」と嫌悪する対象であった。くめ子は、「いのち、いのちでも喰ふかな」と、「窓」の女を吟味するような面持ちで店を訪れる客たちが欲する「いのち」を肉欲として捉えていたと思われる。だからこそ「女学校へ通つてゐるうち」、つまり多感な年ごろの時期に、とりわけ家業を疎ましく感じたのではないだろうか。しかし、徳永老人の話を聞き、くめ子の心境には変化が生じた。くめ子が嫌悪していたどじょうは、徳永老人の神聖な〈仕事〉を支えたと言う。そして、徳永老人が欲した「いのち」とは、「下品」な肉欲ではなく、芸術創造に必須となる精神性であろう。くめ子の中で、どじょうに対する想いと、それがもたらす「いのち」の意味が変容したのである。だからこそ、どじょうが「親しみ易いもの」に思われ、どじょうに触れると、「いのちの呼応」が伝わってきたのではないか。このどじょうが、徳永老人の〈仕事〉を支え、今度は〈仕事〉を終えた後の「いのち」を支えようとしている。くめ子は、どじょうを調理し、徳永老人に「窓から差し出した」。この日、徳永老人が意を決して、くめ子の「窓」に向って語り掛けたことは、「命をこめ」た〈仕事〉について、それを励まし、精進を促したものがどじょうであり、同じく〈仕事〉に執心する母の存在であったこと、そして仕事を退いた後も「生き伸びたい」とする生への執念であった。それに感応したくめ子が、どじょうを「窓から差し出した」時、くめ子は「女番人」という自己の〈仕事〉に、漠然としていながらも何らかの意味を見出すことができたのではないか。

　徳永老人との交感によって、くめ子の母に対する見方にも変化が生じたと考えられる。季節は早春へと移っていた。母はくめ子に向つて「生涯に珍らしく親身な調子で」、「ぢつと辛抱してお帳場に噛りついてゐると、どうにか暖簾もかけ続けて行けるし、それとまた妙なもので、誰か、いのちを籠めて慰めて呉れるものが出来る」と語った。くめ子は、母のことを「家職のために」犠牲になったと捉えていた。「忠実」、「無性格」、「能面」と、受動的でそこに自己の意志は存在していないと考えていた。しかし、徳永老人の話と、この「生涯に珍らし」い母の本心を聞くことによって、母が強靭な意志によって「帳場から一歩も動きなさらんかつた」、「お帳場に噛じりついて」いたことを知ったのである。母は、徳永老人同様に、自分の〈仕事〉に誇りを持って生きてきたのであろう。「不治の癌だと宣告」されたにも拘らず、母には一切悲壮感がない。むしろ「急に機嫌がよくなつた」のである。これを「家職」からの解放感とすることもできようが、一生を懸けてきた〈仕事〉を引退した後の充実感、自分の〈仕事〉を全うしたことによる晴れ晴れしさであると捉えたい。母は、「徳永の命をこめて彫つた」簪を入れた箱を頬に寄せ、振った。その音を聞いて「ほ　ほ　ほ」と「含み笑いの声を立てた」。朗らかに笑う母は、〈徳永〉と励まし励まし合いながら、共に生涯の〈仕事〉に打ち込んできた日々を思い出していたのかもしれない。

　宮内が徳永老人とくめ子の母に「生きる意志の哀切な燃焼のさま」[35]を見たように、両者とも死が近づいているにも拘らず、悲観的ではなく生き生きしている。これは、徳永老人と母が、それぞれ形は異なれど、自らの〈仕事〉に誇りと情熱を持ち、生涯を捧げてきたことに起因するのではないだろうか。〈仕事〉への執念が、「生き伸びたい」という意志に繋がっていくことは、先に触れた『鮨』との対比で明らかになる。[36]『鮨』には、徳永老人と同様に店の常連客で、跡継ぎの娘ともよと交流を持ち、ともよに語り掛ける存在の湊が登場する。同じ設定ながら、『鮨』では末尾に湊が鮨屋から姿を消すのに対して、本テクストは、「生き伸びたい」と「必死とどぜう汁をせがみに来る」徳永老人の姿によって閉じられている。湊は、「憂愁」、「諦念」を漂わせる人物で、彼に生きる気力を見ることはできない。〈仕事〉への姿勢はと言えば、「憂鬱」と「退屈」を常に抱き、「一家の職にも、栄達にも気が進まない」と覇気がない。そして、ついに「生活には事かかない見極めのついたのを機に、職業も捨てた」のである。湊にとっての「職業」とは、決して生活の手段以上の価値があるものではなかったのだ。〈仕事〉に無気力であった湊は、〈仕事〉を辞してからも生きることに無気力だ。〈仕事〉にも生にも消極的な湊と比べることにより、「いのちを込め」て精進する徳永老人の〈仕事〉への情熱、そしてそれに連動しているであろう生きることへの情熱が浮き彫りになる。徳永老人の同志で、〈仕事〉に「噛じりついて」きたくめ子の母も同じであろう。

徳永老人との交感によって、くめ子の自らの〈仕事〉に対する想いには、変化がもたらされた。徳永の「いのちを刻み出す」崇高な〈仕事〉、そしてそこに見られる執念と「自負」は、くめ子が「職業婦人」として経験してきた〈仕事〉とは対極にあるものであった。また、徳永の〈仕事〉を支えていたのが、自分が「見るも嫌」と感じていたどじょうであり、「職業婦人」と大差ないと「諦め」ていた「女番人」だったのである。そして、ただただ「忠実」に「無性格」に〈仕事〉をしていると思っていた母が、「一歩も動」かないという強靭な意志をもち、徳永老人と同じく〈仕事〉に精進する者として尊敬し合い、励まし合う同志であったと知った。二人の〈仕事人〉たちは、生涯を懸けて〈仕事〉に没頭し、「身体も弱り」、「病気で永い床に就」き、ようやくその幕を引いた。〈仕事〉

を全うしたという充実感は、彼らに「生き伸びたい」という意欲を与えた。かつて、くめ子も「職業婦人」を辞した経験があった。しかし、それは、二人の〈仕事人〉のそれとは余りに異なるものだった。そこには不満と失望しかなく、辞職は挫折でしかなかった。二人の〈仕事人〉たちの凄まじい生き様と晴れやかな終焉は、仕事に対して「諦め」を抱いていたくめ子に希望を見せ付けたのではないか。そして、終焉を迎えた〈仕事人〉徳永の「いのち」をこれから支えていくのは、現在「女番人」を担う自分であることも自覚したに違いない。

おわりに

くめ子の胸に「宿命に忍従しようとする不安で逞しい勇気」が湧き起こり、テクストは店を抜け出したくめ子が「店が忙しいから」と、「一人店へ帰」り、「窓の中に座る」場面で閉じられる。「くめ子の人生は、生きていくことに関する限界性を強調されている[37]」という読みもある。確かに、くめ子は「職業婦人」としては限界を感じた。けれども、くめ子の人生には「女番人」という責任ある〈仕事〉に誇りを持ち、情熱を傾けて生きていくという可能性が開かれているのではないだろうか。

本テクストには、〈仕事〉(「職業婦人」)を取り巻く現実に失望し挫折を味わった女が、〈仕事〉に人生を懸けた〈仕事人〉の生涯と終焉を目の当たりにしたことで、「諦め」によって継いだはずの〈仕事〉(「女番人」)に主体的に向き合い、生き甲斐を見出そうとするまでが描かれていると考える。

テクスト末尾に示唆されたくめ子が家を継ぐことは、かつて言われてきたように、神秘的で非現実的な「家霊」の力によるものではなく、「職業婦人」の経験と二人の〈仕事人〉との交感から得た実感によるものと意味付けられる。

注

（1）亀井勝一郎「『老妓抄』解説」（『老妓抄』新潮社　一九五〇・四）

（2）川端康成「文学の嘘について　岡本かの子氏の二作」（文藝春秋　一九三九・二）

（3）「家霊の為に封じこまれ、しいたげられた人間の精神が、その末期の際において、にわかに異形性に変じ、苔むす墓の中から、洞窟から、古沼から後世に向って叫びだした狂声」（森安理文「家霊のもつ文学的自覚について――岡本かの子及び森田草平の作品から――」（『國學院雑誌』一九六五・九））、「「家霊」によって成仏できないが故に、一層その業火に身をさいなまれ、この世をさ迷っている」（松島芳昭「『家霊』――いのちへの執念」（『解釈学』一九九〇・六））、「森羅万象のすべてが〈いのち〉のやりとりによって相互につながっている」（大久保喬樹「アニミズム化する自然――直哉、賢治、かの子における自然意識」（『東京女子大学　日本文学』一九九五・九））、「〝霊性〟と言うべき魂が〝家〟という場所に導かれてゆく魂の軌跡」（中尾千草「岡本かの子「家霊」論――いのちが呼応する場所――」（『大谷女子大国文』二〇〇〇・三））、「重圧に蝕まれながら家の営為を継続させてゆく〈家霊の像〉としての子孫の生きざま」（野田直恵「「家霊」という言霊――岡本かの子『家霊』をめぐって――」（『日本言語文化研究』二〇〇五・七））

（4）『淵叢』（一九九二・三）

（5）水田宗子編『女性の自己表現と文化』（田畑書店　一九九三・四）

（6）かの子と一平を彷彿とさせる、作家「わたくし」と逸作のやりとりにおける逸作の台詞に「旧家の一族に付いている家霊が、何一つ表現されないのをおやぢは心塊に徹して嘆いてゐたのだ」、「おやぢに現れた若さと家霊の表現の意志を継いでやりなさい」、「家霊は言つているのだ――わたくしを若しわたくしの望む程度まで表現して下さつたなら、わたくしは三つ指突いてあなた方にお叩頭します。あとは永くあなた方の実家をもあなた方の御子孫をも護りませう――と」とある。

（7）注（2）に同じ。

（8）宮内淳子は、作品最後の場面をくめ子が「霞のかかる季節」に「日の丸行進曲」を口笛で吹いていることから、「日の丸行進曲」が発表された昭和一三年三月から間もない時期であるとしている。テクストは、「暮近い日」を挟んで前後約三カ月の期間が描かれている。
（9）河崎ナツ『職業婦人を志す人のために』（現人社　一九三二・一二）
（10）東京府職業紹介所所長・豊原又男「職業を求める婦人の手引」（『婦人倶楽部』一九三四・三）
（11）注（9）に同じ。
（12）『職業婦人に関する調査』（大阪市社会部庶務課　一九三八・三）
（13）注（12）に同じ。
（14）宮内淳子「帳場からの眺め――『家霊』――」
（15）『婦人職業に対する調査』（神戸市社会課　一九三七・八）
（16）福田晴子「職業婦人の長所と短所」（『婦人運動』一九三八・三）
（17）注（16）に同じ。
（18）『婦人公論』（一九三八・三）
（19）注（16）に同じ。
（20）芳川幸夫「職業婦人べからず読本」（『婦人倶楽部』一九三六・三）
（21）注（15）に同じ。
（22）注（15）に同じ。
（23）高良留美子「家父長制と女の〈いのち〉」（水田宗子編『女性の自己表現と文化』田畑書店　一九九三・四）
（24）『朝日新聞』（一九三七・四・一六～六・一五）
（25）「玉の井の窓」（『木村荘八全集』第三巻　講談社　一九八二・五）
（26）「濹東雑話」（『木村荘八全集』第三巻　講談社　一九八二・五）

(27) 「濹東の変遷」(『木村荘八全集』第三巻　講談社　一九八二・五)
(28) 注(26)に同じ。
(29) 「恋愛と結婚を語る職業婦人の座談会」(『婦人公論』一九三八・三)
(30) 岡本一平『岡本一平全集』第一一巻(先進社　一九三〇・五)
(31) 注(30)に同じ。
(32) 『婦人倶楽部』(一九三八・六)
(33) 「押し迫つた暮近い日」の前には、時間の経過を示すであろう数行分の空白がある。その後に出てくる空白の前後では、約三ヶ月の時間の経過が見られるので、ここにも同程度の時間の推移があると言えよう。
(34) 暮から新年までを描いた作品『越年』(初出誌不明)がある。詳しくは第三部第一章「『越年』――加奈江と〈暴力――〉」を参照されたい。
(35) 詳しくは第二部第二章「『鮨』――ともの〈孤独感〉――」を参照されたい。
(36) 注(14)に同じ。
(37) 水野麗「岡本かの子・「いのち」の力学」(『名古屋近代文学研究』一九九九・一二)

第三部　職業に従事する女たち

第一章　『越年』――加奈江と〈暴力〉――

はじめに

『越年』（初出誌未詳）は、丸の内の女性事務員を主人公としている。同じ題材の『丸の内草話』（初出『日本評論』一九三八・一二～一九三九・四）が、比較的研究がなされているにも拘らず、これまでほとんど看過されてきたテクストである。小宮忠彦の「ハイカラな丸の内ビル街に働く女性像を描いた作品[1]」、溝田玲子の「闊達な若いＯＬの様子が小気味よく描かれている[2]」という指摘があるのみだ。

「ハイカラ」、「闊達」、「小気味よく」とされるテクストは、女性事務員の加奈江が同僚の男性社員の堂島に唐突に平手打ちされるという衝撃的な場面から始まり、同僚の女性たちとともに奔走し、ついに男性社員に平手打ちを仕返すという異質の展開を見せる。テクスト内時間は、「事変下」とあり、これは「支那事変」下を指す[3]ので、一九三七（昭一二）年七月の盧溝橋事件からかの子永眠の一九三九（昭一四）年の間と特定でき、しかも年末年始の銀座が舞台とされているので、一九三七年の年末から一九三八（昭一三）年の年始、もしくは一九三八年の年末から一九三九年の年始と定めることができる。本論では、戦時下という時代背景に留意し、男の〈暴力〉を取り巻く周囲の反応を追いながら、加奈江の心の移り変りを検証していく。

1　男たちの〈暴力〉

年の暮れ、退社しようとする加奈江の目に、「一人だけ残つてぶら〳〵してゐる」堂島の姿が映った。「妙に不審に思へた」次の瞬間、加奈江の身に信じ難い事件が降りかかった。堂島は「いきなり彼女の左の頬に平手打ちを食はした」のである。加奈江は、「あつ！」と叫び「仰反つたま丶、右へよろめいた」。その衝撃は「目が眩むほど」で、殴られた左の頬は「赤く腫れ上つ」て、しばらくすると「撲られた左半面は一時痺れたやうに」なり「眼から頻りに涙がこぼれ」た。その夜、加奈江は「偏頭痛」によって「眠られなかつた」。

堂島の〈暴力〉が加奈江に与えた衝撃は、肉体的なものに留まらない。翌朝、同僚の明子の「よかつたわね、傷にもならなくて」という慰めの言葉に「不満」を抱いた加奈江は、「口惜しい」と反論する。「平手打ち」直後、加奈江は「打たれた頬をおさへて固くなって」、「唇をぴくぴく痙攣させ」ていた。たとえ肉体的に「傷」が残らなくても、堂島の〈暴力〉は加奈江の心に大きな「傷」を負わせた。「不断おとなしい」加奈江であったが、言われのない〈暴力〉に屈して泣き寝入りすることはなかった。その胸には、「口惜し」さが充満し、ついに「許しはしない」と決意を固める。「身体が震へそうになる」恐怖を抑え「思ひ切つて」上司の課長に報告し、堂島を断罪してもらおうとするのである。

ところが、加奈江の期待は裏切られることになった。堂島は、既に会社を辞めていたのだ。課長は、加奈江の報告に「驚い」て「実に卑劣極まる」とし、「君も撲られつ放しでは気が済まないだらうから。一つ懲しめのために訴へてやるか」とは言うものの、「社の方もボーナスを貰つてやめたのだし」「何から何までずらからうという態度だ」とも言う。課長が加奈江の受けた〈暴力〉と、ボーナスを奪われた損失を同等に考えていることが窺われる。

加奈江にとっては憎むべき加害者であっても、課長にとっては既に辞職した社員に過ぎない。そして、加奈江の頬を「ぢつとみて」、「痕は残つてをらんけれど」と告げるのだった。「痕が残つてをらん」程なので大した〈暴力〉ではなかったのではないか、もしくは「痕が残つてをらん」から良いではないか、という意識が窺える。

さて、堂島から突然の〈暴力〉を受けた原因について、加奈江は「あの人の言葉に返事しなかつただけ」と推測していたのだが、その背後には「課長さんが男の社員とあまり要らぬ口を利くなつておつしやつた」という命令があった。課長の命令は、当時の女性事務員に対する社会の見方に基づく。金野美奈子『ＯＬの創造　意味世界としてのジェンダー』[4]によれば、戦時下、「「不特定多数の男性」と日々長時間接触する職場のイメージは、性的な意味を強く持っていた」ゆえ、女性事務員は「職場の秩序とは異質なもの、それを乱し、それに対立するものの象徴」、「男性からの「誘惑」を引き出し職場の秩序を乱すセクシュアリティの象徴」とされたという。課長も、加奈江たち事務職女性を「職場の秩序を乱すセクシュアリティの象徴」とみなしていたのだろう。そのような人物が、突然男に殴られて傷付いた女の心の傷を思いやることはなく、「訴へる」などと事を荒立てはしないはずだ。加奈江は、課長の命令によって〈暴力〉を受けたにも拘らず、当の課長は、加奈江の受けた肉体的被害も、精神的被害も深刻に捉えてはくれなかったのである。

課長室から戻り「へた〳〵と自分の椅子に腰かけて息をついた」加奈江だったが、「容易く仕返しの出来難い口惜しさが、固い鉄の棒のやうになつて胸に突つ張」り、男性社員のいる大事務室へと向った。行方知らずとなった堂島の居所を自ら調査するためだ。堂島と親しかった山岸から探ろうとするが、「にやにや笑ひ出して」「あやしい」と茶化され、本気で取り合ってはもらえない。加奈江は、「昨日の被害を打ち明けなくては、自分の意図が素直に分つて貰へないのを知つた」。〈暴力〉の被害者である加奈江にとって、それを告白するのは容易なことではない。しかし、「許しはしない」という決意の下、必死で「私の顔を撲つたのよ。私、眼が眩むほど撲られたんです」

と訴え、「顔を撲る身振りをし」夢中で昨夜の事件を再現する。〈暴力〉による肉体及び精神的な衝撃が甦り辛くなったのか、「涙を浮べ」るが、それでも気丈に説明を続けた。

加奈江の堂島への「復讐」の動機について確認しておきたい。一つには言われなき〈暴力〉を受けたことが「口惜しい」、「許しはしない」という正義感があり、他方には身の潔白の証明があった。加奈江は、同僚の磯子に「あんた何も堂島さんにこんな目にあふわけないでせう」と何の気なしに尋ねられると、「不快な」顔で「睨んで」「無論ありませんわ」と言い放つ。山岸に「あやしい」と疑われたように、堂島と自分の間に何らかの関係があり、痴情の縺れによって殴られたと誤解されるのは耐え難いことであった。当時、未婚の女性は「結婚に際しては徒らに恋愛至上を夢みず」、「神秘的な処女性を自分の許す唯一の人に捧げ」ることを「尊ばねばならぬ」[5]という性規範に取り巻かれており、結婚前の交際は好ましくないとされていた。加えて、一九三八（昭一三）年二月『婦人公論』掲載の「恋愛と結婚を語る職業婦人の座談会」での「男が誘惑するといふけれども、その前に女が誘惑してるんですね（笑声）、大概誘惑は女が男を嫌ふ場合には成立しないんです」という発言にも見られるような職業婦人がふしだらであるという偏見も根強かったのだ。

騒ぎを聞きつけた他の男性社員たちも集まってきて、「いきり出した」。男性社員たちは、現在の会社が「見込みがない」、他に「い、電気会社の口がある」という堂島の転職理由に反応した。以下は、「社員一同の声」である。

この社をやめて他の会社の社員になりながら、行きがけの駄賃に女を撲つて行くなんてわが社の威信を踏み付けにした遣り方だねえ。

男性社員たちは、加奈江の傷ついた心はもとより、殴られた肉体にさえも心配はおろか関心すら向けない。彼らは、「わが社」を裏切った堂島に「いきり立ち」、「わが社」を「踏み付けにした堂島に「いきり立」っているのだった。男性社員たちにとって、最も重要なのは「わが社の威信」なのである。その後、男たちは、もはや被害者である加奈江を疎外し、「わが社の威信」を汚した堂島を打ちのめすという目的の下、「堂島の家へ押しかけてやらう」と叫び、昂揚する。堂島と親しくしていた山岸は、他の男性社員たちに、「山岸君の前だけれど、このまゝぢや済まされないなあ」と言われると、「あわてゝ」、「俺だつて承知しない」「見つけたら俺が代つて撲り倒してやる」と「拳をみんなの眼の前で振つてみせた」。

加奈江が「あの人の移転先が知りたい」と必死に男たちに割って入るが、誰も堂島の行方を知らないと言う。山岸は「十時過ぎに」「銀座の……さうだ西側の裏通りを二、三日探して歩けば屹度あいつは摑まへられるよ」と「保証」し、「ちよい〳〵銀座へ行つてみますわ」と言う加奈江に「君がその気なら憚りながら一臂の力を貸す決心でゐるんだからね」と「提言」する。他の男性社員たちも便乗し、「俺達も、銀ブラするときは気を付けよう。佐藤さんしつかりやれえ」と盛り上がった。男性社員たちの発言は、あまりにも無責任である。「摑まへられる」と「保証」し、まだ二〇歳にもならない若い女性[6]に、「十時過ぎ」という遅い時間、「銀座」という繁華街を闇雲に歩き回れと言うのだ。一日たりとも堂島捜索に協力しない山岸の「提言」する「一臂の力」とは一体何なのだろうか。他の男性社員たちも、「銀ブラ」する暇はあっても、加奈江を助ける暇はない。「年内の書類及び帳簿調べに忙がし」い彼らは、ただ「保証」や「提言」をするだけで、自ら動く気配はなかった。さらに、男性社員たちは、加奈江を「仇討ちに出る壮美な女剣客のやうにはやし立て」る。軽薄な気持ちから発せられた「佐藤さんしつかりやれえ」という言葉は、決して心からの励ましではない。加奈江の被害に無責任なだけでなく、それを娯楽の種にしているのだ。

結局、堂島の〈暴力〉に傷付いた加奈江の想いは、頼みの綱であった課長にも他の男性社員たちにも理解されなかった。フェミニズム研究者ブノワット・グルーは、男性の女性に対する〈暴力〉について「男性の女性蔑視がもっとも卑劣なかたちで表れたもの」[7]と定義し、次のように述べる。

男性はいかなる場合にも、他の男性の暴力の共犯者なのである。とりわけ偽善的であること、また、情報を与えないという点で共犯者である。[8]

「痕は残つてをらん」とする課長や「わが社の威信」を第一義とする男性社員たちは、加奈江に対して同情したそぶりを見せながらも、現実に力を貸そうとはしない。「偽善的である」男たちは、堂島の〈暴力〉の「共犯者」と言える。

2　女たちの連帯

加奈江は、凍えるような「師走の風」が肌を刺し、「路面の薄埃を吹き上げて来て、思はず、あつ！　と眼や鼻をおほはせる夜」、堂島に「復讐」しようと銀座の町に出た。埃を防ぐスカーフを「堂島とすれ違つてしまへば、それつきりだといふ惧れ」から外し「前後左右を急いで観察」し、「始終雑沓する人の顔を一々覗いて歩」いた。タクシーの乗客に堂島に似た男を見付けると「泳ぐやうに手を前へ出してその車の後を追つた」。「毎夜」「身体を疲らして」捜索を続けた加奈江であったが、一〇日ほど経つと疲労の色が見え始める。「事変下の緊縮した歳暮」、「切羽詰つた」人々を「縫つて歩」き、「反発のやうなものを心身に受けて余計に疲れを感じた」。加奈江は、「少し飽き〳〵して来る」、「何だか莫迦らしくなつて来た」と弱音を吐き、「撲られた当座、随分口惜しかつたけれど、今では段々薄れて来て」、ついに「頬一つ叩いたぐらゐ大したことないかも知れない」と考えるに至る。そんな加奈江を支えたのは、課長でも男性社員たちでもない。男たちは、「まだか〳〵」と、面白がるだけである。加奈江とともに共感し、常に傍らで励まし続けたのは、女たちであった。会社の同僚であり友人の明子は連日、加奈江とともに堂島を捜索した。「眼がまはる」、「頭がぼーつとしてしまつて、家へ帰つて寝るとき天井が傾いて見えたりして吐気がする」と随分無理をしながらも、「済みませんわね」と詫びる加奈江に「いいえ、そのうちに慣れる」と明るく答える。弱気になる加奈江に対して「まあ、それあんたの本心」と冷静に問い諭し、「あんたがそんなヂレンマに陥つては駄目ね」と力付けるのである。

加奈江が殴られた時、明子と、同じく同僚の磯子が傍にいた。女たちは、加奈江の衝撃を我が身に感じ、逃げる堂島を「一寸待ちなさい」と素早く追い掛けた。明子と磯子は「男の女に対する乱暴にも程があるといふ憤り」を感じていたのだ。磯子は、「うんとやつつけてやりなさいよ。私も応援に立つわ」と「力んで」言い、明子は「加奈江さんの方の電車で一緒に行きますわ」と傷付いた加奈江を気遣った。翌朝も、明子は加奈江のもとへと「立寄つて」、「慰め」、磯子も「堂島の出勤を度々見に行つて呉れた」。課長に報告する勇気がなかなか出ずにいる加奈江の背中を押したのは「兎も角、話して置いたらどう」という明子の言葉であった。加奈江が課長に自分の被った〈暴力〉について告白することができたのは、明子や磯子の存在があったからだと言えよう。課長室から出てきた加奈江を二人は「待ち受け」、堂島の辞職に「憤慨」した。磯子は、「床を蹴つて男のやうに拳で傍の卓の上を叩いた」。女たちは、加奈江の「口惜し」さに深く共感していた。〈暴力〉を受けた衝撃で食事も咽を通らない加奈江に、明子はお茶を注いでやり、「どうするつもり」と「心配」して尋ねるのだった。常に加奈江を「心配」し「慰め」、自分自身が〈暴力〉を受けたかのように「憤慨」する女たちは、加奈江の大きな支えとなっていた。加奈江のために必死に銀座を奔走する明子は、すれ違った青年に「何ていふ顔をするんですか」と「冷笑」され、「すつかり赤く照れて顔を伏せ」た。明子の険しい表情は加奈江を想う真剣さの表れだ。前節で見た男たちとは明らかに対照的である。

加奈江も明子も母親に「歳の瀬の忙しいとき夜ぐらゐは家にゐて手伝つて呉れてもいゝのに」と小言を言われる。しかし、二人は事実を「口に出さなかつた」。「復讐のために堂島を探して銀座に出るなどと話したら、直に足止めを食ふに決まつてゐる」と考えたからだ。堂島の〈暴力〉を絶対に「許しはしない」、必ず「復讐」すると決めていた二人は、例え母親であろうともそれを阻むことを潔しとしなかったのである。そもそも加奈江は母親に事件のこと自体を「打ちあけてない」。本来であれば、男から〈暴力〉を受けたことを最も身近な存在である母親に打ち明けるのではないか。しかも加奈江は、そのことに「今更、気づいた」とある。意識的に事件を隠そうとしていたわけではないのだ。加奈江には、自分のことを「心配」し「慰め」、一緒に闘ってくれる同志がいた。母親に打ち明けることを忘れてしまうほど、加奈江の傷は救われていたのだ。加奈江たちは、堂島を捜索する際「いつも出勤時の灰色の洋服の上に紺の外套をお揃ひで着て出た」。加奈江も明子も、平素は仕事が終わると制服から私服へと「服を着かへて」いた。

> おなじものを着る、というのも集団的共通経験をつくりあげるのである。服装の共通ということは（中略）集団的連帯を形成する媒体なのである。(9)

あえて「お揃ひ」の衣装を身に着けるということには、二人の連帯意識が表れている。明子は「私たち（傍点引用者　以下同じ）そんな無法な目にあって、そのまゝ泣き寝入りなんか出来ない」と断言する。同僚の受けた傷を我が事のように捉え、男の〈暴力〉を絶対に許さないという闘志を抱いていた。加奈江は、それに励まされ、自らを奮い立たせることができたのだ。テクストの題名は「越年」であるが、女の連帯によって力を得た加奈江の年越しの胸中には「来るべき新年は堂島を見つけて出来るだけの仕返しをしてやる」という「覚悟」が漲っていた。

　年が明け、ようやく加奈江の「覚悟」と、女たちの連帯が実を結ぶ時がやってきた。明子がかすれた声で「ちよいと！　堂島ぢやない」と叫び、加奈江の腕を摑んだ。二人は「獲物に迫る意気込み」で堂島を追い掛けた。加奈江は「話があります。待つて下さい」と「すかさず堂島の外套の背を握りしめて後へ引」き、明子が「その上から更に外套を握って足を踏張った」。「女二人の渾身の力」が、ついに堂島を捕えたのである。加奈江は「涙」を流しながら「なぜ、私を撲つたんですか」、「撲るなんて卑怯ぢやありませんか」と訴えたが、徐々に「張りつめてゐた復讐心」が解け始め、「惨めな毎日」が蘇ってきた。闘志が萎みかけた加奈江を励ましたのは、やはり「毎日共に苦労した」明子だ。加奈江の「肩を頼りに押して、叩き返せと急きたてた」。初めは躊躇していた加奈江だったが「あなたが撲つたから、私も撲り返してあげる。さうしなければ私、気が済まないのよ」とようやく堂島の頰を叩いたのである。

　堂島への「復讐」を成し遂げた加奈江は、まずは明子に礼を述べた。「今こそあなたの協力に本当に感謝しますわ」と「改まつた口調で」「頭を下げ」る加奈江に、明子は「お目出たう」という言葉を掛ける。明子の存在なくして、加奈江は〈暴力〉に屈しないという姿勢を貫き通すことができただろうか。自分の痛みを共有し、一緒に闘ってくれる同志がいたからこそ、加奈江は、堂島へ「復讐」することができたのだ。男の〈暴力〉に、女の連帯によって立ち向かった加奈江と明子は、エンパワーメント[10]を体現していると言えよう。二人は「祝杯」を挙げようとビフテキを食べにスエヒロへと向った。テクスト内時間である一九三七（昭一二）～一九三九（昭一四）年は、日中戦争真只中だ。「家庭生活の無駄を省く、物資を貯蔵する」「物資総動員[11]」が叫ばれていた。テクストにも「事変下の緊縮した歳暮はそれだけ成るべく無駄を省いて、より効果的にしようとする人々の切羽詰まつたやうな気分」

とある。そんな贅沢禁止が叫ばれる非常時に、加奈江と明子は、贅沢品であるビフテキを食べることにした。阿川弘之「ビフテキとカツレツ」[12]によれば、当時、「敵に勝つ。ああ食べたいなあ」という「嘆きの語呂合わせ」がよく聞かれ、「「敵に勝つ」まじなひとして、ステーキとカツレツが好まれ」たと言う。加奈江たちも、仇敵である堂島への「復讐」を遂げ、「気が晴々した」とビフテキを平らげた。贅沢禁止の風潮下、しかも銃後の守りを担わなければならない女性がビフテキを食べることは時代の規範に背くことにあたる。しかし、「今日は私のおごりよ」と誘う加奈江は、明子の「協力」に「感謝」を表し、女二人で奪い取った勝利をビフテキで祝った。

加奈江は、〈暴力〉の共犯者である男たちに頼ることなく、女たちの連帯の力によって男の〈暴力〉に打ち勝った。

3　加奈江の揺らぎ

復讐を遂げた加奈江の「晴々した気分」は、すぐに「消え失せ」た。テクストは、「復讐成就」という大団円で閉じられてはいない。加奈江は堂島への復讐を「詰らぬ仕返し」とし、後悔するようになる。加奈江の心境の変化は何に起因するのだろうか。年が明け、会社が始まった。男性社員たちは、「興奮」し、「痛快々々と叫」んだ。課長も「愉快さうに笑い」、「よく貫徹したね、仇討本懐ぢや」と「祝つた」。しかし、男たちに「盛んに賞賛」されればされる程、加奈江の心は沈んでいくのだった。「みんなからやい〳〵言はれるのがかへつて自分が女らしくない奴と罵られるやうに嫌だつた」からである。加奈江は堂島捜索に奔走している折にも「女らしくない」ということを口にしている。「頬一つ叩いたぐらゐ大したことでないかも知れないし、こんなことの復讐なんか女にふさはしくないいやうな気がして」と、男の〈暴力〉を容認し、正当な「復讐」を否定する発言をする。驚いた明子に「まあ、それあんたの本心」と問い質されると、「いゝえ、さうも考へたり、いろ〳〵よ」と応える。加奈江は〈暴力〉に屈しないという姿勢と〈女らしさ〉との間で揺れていた。

当時、〈女らしさ〉は女性の最大の魅力とされた。〈女らしさ〉に関する言説を婦人雑誌より概観していきたい。一九三四（昭九）年九月『婦人公論』の特集「男の魅力　女の魅力」では、女の魅力の正体は「ただ一言、女らしさにつきてしまう」とされ、一九三四（昭九）年一月『婦人倶楽部』に掲載された「私は女性のこゝに魅力を感じる」では、「女性がほんとうに美しく見える場合は、やはり女性的である場合」「男性にならうとして力んでいる時ほど、女性が醜く見える場合はありません」とある。一九三三（昭八年）五月「女の何処が男の心を摑むか？」（『婦人倶楽部』）では「自然とこぼれる女らしい魅力」に「グッと引きつける」とされ、一九三三（昭九）年六月「婚期の青年が『妻にしたい女性』を語る座談会」（『婦人倶楽部』）には、「女らしい、そして温かい感じのする女が好き」とある。さかんに支持されている〈女らしさ〉とは、優しさ、か弱さ、従順、貞淑、受動的であることを示す。男に復讐をする、しかもその方法が撲り返すことという加奈江の行為は、明らかに〈女らしさ〉の規範から逸脱している。元来加奈江は「床を蹴つて男のやうに拳で傍の卓の上を叩」く磯子や「もつと、うんと撲りなさいよ」と言う明子とは異なり、「手を出すやうなことの一度だつてなかつた」、叩いた後も「男の顔がどんなにゆがんだか鼻血は出はしなかつたかと早や心配になり」、「二度と叩く勇気がなかつた」ような「おとなしい」性格である。加奈江が「不断おとなしい」ことは、男性社員たちが堂島の〈暴力〉に「いきり出した」要因の一つである。加奈江は〈女らしい〉女性とされていたに違いない。ところが、堂島への復讐によって、途端に「女剣士」に祭り上げられてしまったのだ。

加奈江が会社において「女らしくない奴」と看做されるのを恐れた背景には、当時、職業婦人が「女らしさ」を失っていると問題視されていたことがあると考えられる。総動員体制の下、早婚多産が奨励される中、平均初婚年齢の上昇や出産率の低下の原因が、職業婦人が職業経験により女らしい情緒を失い、男性化することにあると非難されていた。先に見た記事「女の何処が男の心を摑むか?」（前掲『婦人倶楽部』）では、「職業を持つた婦人などが『私は貴方なしでも十分くらしてゆけるのですから、貴方などには頼りません』といふ態度をするとしたら如何でせう。大抵の夫はそんな妻君を可愛がる気にはなれないでせう」とされ、「婚期の青年が『妻にしたい女性』を語る座談会」（前掲『婦人倶楽部』）でも「職業婦人でもしとやかさを失はない感じの良い人」「職業を持つて居ても女らしさを失はない婦人ならいゝ」とされ、職業婦人に対する偏見を見ることができる。このような風潮にあっては、「女らしさ」の欠如を恐れるのも無理はない。

日を追うにつれて、加奈江の闘志は後悔へと変化した。さらに堂島から手紙を受け取ったことを契機とし、加奈江の心は思わぬ方向へと転じていくのである。堂島の手紙には、加奈江を撲った理由が綴られ、彼が加奈江に恋情を抱いていたことが明らかとなる。会社を去ることで加奈江と「逢へなくなる」、その前に「気持ちを打ち明けたいと「あせつた」が、「令嬢といふものに対してはどうしても感情的なことが言ひ出せない性質」のために、最後の日を迎えてしまったという。堂島は、加奈江が自分のことを「忘れてしまふ」ことに耐え切れず「憎むことによつて僕を長く忘れないかも知れない」という「自分勝手な考へ」に行き着いた。堂島の手紙は、恋情の吐露と「釈明」に終始し、末尾にたった一言「平にお許し下さい」とあるだけで、他には一切謝罪の言葉はない。この「自分勝手」な手紙で、「許しはしない」と「復讐」を誓い必死に奔走した加奈江の心が動かされるとは考えられない。ところが、加奈江の心は大きく反転する。「そんなにも迫つた男の感情つてあるものかしらん」と、「今にも堂島の荒々しい熱情が自分の身体に襲ひかゝつて来るやうな気」に陥る。そして、自分の身体と精神に深い傷を負わせた男と「このまゝ別れてしまふのは少し無慙な思ひ」になり「一度、会つて打ち解けられたら……」と願うのだ。テクストは、加奈江が三日に亘り、銀座で堂島を探し求めるが、結局は見付けられないという場面で閉じられる。

加奈江は、堂島の手紙を「明子たちに見せなかつた」。「一人」で銀座へ通う。それは、堂島と「打ち解け」たいと望むことが、痛みを分け合い、女の連帯で共に戦った友に対する裏切りだからだ。〈暴力〉が恋情に端を発していたことが分かると、加奈江の復讐心は「打ち解け」たいと願う心、恋慕へと変化した。そして、男の〈暴力〉は、「荒々しい熱情」によってもたらされたもの、つまり愛情の表現として受け止められるのである。

〈暴力〉が、〈男らしさ〉と密接に結び付くということは夙に指摘される。トマス・キューネは、「男らしさの本質的指標」に「暴力的であること」が数えられるとしている。[13]〈男らしさ〉は、優越志向、所有志向、権力志向の三点に集約されるという。[14]女性の優位に立ち、女性を所有し、自分のコントロール下に置き、自分の意志を押し付けたいという欲求を満たす為に、男は〈暴力〉を行使するのだ。堂島も〈暴力〉によって加奈江に自分の力を見せ付け、支配し、「僕を長く忘れない」という「自分勝手」な欲求を満たそうとした。そして、加奈江は、〈暴力〉が愛の表現だと知ると、急速に堂島の〈男らしさ〉に惹かれていく。〈男らしさ〉に魅力を感じる加奈江は、決して特殊ではない。一九三七（昭一二）年六月『婦人公論』掲載のアンケート「私が良人を選ぶとしたら」からは、当時の未婚の若い女性たちの理想の男性像を窺い知ることができる。ある女性は「外貌　男らしい方」「性格　男らしい方でその中に優しみのある」とし、他の女性も「外貌　男性的な美男」「性格　男らしく、無口で神経質、情熱を持つ人」とし、その他も「外貌　男性的な方」「性格　男らしい人」「性格　明朗で男らしい、度胸のある人」とある。また一九三八（昭一三）年四月『婦人公論』掲載記事「魅力ある男優」では、「頑丈な肉体の健康な土の匂ひ」のゲイリイ・クウパア、「文明人の服を着た「野生人」として、本能の逞しさを所有する」シヤルル・ボアイエ、そしてクラアク・ゲイブルは「兎も角動物的神経の逞しさで無暗に押しの強さを発揮する所が、殊に女性に取つての魅力」とされる。

〈男らしさ〉が魅力的とされたことには、時代背景が大きく関わっている。戦時下、兵士に象徴されるマッチョな男が求められた。若桑みどりが、戦争中の戦う兵士としての男性のステレオタイプ化について「男らしさ＝活動性＝能動的＝戦争という肯定的なイメージの連環ができあがってくる」[15]と指摘している。堂島は「あの拓殖会社（加奈江たちの会社——引用者注）が煮え切らぬ存在で、今度の社が軍需に専念である点が僕の去職を決した」としている。あえて「軍需に専念」の会社を選択する堂島は、他の男性社員たちと異なり、好戦的な人物と言える。「銃後の支えが強力に叫ばれ、家庭婦人、勤労女性、学生の別なく、女性もまた戦時体制に洩れなく組み込まれた」[16]当時、加奈江の会社のある丸の内でも「一本の針に寄せて女の真心を綴込めて送らうといふ」「千人針風景」[17]が随所で見られた。「銃後の支え」を要請される戦時体制下の女加奈江にとって「男らしさ＝活動性＝能動的＝戦争」の連環にある堂島の〈暴力〉は、〈男らしい〉ヒロイズムへと歪められるのである。個人の感性さえイデオロギーによって作られていく。感受性が戦時下という時代に飲み込まれていく様が、加奈江の心の反転に浮き彫りとなっている。

加奈江の心の揺らぎは、一九三七、三八（昭一二、一三）年当時の未婚の女たちの抱えざるを得なかった矛盾そのものではないだろうか。一九三七（昭一二）年、山川菊栄が「職業婦人の試練」[18]で以下のように述べている。

> 私的生活では、婦人が毅然たる意志をもち、自主的な行動をすることは、女らしくないといふ批評によつて斥けられ、抑えられてゐるに反し、何らかの危機に際しては、さういふ資質が必要とされる（後略）

山川の分析は、当時の未婚女性の置かれた過渡的な状況を的確に捉えている。一九三八（昭一三）年三月、国家総動員法が発令された。女性たちも銃後を守るという任務が課せられ、早婚多産、質素倹約、士気発揚のための奉仕活動が求められた。戦局が厳しくなるに従い、男子労働力不足を補うべく国民皆勤が叫ばれる。女性の職場は拡大し、この時期になると「女らしくない」等の言説は見られなくなる。一九三七、三八(昭一二、一三)年は、山川が指摘するように女性の「自主的な行動」は、「女らしくない」と「斥けられ」「抑えられる」一方で、「危機」が起これば「毅然たる意志」を持ち、勇敢な態度で臨むことが求められた。加奈江の陥った状況もこれに重なり合う。男の〈暴力〉という「危機」に「毅然たる意志」で闘ったが、〈女らしさ〉の呪縛によって自らの「毅然たる意志」を否定すると、〈男らしい〉男へと傾斜していったのだ。加奈江は戦時下という時代の女の限界を体現していると言える。

おわりに

本テクストを男の〈暴力〉を軸に読み解けば、これまで指摘されてきた「ハイカラ」「闊達」「小気味良い」とは全く異なった側面が見出せる。日中戦争下という枠組みの中で、女に〈暴力〉をふるう男と、それを糾弾しないことで〈暴力〉の共犯者となる男たち、そして〈暴力〉を「許しはしない」、自らの手で身の潔白を証明しようと闘う女たちの連帯が描かれている。しかし、加奈江の復讐成就で物語が終わらないことに、本テクストの意味があると捉えたい。加奈江は、職業婦人は〈女らしさ〉が欠けているという言説に囚われ、自らの行為を後悔し始める。そして、堂島の〈暴力〉が愛情に起因していたことが分かると、〈暴力〉を男らしい男の愛の表現とみなし、傾倒していくのだ。大晦日を挟んでの年末年始の二〇日間が描かれる『越年』には、年が移り変わるという過渡的時期に、男の〈暴力〉をめぐって男性社員や女の同僚など自分を取り巻く人々に感応しながら揺らぐ女の心が示されている。加奈江の心の推移は、刻々と戦争に巻き込まれていく女たちのそれと軌を一にしている。昭和一二、三年という日中戦争は開戦されているが、真珠湾攻撃、太平洋戦争突入までは間があり、泥沼化には至っていない過渡的な時期に、女が抱えざるを得なかった矛盾や葛藤が、加奈江に凝縮されているのではないだろうか。

かの子の戦争協力の筆について、多量の随筆や短歌がある一方で、高良留美子「岡本かの子の民族意識と戦争協力をめぐって」[19]で「小説には現れてこない」と論じられたように、唯一の例外である『勝ずば』（初出『新女苑』一九三七・一二）を除き、小説には時局の影が見られない。「事変下」と明示される珍しい本テクストであるが、戦争協力の姿勢は見られず、むしろ戦争へと直結していく〈暴力〉という男の欲望に対する女たちの連帯の勝利を描いている点で画期的である。さらに、最終的には戦時体制に組み込まれていく、女を取り巻く悲劇的な現実を描き切っている点こそ高く評価したい。

注

（1）「解題」（『岡本かの子全集』第五巻　筑摩書房　一九九三・八）
（2）「丸の内草話論――エネルギーとしての都市」（『岡本かの子の作品研究――女性を軸として』専修大学出版局　二〇〇六・三）
（3）小熊秀雄の詩「丸の内」に「『戦争に非ず事変と称す』と／ラヂオは放送する」とある。「東京風物伝」の一つである同詩の初出は未詳だが、同シリーズ中の他詩の初出は昭和一三年なので、同時期と推定される。また、『改造』目次を概観すると「事変下」という言葉が使用されるのは、盧溝橋事件以降である。
（4）勁草書房　二〇〇〇・二
（5）田村一「結婚の科学（1）」（『婦人公論』一九三五・一一）
（6）「女学校卒業以来二年間」とあるので、加奈江は一八歳と推察される。
（7）ブノワット・グルー「暴力は男の権利か？」（ミシェル・デイラス監修『女性と暴力　世界の女たちは告発する』未來社　二〇〇〇・六）

（8）注（7）に同じ。

（9）加藤秀俊『日常性の社会学』（文化出版局　一九七四）

（10）力を与えること。フェミニズム運動のなかで、女性たちは、行動することが力になるのだと気付くことになったのだが、その後J・ラパポートによるレビューをへて、一九八〇年代後半にジーン・B・ミラーが、力とは「変化を生み出す能力である」と使い始めた。女性たちのつながりのなかでこの力を得ることをエンパワーメントという。（波田あい子・平川和子編『シェルター』青木書店　一九九八・六）

（11）武藤貞一「支那事変の拡大　物資総動員と婦人の覚悟」（『婦人倶楽部』一九三四・一〇）

（12）阿川弘之「ビフテキとカツレツ」（『食味風々録』新潮社　二〇〇一・一）

（13）「性の歴史としての男性史」（トーマス・キューネ編、星乃治彦訳『男の歴史――市民社会と『男らしさ』の神話』柏書房　一九九七・一一）

（14）伊藤公雄『男性学入門』（作品社　一九九六・八）を参照した。

（15）『戦争が作る女性像』（筑摩書房、一九九五・九）

（16）小林裕子「昭和一三年（一九三六）社会事象」（岩淵宏子・北田幸恵・長谷川啓編『編年体　近現代女性文学史』至文堂　二〇〇五・一二）

（17）島中雄作「丸ビル今日此頃」（『婦人公論』一九三七・一〇）

（18）『婦人公論』（一九三七・一〇）

（19）『岡本かの子　いのちの回帰』（翰林書房　二〇〇四・一一）

第二章　『花は勁し』――桂子の光と影――

はじめに

『花は勁し』（初出『文藝春秋』一九三七・六）は、「かの子文学を形成する要素のほとんどが含まれている[1]」と早い段階から評価される代表作である。

しかし、「私の全生命を表現しなければなりません」という想いを実現するために、愛する小布施と別れ、「新興活花の師」として邁進しつつも、拭い去ることのできない虚無感に苛まれる桂子の姿を描いたテクストは、かつて独立して論じられる機会はほとんどなかった。漆田和代が指摘するように、『渾沌未分』（初出『文芸』一九三六・九）や『老妓抄』（初出『中央公論』一九三八・一二）とともに、「男を飼う小説、若い男のいのちを吸う小説、強い生命が弱い生命を翻弄する小説として読まれ[2]」、それらの論の大半が、作者像を根拠としている。新たな研究の兆しとして注目されるべき仏教的視点からの論[3]も、作者の仏教思想に還元されている。

本論では、「新興活花の師」という職業及び小布施との関係を軸に、魔性の女とされる桂子の実相を明らかにし、桂子が「花は勁し」と「大きく頷く」末尾の意味を検討したい。

1　「私の全生命を表現しなければなりません」

「花で描いた絵の公開展」の場面で閉じられる本テクストにおいて、桂子が「新興活花の師」であることは、重要だと考えられるので、同時代の文脈に位置付けながら検討したい。[4]「新興活花の師」として活躍する桂子は、初めから活花の世界に身を置いていたわけではない。「一六七年も前」は、「画室」で絵の修業に励んでいた。しかし、ある日、桂子は師匠に「私は絵を生きた花で描き度うございます。絵の具では物足りません」と宣言する。「物足りません」という発言からは、自らの芸術をさらに飛躍させたいという情熱が窺える。テクストには「読者の前に桂子の花に対する愛と理解を原則的に纏めて見ると」という作者による断りがなされた上で、以下の文章が挿入がされている。

花の色はどれもみな花の生命から直接滲む精色である。人工で練つた絵の具より、より純粋な色飾、花をもつて桂子は自分の絵を描き度い。人工の絵の具には反対色があり、往々不調和に反発する。花に於いては花自体の物体色が取りも直さず太陽の光線が映す色光である。

桂子は自身の芸術の手段としての「絵の具」に限界を感じていた。桂子が一貫して「花をもつて」「自分の絵を描き度い」という想いを抱いていることは、テクスト末尾の公開展が「花で描いた公開展」と表されていることからも読み取れる。

たとひ小米の花の一輪だに全樹草の性格なり荷担の生命を表現してゐる。地中のあらゆる汚穢を悉く自己に資する摂取として地上陽上に燦たる香彩を開く、その逞しき生命力花は勁し桂子が「自分の絵を描き度い」という渇望を具現化する手段として、花を選んだのは、花が「生命を表現してゐる」からである。それは、桂子の芸術に対する信念と共通していた。以下は書簡の文言であるが、桂子の並々ならぬ決意が表されている。

とにかく、私は私で私の理論性でも感情性でも凡て私の全生命を表現しなければなりません。

「私の全生命を表現しなければなりません」という意志を強固にした桂子は、「生命を表現してゐる」花を必要としたのである。花を用いて、その信念を貫こうとした桂子は、「新興活花」の道を志した。新興活花の代表的流派・草月流の創始者である勅使河原蒼風は、「生花は実用本位と、芸術本位と、この二つの方面を、持つてゐる」[5]と述べているが、「新興活花」は後者にあたる。当時の活花は、「婦人の嗜み」[6]、「日本古来の伝統から女の身だしなみ」[7]と位置付けられていた。「女性が自立的に求めるものではなく、女はかくあれとする社会や親たちから与えられた習いごとにとどまる」[8]活花は、伝統的な良妻賢母規範を逸脱しない、しとやかな女性を育成していこうとする女子の情操教育の一環であった。自分の貫きたい芸術の手段として、花を選んだ桂子が既存の「実用本位」の活花ではなく、「芸術本位」の「新興活花」を目指したことは、当然の成り行きである。

桂子は、父の下で修業し、基礎を身に付けた後に、フランスへ渡航した。「私の活花芸術にも立派に応用される」とし、「前衛的な芸術論」、「新興画派」などに触れ、「それ等を流行着として、着ては脱ぎ捨て」、「毎夜」、「シーズンの演劇を見て廻」ったり、ロンドンまで活花を教えにも行っている。外遊中に見聞したもの及びあらゆる体験を芸術の肥しとし、帰国後に「自分の講習所」を開いたのである。積極的に外国の文化を吸収しようとする桂子は、革新的な華道家と捉えられる。講習所五周年記念の大会は、「自信と成績を、桂子が世の中に問うてみる最初の企て」であり、「新華道会に於ける桂子のデビュー」を意味していた。

普通に使ふアマリ、スとか、チユーリツプ、カーネーシヨン、ダリアといふやうな洋花以外の、まだ滅多に使つた例しのない奇矯な南洋の花や珍しい寒帯の花、枯れた草木の枝葉などを独創的に使ひ慣らして、華道の伝統感覚の模倣を破つた新興美術的手法の効果を示さうとした。

「独創的」で斬新な桂子の「新興活花」の試みは、非常に画期的であった。挑戦の背景にあったのは、「自分の絵を描き度い」、「私の全生命を表現しなければなりません」という信念である。

しかし、「華道の伝統感覚の模倣を破つた」桂子は、「桂子を敵視する同業者」から日常的に「迫害やら脅迫」を受けていた。女性の良妻賢母教育の一つとして形骸化された活花と「新興活花」の目指す方向性は対極にあった。桂子の新しいものを創造していこうとする情熱や行動力は、既存の華道家たちには脅威であったはずだ。念願であった講習所五周年の大会開催も「反対側の連中の策謀」によって阻まれた。開催会場の支配人が「多分に冒険性を含んだ野心家の「試み」をやられては」、「一流品展観所としての貫禄を少なからず損ずる」とし、結局、桂子の威信をかけた企画は頓挫してしまった。

大きな打撃を受けた桂子であったが、「このまゝ引込んで仕舞ふわけにはいかない意気に燃え上がつて」いた。

まだ〳〵先に困難を控へてゐるのを予覚すると、こゝろが却つて生々として来て愉しくないこともない。私は一体どういふ女なのだらう。闘志にさへ時にうづく快感を覚えるなんて……。

異端者として、「迫害やら脅迫」を受けても、決して意気消沈したままではいない。

男と同じほどの背丈があり、それに豊かな白い脂肉が盛りついてゐる自分を崩折れさすわけにゆかないと、気持が立ち直つて来る。肉体の雄強な感覚から自信を取り出して、真直ぐに歩き出した。

「迫害やら脅迫」によって、ますます内側から「闘志」が湧き上がるのである。桂子には「どんな苦労も力強く凌いで行く精神力」があった。

時流に逆らい、異端者として抵抗し続けることは並大抵のことではない。しかし、桂子は、「意気」や「闘志」、「自信」を失うことはなかった。桂子の「迫害やら脅迫」に立ち向かう強さは、自らの芸術に対する信念に起因するるのではないだろうか。桂子は、ひたすらに「私の全生命を表現しなければなりません」、「自分の絵を描き度い」と希求しているのだ。

また、強固な信念とともに、経済的に自立していることも、桂子の「意気」や「闘志」、「自信」を支えていたと考えられる。「活花の師」は、当時の女性の職業としては一般的なものであった。女性向けの職業案内書を概観してみると、一九〇六（明三九）年刊の近藤正一『女子職業案内』[9]に既にその名を見ることができ、その後も必ず「活花の師」という項目が掲載されている。「活花の師」が女性の職業として推奨される理由は、経済的自立を可能にすることにあった。一九三三（昭八）年の雑誌の座談会では、活花を習う女性の傾向について以下のように語られている。

安達（安達式家元――引用者注）近頃のお嬢さん方は、生花によつて身を立てようといふ方が大部分ですね。将来

の万一の生活の糧にしようといふ堅い決意（後略）
児島（池坊家元――引用者注）私共へ見えるお嬢様方にも、さうした気持ちの方が多いやうですね。
記者　例えば未亡人になられたとき、生花で身を立てるなど一番無難でせうね。[10]

記事は、「婦人の真の独立、経済上からみてもたしかに有利な職業です[11]」と締めくくられている。桂子は、「活花の師」という職業によって、「ひとり身」でありながらも自活し、「物質的援助」によって小布施の「生活を保証」することができたのである。

絵から花への転向、親元での下積み修業、外遊、「新興活花」の斬新な試み。全ては、「私の全生命を表現しなければなりません」という宿願に基づくものだ。形骸化された活花界から受ける「迫害やら脅迫」に屈することなく、革新的な自己表現を目指し、経済的自立も遂げた桂子は、自立した新しい女として位置付けられよう。

2　「強いばかりの女ではありません」

自らの信念を貫き通す「力強い」女性であるはずの桂子が、「わたしは（中略）強いばかりの女ではありません」と「泣き崩れる」場面がある。桂子をひたすらに強靭で、進歩的な女性として一枚岩で捉えることはできない。本節では、桂子の「強いばかり」ではない側面を見ていきたい。

桂子は、「新興活花の師」として活躍する一方で、「子供一人生まなかつた」「ひとり身の女」である。独身で子供がいない女であることに執拗に苦しめられ、「今まで数多く」「迫害やら脅迫」を受けてきた。

時流が、独身で子供のいない女に対する迫害に拍車をかけた。テクスト内時間は、「新興活花」の名称が一般化してくる一九三一（昭六）年から作品発表年である一九三七（昭一二）年の間と定めることができる。まさに、満州事変勃発後の一五年戦争下にあり、戦時下の母性政策が押し進められていた。国家によって早婚と出産が奨励された。一九三一年には、日本産児調整連盟が結成され、東京日比谷で「母の日の大会」が開催され、三〇〇人が終結している。翌年には、日本母性協会の創立があり、一九三四（昭九）年には母子保護法制定促進婦人連盟が結成された。一九三六（昭一一）年には、初の市営母子ホームが開設され、その後も全国的に急増していった。同年三月には、大日本婦人会、大日本女子青年団、愛育会が皇后誕生日を中心とした「母を讃へる週間」を制定し、各種の催しが行われている。[12]

戦時体制下における母性讃美について、若桑みどりは、「母でない女、近代的で、エゴイストで、非国民な女に対する潜在的攻撃がそこには秘められていた」とし、「想像を超えた社会的な指弾がくりかえされてきた」と指摘する。「子供一人生まなかつた」桂子に対して、当たり前のように「エゴイストで、非国民な女」としての「指弾がくりかえされた」に違いない。[13]

桂子は、「しよつちゆう」引き起こされる「幻想や幻覚」に悩まされていた。桂子が「色も姿も赤子のやうに幼い棘の新芽」を押す場面がある。「その芽が切なく叫んだやうに、赤子の泣き声が桂子の耳の奥に幻聴を起こさせ」、桂子は「気分を襲つて来た悲惨な蝕斑に少し堪らなく」なる。

三十八の女盛りでありながら、子供一人生まなかつたことが、時々自分に責められた。幾人か生んでゐべき筈の無形こどもの泣声だけが、ときぐ〵耳についた。（中略）ごくりと唾を呑むと涙がほろ〳〵とこぼれた。

涙を流す桂子の姿には、悲哀が漂う。桂子の「幻想や幻覚」が、時代の規範に基づく人々の「迫害やら脅迫」によって導き出されていることは間違いない。前節で指摘したように、桂子は「新興活花の師」として受ける「迫害やら脅迫」には、「力強く」抵抗していた。にも拘らず、「子供一人生まなかつた」女として受ける「迫害やら脅迫」には、「悲惨な蝕斑」に「堪らなくなつて」、涙を流すのである。しかし、着目しなければならないのは、桂子が「子供一人生まなかつた」ことが、「自分に責められた」という点、子供を「幾人か生んでゐるべき筈」としている点である。桂子の悲哀の要因は、社会から受ける「迫害やら脅迫」だけでなく、桂子自身が、独身で子供を産まなかった自己に引け目を感じ自責の念を抱いていることにあると分かる。

桂子は、母性称揚の風潮によって作られた母性の規範を、内面化しているがため、そこから逸脱する女である自分に罪悪感を抱いている。形骸化された活花を「新興活花」の立場から打ち破ろうとする桂子は、因習に絡み取られることなく、自分の人生を強く突き進んでいるかのように見える。しかし、その内実には、自ら内面化した戦時下母性政策によって自らを抑圧することによって引き起こされる苦しみがあった。

桂子の苦しみに大きく関っているのは、小布施の存在である。小布施は、桂子と同門で絵を修業していた画家だ。二人は、「恋人同士になりかけていた」のだが、桂子の活花への転向によって、「恋に発酵せず、友情の方へ逸れて仕舞つた」。しかし、桂子は、小布施の「君と僕は昔から本当は愛し合つていたのだ」という言葉に対し、「私も急にそれに気がついたの」と返す。桂子は、活花に転向した後も、小布施を愛し続けていた。外遊中は、「三百枚」にも及ぶ絵葉書を書き送り、帰国後も、「長く」「物質的援助」をし、不遇の小布施を「生活を保証してあげますから、焦つてはいけませんよ」と励まし続けた。

ある日、いつものように金を届けに来た桂子に、小布施は「君のことを研究してゐた」と言う。

君はやつぱり女であつて、それが結局、根本で万事を解決するんぢやないかと思つたよ。

小布施は、桂子の「万事」を「女」であることに回収しようとする。さらに、桂子の転向を芸術からの逃避であると考える小布施は、決定的な言葉を投げ付ける。

家業といふものが全然なくつて、一個の男性が代わつてその位置に立つてゐたとしたら、娘桂子は今日までの花に対する情熱と貞操を、その男性に注いで来たに違いないと思ふのだよ。忠実なる主婦になり妻になつて

（後略）

小布施は、桂子の「花に対する情熱」を「男性」の代用品であると断言する。このことは、桂子の「全生命を表現しなければなりません」という信念を根底から否定することを意味する。小布施は、桂子の自我や主体性を、「忠実なる主婦」、「妻」という性別役割に封じ込めようとしたのだ。小布施も、桂子同様に、時代の規範を内面化していると言えよう。桂子は、小布施の言葉を「否定しよう」としたが、小布施はそれを「抑へ」、「素質からいつても君はさういふ女だ」と決め付けるのである。

小布施が、執拗に桂子を性別役割に封じ込めようとした理由を、桂子が花に転向する契機ともなった小布施の行動から読み取ることができる。

君が最初に描いた絵は牡丹の絵だつた。僕はそれを見て、単なる画では現し切れない不思議なものが鬱勃としてゐるのにびつくりした。そこにはカンヴアスの上に絵画を越えた野心が、はげしい気迫となつて画面に羽打つてゐた。そこで僕は思はずこれは絵ぢやないと怒鳴つた。

小布施がカンヴァスの上に見た「野心」、「気迫」は、桂子の「私の全生命を表現しなければなりません」という芸術に対する信念である。

その絵の意図は根気よく追及したら絵画部門で将来性を見出すものかも知れない。或は全然芸術の方途を誤つてゐるかも知れない。けれども、そこまで眼を通さないうちに小布施の本能は排撃してしまつたのであつた。

絵の道を志す同門の小布施にとって、自分を遥かに凌ぐ桂子の芸術的才能と情熱は、自分を脅かす危険なものであり、恐怖の対象であった。それゆえに「排撃」したのだ。桂子を性別役割に封じ込めようとしたのも、同様の心情からであろう。

小布施の発言について、桂子は以下のように考えた。

気ばかり立つて体力の萎縮した男性にとつて、個性の確立した女性は負担を感ずる——強いてそのもの、素質を男子の隷属的なものと観て、自らの心の均衡を得ようとする
桂子が指摘する「個性の確立した女性」の「素質を男子の隷属的なもの」とする男性の「本能」とは、男性が女性の「セクシュアリティや主体性や自我を抑圧し、支配、管理しようとする」[14]男性中心社会のカラクリに他ならない。桂子は、男性支配の社会構造の正体を見抜いている。

ところが、桂子は、男性中心社会の本質に気が付いているにも拘らず、それを自分と小布施の問題として捉える

ことができない。

その本能に小布施も今や支配され出したのではあるまいか。それならその事の当否よりも、寧ろ小布施の体の容態を先に気遣はなくてはならない。

桂子は、自分の「個性」や「素質」を否定した小布施の態度を決して小布施の本質ではないとして、「体の容態」のせいにする。「長患ひ」を「不憫に思」うことで、小布施は、「個性の確立した女性」である自分を封じ込める男性とは、異なると思い込もうとするのである。

さらに、桂子は、小布施の前では、必死で貫いてきた自分の芸術の根本である「全生命を表現しなければなりません」という信念さえも揺らがせてしまう。

あの意欲や感情（「全生命を表現しなければなりません」――引用者注）と同じ系統のものが、小布施に送つた絵葉書の一端の通信文からも覚知されたのではなかろうか。――桂子は小布施の露はな指摘に逢つて、つい今しがたの坂の上の幻想も、何となく恥かしいものに思はれた。

「坂の上の幻想」とは、「苦しい人生をせめて花で慰め度い。私の花を溢らせ度い……。せめてこの都にだけでも一ぱいに……」という「野心」である。それを桂子は「恥かしいもの」と感じる。「忠実なる主婦になり妻になつて」という小布施を前にすると、「全生命を表現しなければなりません」という信念を貫く自分に「恥」に覚えてしまうのだ。男性中心社会の真相を突きながらも、それを自分の問題として捉えられていないこと、強固な信念を揺らがせてしまうことに、桂子の限界があると指摘できよう。しかし、その背景には、小布施への愛がある。愛する小布施に、自分の全てを否定された桂子は、「余りに多く、余りに一度に攪拌され」た。

長きに亘って膠着した関係にあった二人に決定的な出来事が起こる。桂子の弟子であるせん子と小布施の密通事件である。この時に、桂子の小布施への激しい愛情が露呈した。

むら〳〵と苦痛に絶する焔が肉体の内部を伝道させて、長年鍛へた魂の秩序も、善悪の判断も、芸術への殉情も一挙に覆りかけるとは——。

小布施をせん子に奪われたことは、「芸術への殉情も一挙に覆りかける」「苦痛」であった。「芸術への殉情」とは、桂子が貫き通してきた「私の全生命を表現しなければなりません」という信念を指す。言わば、桂子の半生の全てである。それ程に重要なものが「覆りかけ」たことからは、桂子の小布施への愛情が深さが窺える。小布施に対峙した桂子は、「私はあなたのいふやうな強いばかりの女ではありません」と「泣き崩れて仕舞つた」。さらに、桂子に追い討ちを掛けたのが、小布施がせん子と密通した理由である。

「云はゞ自然の意志に従つたといふのだらうな。すべてこの世で未完成だつた人間に、自然は一人の子供でも残させなけりや」(中略)「僕の子供の育つ時分には、医術が発達して、結核なんかはたいした体の毒にはならんだらうな……」

小布施は、せん子を愛したわけではなく、目的は自分の「子供」であった。小布施は以前に、「人間といふものは、何等かの方法で始終自分の存在を社会に確めて居たいものだ」と桂子に語っている。小布施の本望は、「社会」に自分の絵が評価されることだった。しかし、小布施の絵に「世間は戸惑つて、彼を将来ある未完成の画家の範疇にあっさり片付けた」。絵が売れることはなかった。結核が悪化し、「焦燥が増」していく中、芸術の道に挫折した小布施は、自分を「この世で未完成だつた人間」として、「子供」を残すことを自分が生きた証にしようと考えたのではないだろうか。

「子供一人生まなかつた」ことの罪悪感に苦しみ続ける桂子が、「子供」によって愛する男を失ったのだ。「泣き崩れ」るほどの衝撃と辛苦に襲われたに違いない。

桂子と小布施の愛は「悲惨」な末路を辿った。小布施は、「一個の男性が（中略）立つてゐたとしたら、娘桂子は今日までの花に対する情熱と貞操を、その男性に注いで来たに違ひない」としたが、桂子は小布施の「忠実なる主婦になり妻になり」はしなかった。「どう考へても永い年月の間に結婚する気が起こらなかつた」と語っている。桂子の本望は、小布施との愛を成就させると同時に、自らの「全生命を表現しなければなりません」という信念を貫くことであった。しかし、桂子の芸術が小布施のそれを凌駕している限り、桂子の望みが実現することはない。小布施への愛か自己の信念かという二者択一を迫られた桂子は、後者を選択したのだった。「全生命を表現しなければなりません」という蠢く自我を封印することは出来なかった。

「強いばかりの女ではありません」と「泣き崩れる」桂子は、常にダブルバインドの状態にあったと言えるだろう。桂子は自らの信念を貫くことと引替えに、小布施への愛を諦めた。経済的自立を果たし、迫害にも屈せずに強く生きていた。しかし、一方では、「忠実なる主婦になり妻になり」と望む小布施への愛を捨て切れず、母性讃美の風潮が高まりを見せる中、子供を産まなかったことで自責の念に苦しんでいた。桂子は、自己の内部を突き上げる自我と、それと相反する小布施への愛情という葛藤によって、身動きが取れなくなっていた。「強いばかりの女ではありません」という言葉には、自分を生かすことを選びながらも自己矛盾に苛まれる耐え難い苦しみが表れている。

3 「花は勁し」

密通事件から一年が経過しても、桂子は、「無気力虚脱」に過ごしていた。その間に桂子の信用や名声は高まり、かつて開催を断られた会場から懇望され、公開展の開催が決まった。

桂子自身はもはやその幸福にさほどの感動もうけなかつた。
「出来るときは、もう要らないときだ」

一年前には、「新華道界に於けるデビュー」として、「意気に燃え上がつていた」公開展を「もう要らない」としたことには、密通事件が大きく関係している。桂子は「強いばかりの女ではありません」との言葉の後に、「何も張り合ひがなくなりました」と吐露している。小布施を失い、「張り合ひ」が無くなった桂子にとって、公開展は「もう要らない」ものになった。以上からは、「新興活花の師匠」として猛進する桂子の原動力となっていたのは、「全生命を表現しなければなりません」という信念ではなく、実は、小布施の存在だったということが明らかになる。

桂子と花との関係を象徴的に示した場面は、「公開展」後の桂子の姿を描いたテクスト末尾と呼応する重要な場面と捉えられる。一年前に公開展が頓挫してしまった際に、桂子は庭を「しんみりと眺め」ていた。寝入りそうな

「桂子の意識の眼に、庭の花が逞しく触れて来た」。

花々は白、紅、紫、橙いろ、その他おの〳〵の色と色との顫動を起こして混り合ひ触れ合つて、一つの巨大な花輪になる――すると幾百本、幾千本とも数知れない茎や葉や幹は、また合して巨大な茎となり葉となり幹となつて、一つの大花輪との支へとなる。

「巨大な花輪」を「支へてゐる巨根」から「吽！　吽！」という「力声」が発せられた。桂子は、「巨大な花輪」に対して「芸術に携はつてからの生涯の折々に、かの女の息を詰める程に感銘させ、すぐまた急ぎ足に去つて行つたいくつかの思想」を次々と投げかけた。しかし、桂子の問い掛けに対し、「花は一つも頷かない」。花々が「一つも頷かない」のは、桂子にとっての花が、小布施への満たされない想いを埋めるためのものだったからではないだろうか。

桂子は、「全生命を表現しなければなりません」という信念とは裏腹に、花に依存していたと言うことができるだろう。つまり、桂子は、小布施の存在があったために、完全に「個性の確立した女性」として自立することも、「全生命を表現しなければなりません」という信念を達成することも出来ずにいたと考えられる。

しかし、「結局桂子は無気力から立ち上が」った。桂子が「立ち上がる力」として「必要」としたものは、やはり「全生命を表現しなければなりません」という信念であった。

丹花を銜みて巷を行けば、畢竟、惧れはあらじ。友の書いて呉れた詞句に依るべき、桂子は花を銜むといふよりも、むしろ花に嚙みつき、花へ必死に取り縋つた。そこに必然以上の気力が湧き、卓越した思考力が与へられた。

桂子に「必然以上の気力」と「卓越した思考力」を与えたものは、「友の書いて呉れた詞句」であった。

これは女学校友達の女流文学者K――女史が、桂子の講習所を開くとき掛額に書いて呉れた詞句だ。講習所の娘たちの間に、これを読んで「丹花の呪禁」だといつて、活け余りの花を口に銜へ、腰に手を当て丶、映画に出て来るジョルヂユ・サンドのやうな気取つた恰好で闊歩するのが一時流行つて、やがて廃れたが――。

この「丹花の呪禁」は、先行研究において、作品の「モチーフ」になっているとされつつも、[15] それ以上の考察はなされていない。「丹花の呪禁」は、桂子にとって、どのような意味を持っていたのか。テクスト中で、もう一箇所「丹花の呪禁」が登場する場面がある。小布施のアトリエへ向かう途中、桂子は世間の噂を思い、「たじろぐ思ひが湧いた」。

ふと、あのK――女史の書いて呉れた詞句のやうに、花の茎でもぎつちりと糸切歯と糸切歯の間に嚙み締めて歩いて行くなら、この惧れに堪へられそうに思へた。

この場面での「丹花の呪禁」は、「惧れに堪へる」為に用いられている。「丹花の呪禁」は、桂子にとって、自らを励まし、奮い立たせる術であった。この詞句は、桂子が自分自身の「講習所を開く」、つまりは「新興活花の師匠」としての出発の際に贈られたものだ。「丹花の呪禁」は、常に桂子に初志を思い起こさせる役目を担っていると言える。

「丹花の呪禁」のイメージとされたジョルジユ・サンドに、桂子が強い思い入れを持っていることは、公開展に「ジョルジユ・サンド」という題の作品が活けられていることからも窺える。フランスの女性作家サンドは、はじめ平凡な結婚をするが、「絶えず内面からこみ上げるみずみずしい感性、情熱[16]」によって、文学で自立したいと志し、夫と離別し、単身パリへと渡る。その決意は、書簡に以下のように記されている。


私はこれまで以上に文学の道をたどる決心をしています。（中略）私は一つの目標、一つの任務を持っています。一つの情熱を持っていると言えましょう[17]

サンドのいうところの「目標」「任務」「情熱」は、桂子が「丹花の呪禁」に込めた「私の全生命を表現しなければなりません」という信念と重なり合うのではないだろうか。

サンドの他にも、テクストの中には、実在する人物の名前が挙げられている。桂子は外遊中に「バーナード・ショウの「セント・ヂヨン」を見」、「不湿の正体を感じ取つた」。「セント・ジヨン[18]」とは、フランスの愛国者ジャンヌ・ダルクのことである。救国の神託を受けたとし、一九二八年に軍を率いてイギリス軍を撃破し、後に異端裁判にかけられ、焚殺されたジャンヌ・ダルクは、サンド同様に「目標」「任務」「情熱」を貫いた女性であった。異端裁判の場でも「私、間違えたことは何一つ言ってない[19]」と訴え続ける。周囲に何を言われても、自らの意志を突き通すジャンヌに桂子は、「不湿の正体」を見たのである。

桂子は、ジャンヌやサンドに自らを重ね合わせることによって、自らの「目標」「任務」「情熱」を実現しようという意気を強くしていたことが読み取れる。

「丹花の呪禁」は、小布施への愛によって、自分が本来的に抱いていた芸術へ想いを置き去りにしてしまった桂子に、「全生命を表現しなければなりません」という信念を再確認させる装置として機能したのではないか。「丹花の呪禁」によって、「必然以上の気力」と「卓越した思考力」を得、根幹の信念を取り戻した桂子は、「花で描いた絵の公開展」に、自己の全てを表出させた。「公開展」の様子は、綿密に描写されているにも拘らず、これまで読み解かれてこなかった。しかし桂子が「公開展」で活けた作品は、彼女の想いの結晶であろう。

まず、数多くの赤い色の花、つまりは「丹花」が活けられていることに注目しなければならない。その活けられた場所や、活け方に着目すれば、いかに「丹花」が「公開展」全体の要となっていたのかが分かる。階下には、大掛かりな炉とマントルピースに、「紅木瓜（ボケ――引用者注）」が「一枝」「寂しく」活けられ、「公開展」のメインとなる階上には、二点の「丹花」が活けられている。一つは、「樹齢十年の大紅椿」の「一株活け」であった。「小丘」に見まがう程の大作で、圧倒的な存在感を放っていたことが想像される。もう一点は「牡丹花の大花群」であった。三階には「紅ばら」が活けられ、廊下にも「紅白カーネーション」が活けられている。「丹花」には当然「丹花の呪禁」が重ね合わされていると考えられ、要所ごとに、「丹花」が活けられたことは、桂子の「私の全生命を表現しなければなりません」という信念への回帰を意味すると捉えたい。

さらに、「新興活花」の華道家としての奇抜な発想も存分に発揮された。華道の世界では、活花作品の一部とみなされる花器に、大胆な意匠が凝らされていた。「酒筒」、「鳥篭」、「油壷」「ビール（中略）ジヨツキー」等を花器として使用することは、伝統的な活花においては、有り得ないことである。新興活花の「何でもいけられる、何にでもいけられる[20]」という考え方が具現化されている。他にも「背景には雪村軸の夏景山水」、「背景＝八山人作蘭の光筆画」と、活花の背景に絵画を用いたり、「後に月の出の白光の照明」と照明にもこだわりを見せ、新しい試みへの挑戦が読み取れる。桂子の自由な発想による従来の活花の伝統を打ち破った鮮やかな作品群には、これまで

「新興活花の師」として「脅迫やら迫害」に遭いながらも、精進してきた成果が見事に表れているのではないだろうか。新聞記者たちは、「桂子の勇気ある新興芸術の報道にあらゆる激励の辞を用意する」とし、「公開展」は、桂子の集大成となった。

「特別室」の「大広間」に、「大会中特に評判になつた二作」があった。「一つの名は「搖籠」、一つは「柩」と題するもの」である。小布施とせん子の密通事件以降、桂子の周囲の状況は、様変わりしていた。小布施は死に、せん子は小布施の子供を出産した。桂子が「搖籠」に込めた想いは、小布施の子供誕生への祝福であり、「柩」に込めたのは、亡くなった小布施への追悼の意であろう。

ところで、桂子と、桂子が自らを重ね合わせていたサンドとジャンヌには、明らかな差異があることを指摘しておきたい。サンドは、書簡に「芸術家の生活万歳！　われらの格言はリベルテ（自由）ということです。」[21]と記し、ジャンヌは、「穴の中の鼠みたいな一生を選ぶと思って？」[22]と禁固終身刑によって一生拘束されるのならば、火炙りを選ぶとした。二人は、「自由」を所有していた。

精神の「自由」は、服装にも表れる。両者は共通して男装した。しかし、サンドもジャンヌも決して男になりたいと考えていたわけではない。サンドは、「私は一方でなければ他方でもない。私は私なんです」[23]と、ジャンヌは、「男であろうと女であろうと」[24]と叫び、性を超越した。女性らしい身動きしにくい服装は、当時の女性を締め付ける規範の象徴であった。サンドとジャンヌは、時代のジェンダー規範に囚われることなく、自己実現を追い求めたのである。

終始一貫して「なににも束縛されることない自由な感性そのままにすべてを自分の力で人生を切り開いていった」[25]サンドとは異なり、桂子は、小布施への愛ゆえに、ジェンダー規範に囚われ、「自由」を失い、一度は「全生命を表現しなければなりません」という信念を見失った。

しかし、桂子は、「公開展」のメインとなる階上の、さらに「真正面」に大花壇を配置し、そこに「太陽のやうな牡丹花の大花群」を活けた。「牡丹」は、桂子にとって特別な花である。かつて「理想画」として表現し、それを小布施に「排撃」され、二人の愛は「悲惨」な結末を迎えた。その時に、「理想画」としたのは、「白牡丹」であったが、公開展では紅色の「牡丹」を用いている。まさに「丹花」である。「自由」を手に入れた桂子は、因縁の「牡丹」を「丹花」の「大花群」として活けることで、小布施の呪縛から解放され、「理想」を表現したのである。

桂子は、小布施の死によって、ようやく自己実現を果たした。サンドやジャンヌ同じく、桂子の精神の「自由」は、服装にも表れている。「博多の帯がきし〲鳴」り、「あゝ窮屈だつた」と漏らす場面から、小布施の生前は、桂子が和装をしていたことが分かる。しかし、「公開展」当日、「洋装をしてゐた」。男装ほどではないにしろ、和装のように「窮屈」ではないだろう。

「セント・ヂヨン」を観た後の桂子によって、「女の正体」が以下のように語られた。

自分でも意識し尽せぬ天然の力が、白痴であれ、田舎娘であれ、女に埋蔵されてゐて、強い情熱の鈎にかゝるときに等しくそれが牽き出される。それが場合によつては奇蹟のやうなこともする。または一生埋もれ切る場合もある。どつちが女としての幸福か知れないけど。

桂子は、「埋蔵されてゐ」た「天然の力」を、「強い情熱」によって「牽き出」した。「公開展」における「全生命を表現しなければなりません」という信念の実現は、サンドやジャンヌ同様の「奇蹟」である。

しかし、一方で桂子は、「埋蔵されてゐ」る「天然の力」が「牽き出」される場合と、「一生埋もれ切る場合」の

「どっちが女としての幸福か知れない」ともしている。ジェンダー規範を内面化する桂子にとって、「女としての幸福」とは、自分の愛する男性と結婚し、子供を生み育てることである。桂子は、「奇蹟」と引替えに、愛する小布施を失い、「女としての幸福」な人生も失った。

だが、ふと桂子は気づいた。桂子の足元に在る全館の花々は、今一斉に上なる桂子を支えてゐる。それこそは桂子自身の生命が、更に桂子の生命を支へ上げんとする健気な力、そして永遠に新しい息吹である。

この場面は、自分の望んだ「女として幸福」な人生を失った桂子が、ようやく「桂子自身の生命が、更に桂子の生命を支へ上げん」という真の自立に到達したことを暗示していると捉えられる。

桂子はもう泣いてゐなかつた。

「花は勁し」と云つて、桂子は大きく頷いた。夜風が徐に桂子の服の裳を搖ると、桂子それ自身が大きな花体となつて佇つてゐるのであつた。

桂子が「花は勁し」と「大きく頷いた」場面でテクストは閉じられる。かつて「花は一つも頷かな」かったことと比べると、桂子の変化が露わになる。「私の全生命を表現しなければなりません」という信念を達成した桂子は、真の強さを手に入れたのである。

おわりに

桂子は、「新興活花の師」として、形骸化した活花界の伝統を打ち破る革新的な華道家である。桂子の芸術に対する情熱は、並々ならぬもので、「全生命を表現しなければなりません」という信念を貫くために、絵から花へと転向し、自分を敵視する同業者の「迫害やら脅迫」にも屈しない。経済的自立を果たし、自分の信念を追い続ける桂子は、一見すれば、進歩的で強い女性である。しかし、その内実はただただ猛進する強靭な女性ではなかった。戦時下の母性讃美の言説を内面化し、独身で子供を生んでいないことによる罪悪感に引き裂かれる想いを抱いていた。自我と小布施への愛の板挟みによって、身動きの取れない桂子を、小布施の密通事件が襲い、二人の愛は「悲惨」な結末を迎えた。

傷心の桂子だったが、「丹花の呪禁」によって、初志に回帰し、全ての想いを表出させた「公開展」で、「全生命を表現しなければなりません」という信念をついに具現化させる。愛する男の死が、同時に自らの解放をもたらしたという皮肉な結果であったが、「花は勁し」と「大きく頷く」桂子は、ようやく自己実現を果たしたのである。

桂子は、最後に自己実現を果たすことはできたが、自己の望んだ「女としての幸福」は失った。桂子の苦しみや満たされない想いが、桂子の芸術を支え、その生を輝かせていることが浮き彫りにされる。本テクストには矛盾を抱えなければならなかった女の虚無が描かれ、自己実現を希求する女の光と影を浮かび上がらせている。

注

（1）岩崎呉夫『芸術餓鬼　岡本かの子伝』（七曜社　一九六三・一二）

（2）漆田和代「「渾沌未分」（岡本かの子）を読む」（『女が読む日本近代文学――フェミニズム批評への試み――』新曜社　一九九二・三）
（3）外村彰「岡本かの子「花は勁し」」（『滋賀大国文』一九九七・六）
（4）岩崎呉夫が主人公に、「自活する職業女性を設定したこと」を「今日でこそ職業女性はめずらしくないが、当時はかなり進歩的な意味をもっていた」（『芸術餓鬼　岡本かの子伝』）と、作者のフェミニズム思想を指摘している。溝田玲子「『花は勁し』――芸術を生む存在」（『岡本かの子作品研究――女性を軸として』専修大学出版局　二〇〇六・三）で詳しく検証されている。溝田の論は本作品を単独で扱った研究であり、本論と問題意識の重なる点もあるが、本論の初出と同時期に発表されたために反映させることができなかったことをお断りしておきたい。
（5）「一流大家揃ひの――生花の秘伝を語る座談会」（『主婦の友』一九三三・六）
（6）職業補導会編『新女性自活の道』（一書堂書店　一九三一・三）
（7）河崎ナツ『職業婦人を志す人のために』（現人社　一九三一・一）
（8）工藤昌伸『日本いけばな文化史三　近代いけばなの確立』（同朋舎出版　一九九三・八）
（9）博文館　一九〇六・七
（10）注（5）に同じ。
（11）注（5）に同じ。
（12）工藤昌伸『日本いけばな文化史三　近代いけばなの確立』で、「新興挿花の名称が一般化してくるのは昭和六、七から八年にかけて」と指摘されている。
（13）若桑みどり『戦争がつくる女性像』（筑摩書房　一九九五・九）
（14）水田宗子『二十世紀の女性表現　ジェンダー文化の外部へ』（學藝書林　二〇〇三・一一）
（15）福田清人・平野睦子『岡本かの子』（清水書院　一九七二・八）では、「「丹花の呪禁」をモチーフとするこの作品」、久威智『岡本かの子研究ノート』（菁柿堂　一九九二・八）では、「「丹花の呪禁」をモチーフとし」と指摘されている。

(16) 池田孝江『ジョルジュ・サンドはなぜ男装したのか』(平凡社　一九八八・一)

(17) 注(16)に同じ。

(18) 原題は「Saint Joan」で、一九二四年に発表されたバーナード・ショーの戯曲である。ショーはこの作品によって、ノーベル文学賞を受賞し、彼の代表作の一つとされている。

(19) 鳴海四郎他訳『バーナード・ショー名作集』(白水社　一九七二・八)

(20) 草月出版編集部『創造の森』(草月出版　一九九一・九)

(21) 注(16)に同じ。

(22) 注(19)に同じ。

(23) 注(19)に同じ。

(24) 注(16)に同じ。

(25) 小坂裕子『自立する女　ジョルジュ・サンド』(NHK出版　一九九八・六)

第三章　『夫人と画家』――青い画の相克――

はじめに

『夫人と画家』（初出『新思潮』）は、一九二三（大一二）年七月、第七次『新思潮』再刊に際し、川端康成から求められ寄稿したかの子最初の戯曲である。歌人から出発し、仏教研究家を経て、小説家となったかの子は、小説の試作期に戯曲を執筆した。一一篇発表されたが、総じて評価が低く、「魅力に乏しく」「新鮮味のない萎縮した感じ」「戯曲と離れたのは当然」（岩崎呉夫）[1]、「どれも文学的には成功した作品ではない」（瀬戸内晴美）[2]、「習作の域を出ず」（古屋照子）[3]、「燃焼度は低い」（漆田和代）[4]と、あくまで小説に至るまでの模索の一つとして位置付けられ、個々のテクストについて具体的に論じられてはこなかった。しかし、後の小説作品で描き続けられる男女の相克が、戯曲という形式によってより鮮明に示されていることを看過することはできない。

本テクストは、「貧しき洋画家」安達と、「慰みに洋画を習ふ富める女」夫人の対立が描かれた一幕ものである。夫人の邸宅を訪ねた安達は、かつて自分を画の師匠とし崇めていたにも拘らず、新進画家へと的を変えた夫人を罵り、絵の具代を要求する。拒否する夫人に、自己に起こった「革命」、橋に座って見上げた広大な空の色を表現するためにはコバルトブルーの絵の具が必要だと力説する。自分の訴えを受け入れない夫人に逆上した安達は、逃げる夫人を追いアトリエに侵入すると、夫人の画を奪い、それを夫人に投げ付ける。夫人は血を流し、気を失う。安達が高笑いしながら右往左往するところで幕が閉じる。

テクストには二枚の青い画が登場する。描かれなかった画家の画と描かれた夫人の画である。本論では、二枚の画を隔てるものについて検証し、テクスト末尾においてなぜ夫人が画家に排撃されればならなかったのかを明らかにしたい。

1 描かれなかった男の画

自身の画についての安達の語りが、テクストの中心をなす。しかし、それは描かれなかった画だ。安達は「薄汚き服」、「むしやくやな長髪」という出で立ちで、「一日に一切のパンを買ふのでさへ、直ぐにもこのボロ服の上着を脱がなけりやならな」い程困窮し、「新らしいパレットが無い、カンバスが無い」。また「絶えず、いらいらし」「独語」する。夫人に「おつむりの具合」を尋ねられると、「爆裂弾を三つ位ゐつめた様です。ははは」と「声だけで笑ふ」。安達によれば、少年時代に大切なスケッチブックを川へ落して「ボッとして仕舞つて」、傍にいた犬を叩き殺して以来、発作が起こるようになり、窓硝子を壊したり、モデルの頬を殴ったりし、医者にも警告を受けているという。「狂人」であることが「画を駄目にして居る」と、画壇からは評価されない。「貧乏な狂画家」であることが安達の画が描かれなかった理由なのだろうか。時は「現代」と設定されているので、作品内時間は作品発表年の一九二三（大一二）年である。当時、評価を得られない「貧乏な狂画家」と言えば、まず想起されるのは、ヴィンセント・ヴァン・ゴッホだ。日本におけるゴッホの受容において、最大の功績を果たしたのは、白樺派である。一九一一（明四四）年二月には、ゴッホの手紙が紹介され、一九一二（大元）年一一月にはゴッホの特集が組まれ、その後も随想、評論、報告、詩などの他、しばしば複製画が掲載された。『白樺』誌上で紹介するに留まらず、展覧会も開催した。白樺派のゴッホ受容について、「「芸術」よりも「芸術家」を求めた」[5]ということがしばしば指摘される。白樺派の文学者たちは、「ゴッホが人生に悪戦苦闘しながら、なお「自己」を生かし抜いた点を最大評価する」[6]。ゴッホの画に先行し、人物像や人生が神話化され、熱狂的に受け入れられたのだ。貧困に屈せず、世間に認められなくとも自己の理想の芸術を追い求めた悲劇の天才画家というイメージは一貫している。着目すべきは、発狂が天才画家にとっては必然であったと理解されていることだ。柳宗悦「革命の画家」(『白樺』一九一二・一)では、ゴッホの言葉「余は病めば病む程、余は益々藝術家になれり」を引用し、「異常なる画家」と定める。『早稲田文学』でも、「彼の狂気は全く作画中、日射病にかゝつてからの結果である。哀れなるファン・ゴーホ!」とし、ゴーギャンを殺そうとしたこと、自分の耳を剃刀で切り取ったことを紹介、自殺したことを彼の「思索の力」のなせるものとしている[7]。大正期は、ゴッホを主題とした評伝が何点か出現し[8]、ゴッホを謳った詩が多数発表されたのだが、天才画家と狂気を結び付ける傾向は変わらない。大正元年に発表された舟木重雄の小説「ゴオホの死」[9]には、「狂死する程に神経が鋭敏にならなければ本統の藝術家とは言はれない」と考える主人公が「僕はまだゴオホになれない。今になつて見ると別に気も狂つて居ないし、まして狂死もしてゐない」と高笑う場面がある。

神格化されたゴッホ像は、青年たちの心を摑んだ。木下長宏『思想史としてのゴッホ　複製受容と想像力』[10]によれば、青年たちは「ゴッホに、近代における藝術と人生の最大の指針をみた」、「ゴッホのように(中略)なりたいと願い、そういう身振りにふける「芸術家」が、一つのタイプとして定着していく」、「近代的藝術家たらんがためには、狂気を帯びなければならず」、「画家たちは精一杯[狂]の身振りを試み」たということだ。本テクストにおける安達も、ゴッホに魅了され、ゴッホの身振りを真似る言わばゴッホかぶれの青年画家の一人ではないか。確かに、安達の行動や言動はあたかも狂人のようではあるが、安達を「狂画家」と規定しているのは、実は安達本人なのである。夫人の使用人に「まるで狂人見たやふだよ」と言われると、安達自身が「うん狂人だよ我輩は」と応え、「貧乏な狂画家、安達」、「狂人の色」、「狂人の画」と自己は「狂人」であると繰り返し述べる。実際に狂気に陥っている人間が、自己を「狂人」であると認識し、他者にそれを主張するだろうか。また安達によって語られる、自己を「狂人」たらしめる挿話が当時のゴッホのイメージと重なることに注意したい。「頭」の中の「爆裂弾が、カンバスに向つて、続けざまに、どどど、ど、どん、と破裂して呉れたら、痛快な画になるんだがなあ」という安達の創作の理想は、「ゴオホの絵は一枚一枚に破壊と創造である」、「彼は常に現在の中で溢れる程一杯になつて居た」、「一杯になつて居るものが内から内から湧きくづれて行く」[11]、自己内部から溢れ出る苦悩をキャンバスに叩きつけているという当時のゴッホの画の評価を彷彿とさせる。

「ほんとふの気違ひになつて仕舞ひはし無いかと思はれ」たと、「狂画家」の自己を強調してから始める青い画についての語りにおいても同様である。ます安達は絵のモチーフに出会ったことを「革命」と称すが、「革命の画家」とは当時のゴッホのキャッチフレーズだ。「頭に、何か、ぎしぎし詰まつて来て仕方が無い」想いに苛まれた安達は、ふらふらと外へ出ると、導かれるかのように橋の袂までやってきた。「思はず」橋の袂に座り込むと、見上げた「コバルトの空」に魅了され、「魂は踊り上つてよろこんだ、そして、たちまちにその空のなかに溶け込んで行つて仕舞つた」と感じ、その晩と翌日は「熱病患者の様な異常な、そのくせ何とも云へない快感のために呑まず食はずで画室の中にぶつ倒れたまま興奮し切つて眠ることも出来」なかったという。当時ゴッホの年譜に記された狂人の逸話に「激しき外光に打たれつゝ、帽子をも被らざるが如き激越的感情の下にありて、彼は作画の外何物をも有せざりき[12]」というものがある。一般的にゴッホが太陽に狂ったと言われる有名なものだ[13]。狂気の中でインスピレーションを得、「彼は突如として家に走り入り、壁にまれ机にまれ彼が抑へ難い印象を画く事が往々にあつた」（柳宗悦「革命の画家」）。ゴッホかぶれの青年にとって、突然、天啓に打たれたように創造の情熱に突き動かされ、狂ったように創作するという姿勢は、憧れの対象だったに違いない。ゴッホを好む画家村山槐太の一九一五（大四）年一〇月一六日の日記には、「考へて見ると昨日の絵はやはり失敗だと思つた。も一ぺんあすこを描こう。今度、何しろもつとパツシヨンが来なくては駄目だ、ゴツホのパツシヨンが。俺は矢張りゴツホ的な生命を得べき人間であらう[14]」と記されている。安達も以後、毎日毎日、橋の袂に通う。橋は、ゴッホの絵における代表的なモチーフの一つであり、そのことは当時既に知られていた。人々がゴッホの画を見る機会は、『白樺』に掲載された複製画及びその後に他で再録されたものに限られていた。『白樺』に最初に掲載されたゴッホの複製画は「河岸と橋」(一九一一・六)で、さらに四カ月後には書簡の一頁における跳ね橋のスケッチ(一九一一・一〇)が掲載された。目に触れる数少ない作品に橋が描かれていたことは、人々にゴッホ=橋のイメージを定着させたのではないか。書簡はエミール・ベルナール宛で「はね橋の奇妙なシルエット[15]」に興味を抱いていることが綴られており、安達の用いる「軽妙な可憐な橋梁の線」という形容と類似している。

安達は、当時流布していたゴッホ像を内面化していたと考えられる。その語りは、ゴッホに心酔する青年画家がゴッホに自己を重ね合わせた夢物語だ。理想の画を実現できないのは、貧しさゆえにコバルトブルーの絵の具が買えないからだとするが、安達の芸術に対する想いは、ゴッホに同化する為の偽りの欲求である。安達の画が描かれなかったのは、貧しいからでも狂気に陥っているからでもなく、自己の画を実現させようという真の欲求の不在にあったのだ。

2　二枚の青い画

安達は、自分の画が具現化せず、夫人の画が描かれたことについて、「こんな道楽画にふんだんに使はれるから、絵の具がだんだん高くなる。貧乏な真剣な画描き共が苦しくなる」と、経済力の格差にあるとしたが、両者を隔てるものは、階級だけなのか。

前節にて安達の画家としての振る舞いや画のモチーフにゴッホかぶれの青年の側面があることを指摘したが、本節では「強い憧憬的なショックを表はし詠嘆的な言葉の調子」で、自己の芸術の「新らしい生命」として訴えた「コバルトの空」について考えてみたい。「陽が西に沈まふとして、その余映さへ届かない半面——南へかけての半面ですね。あの水つぽさと云つたらありませんね。どこか艶かしいスキートな哀愁から滲み出た明るさ。底深い神秘的な明るさ」と表現される。小島喜久雄によって訳された「ヴィンセント・ヴァン・ゴオホの手紙」には、空についての描写が「太陽には朱の反映、其上には一帯の黄、夫が緑色になほ上の方には一帯の黄、夫が緑色になほ上の方は青く褪せて行く[16]」、「空が現れる、極微妙な青い色の、暖かな灰色をした——殆どもう青ぢやない——空が現れる[17]」と記されている。安達は、「昼の明るさは、開けつぱなしのあたりまへの、分り切つた明るさ」だとし、太陽の沈む際の光の陰影を帯びた明るさを絶賛しているのだが、それはゴッホのいう「青く褪せて行く」空だろう。また「あめ水つぽい、神秘なコバルトの空の色」という表現も使われるが、ゴッホの「極微妙な青い色」「暖かな灰色」と重なる。そもそも光線の効果を重んじる画風は、ゴッホを含む印象派の最大の特徴である。「コバルトだ！。コバルトだ！。」と連呼するコバルトブルーの絵の具も、「印象派の画家たちあたりからこの絵の具の恩恵に浴することができるようになった[18]」ものだ。空の描写にコバルトブルーを使用することは、画法として定着しており、一九〇九（明四二）年二月の中田皓清「天空の描写に就て」（『美術新報』）でも、「先づ天空を画くにはパレットの上に左記の顔料を置くべし　ホワイト、エローオークル、コバルト（後略）」とされている。つまり、安達の画は、モチーフだけでなく印象派風の画法もゴッホを模倣したものであり、コバルトブルーを空に使用するという発想も何ら「新しい」ものではなかったのだ。

一九一二（大元）年、第一回フュウザン会（後にヒュウザン会と改称）展が開催された。日本で最初の最も前衛的なグループ展で、反アカデミズムの運動として注目された。出品したのは、岸田劉生、高村光太郎、木村荘八ほか三

○数名である。柴田珠樹『白樺派と近代美術』(東出版 一九八〇・七)によれば「大部分がゴッホ、セザンヌにうつつをぬかす青年画家たちばかりだった」ということだ。夫人が「新進のアカデミシヤン」に画を習っていることを軽蔑していることから、安達も同じ立場であることが分かる。ただし、安達とフュウザン会に集った青年画家たちとの最大の違いは、彼らの描く画は早々にゴッホから離れ、その模倣を脱したことにある。先に挙げた村山槐太の日記の中でも理想の絵が描けない理由が「今はゴッホかセザンヌの真似をして居るから不可ないのだ」とされている。さらには、一九二一(大一〇)年頃から、ゴッホの画に対する批判も登場してくる。フュウザン会のメンバーであった岸田劉生が「激動のあらはしかたが、あまりに所謂直接なので芸術的な智慧の批判がなく」、「美化の洗礼の前にあつて、美的統一がなく、感情が出てゐても散らばつてゐて、緊密して来ない[19]」と酷評した。

大正末期の画壇[20]は大きな転機を迎えていた。画家たちが抽象表現を試み始め、「前衛」を標榜するグループが次々と誕生する。一九二〇(大九)年には未来派美術協会が、一九二三(大一二)年にはキュービズムに学んだ画家などを擁す「アクション」とコラージュ手法を用いて構成的制作を行った村山知義を中心とする「マヴォ」が登場し、個性の開花は官展の中にも見られるようになる。また同時期にプロパガンダを主旨とするプロレタリア美術も登場してくる。一九二〇(大九)年に創立された黒耀会は「ブルジョア芸術を一掃し、自由人が新しい光に生きるプロレタリア芸術の油によって、熱を揚げたい」と唱えた。画壇の転換期であった一九二三(大一二)年に至ってもゴッホの画を模倣する安達は、画壇の潮流から一〇年遅れている。貧困に苦しみ、裕福な夫人を声高に非難するにも拘らず、プロレタリア芸術運動に参加するでもない。安達の青い画は、例え具現化されたとしても時代に置き去りにされる運命にあったと言えよう。

一方の夫人の画はどのようなものだったのか。夫人を追い掛けアトリエに侵入した安達は「逸早く一枚のカンバスを持ちて画室より庭に飛び下て来る」。この「一枚のキャンバス」が夫人の青い画である。安達と異なり、夫人の画は、コバルトブルーを「ふんだんに使」ってあること以外は詳らかにされない。舞台が「某邸宅の庭内」で、「緑葉に種々なる草花の色照映す」とされ、夫人のアトリエが多くの草花に囲まれていることに着目したい。安達が「白百合だの、カーネーションだの、これからは、あなたがた（夫人と新進画家――引用者注）に写生される手頃な花がいろ〳〵咲くから結構だ」と言っていることから、庭の草花は夫人の画の対象であることが分かり、夫人の画にはコバルトの絵の具が「ふんだんに使」った草花が描かれていたと考えられる。また、確かに自然界に青色の花は多数存在するが、具体的に挙げられた「白百合やカーネーション」は青色ではなく、夫人の画が必ずしも実際の花を写実的に描いたわけではないことが推察される。夫人は、庭に咲く花をモチーフとしながら、自己の想像をめぐらせて青い花を描いたのではないだろうか。先に指摘したように、当時の画壇では抽象表現が勢いをもっていた。夫人の画は、時代の要求に合致していたと言えよう。さらに、「青い花」というモチーフには特別な意味合いが付与される。ドイツ浪漫派の代表ノヴァーリスの作品『青い花』[21]である。ノヴァーリスの受容を確認しておくと[22]作者については、一九〇四（明三七）年二月『明星』に掲載された藤田禎輔「ロマンチック詩人ノワリス」で、ごく簡単に伝えられ、一九〇五（明三八）年の五、七、一〇月『帝国文学』に掲載された山岸光宣「詩人ノワーリス」で紹介された。翻訳については、一九一二（大元）年一〇月『心の花』誌上で山野青煙「夜に捧ぐる歌」と題された抒情詩の一部が発表された。「青い花」のイメージは、文学者の間に浸透し、北原白秋『邪宗門』（一九〇九）や若山牧水『路上』（一九一一）などでモチーフとして詠まれ、大正後期になっても佐藤春夫『田園の憂鬱』（一九二〇）で象徴的に使用された。ちょうど作品内時間前年にあたる一九二二（大一一）年九月〜一一月、『白樺』における二階堂真寿「ハイリヒ・フォン・オフタアヂンゲン――ノヴァリスの『青い花』――」で、第一部三章までが訳掲されたことに留意したい。同年三月には、谷崎潤一郎が小説『青い花』を『改造』に発表した。夫人の「青い花」の画は、時代の空気を捉えた清新なものであったのだ。

安達と夫人の二枚の画は、同じコバルトブルーの絵の具が使用された青い画ではあったが、一方は時代遅れの旧弊な画で他方は時代の波に乗った新鮮な画であった。その差異は歴然であり、同時代の文脈の中では、安達の画が描かれずに終わり、夫人の画が描かれたことは必然だった。

3 血塗られた女の画

ゴッホのように、同時代には全く見向きもされなくとも、後世、芸術的価値が認められる画は存在し、またその逆もある。ただし、安達と夫人の場合は、時流に添っているか否かという点以前に決定的な差異がある。それは、自己の芸術を実現したいという強い欲求の有無である。これまで検証してきたように、ゴッホかぶれの安達の画は模倣に過ぎず、どんなに言葉を尽くし、大袈裟な振る舞いをして自己の芸術を主張しても、内実は空虚である。夫人は、「慰みに洋画を習ふ富める女」と設定され、その画も安達に「ろくでも無い画」、「道楽画」と否定されるので、画に対する情熱を持っていないかのように見える。さらに、安達とは対照的にほとんど言葉を発せず、動かない。安達の語りに対し、「当惑気なる面持ちを微笑にまぎらし」、「何となく打ち解けぬかたくろしき語調」、「聞かぬ振りして」と、安達の機嫌を損ねぬよう努め、受動的な姿勢を崩さない。例外は二箇所あり、一つは「随分あなたの絵具代の御用をつとめました」と安達の要求を拒否する場面である。しかし、安達の狂人の語りが昂ってくると「絵具代はあとから持たせて上げますから」と結局は従う。そんな夫人が唯一自己を主張するのが、自己の画に対する想いを述べる際である。夫人はかつて安達を画の師匠としていたのだが、現在では新進画家の宮地に変えている。それを恨みに思う安達は、「アカデミツクな色に染め上げ」られ、「アカデミーの宮殿に納まらふとして居る」と夫人を蔑む。夫人は「むつとして」、安達の言葉を否定し、宣言する。

別に何の色にも染め上げられはしませんわ。私はどこまでも私の画を描いて居りますわ。

画の師を変えたことは、夫人にとって自己の芸術をより高めるための試みの一つだったのだろう。夫人はあくまで「どこまでも私の画を描いて」いきたいと希求していた。

夫人の画に対する情熱は、「慰み」や「道楽」に留まらない。突然の安達の訪問に、使用人は「あれ（製作――引用者注）が始まつちやおく様は、誰にだつてお逢ひになることじやあ無い」と応えている。夫人は「来てはいけない。今、大切な所なんだから」と注意し、アトリエにこもり、画に集中するのだ。大切な作品の並ぶアトリエは夫人の聖域である。「安達がアトリエに近づかんとする」のを、「片手で抑へて」、「わたくし、今、そちらへ行きますわ」と、侵入を防ぐ。夫人の画に対する想いが最も顕著に表れているのが、以下の場面である。安達の感情が昂るにつれて夫人の恐怖も増し、「（益々恐怖を増し逃げ腰になりて。）あの、お話中ですが、私、今日はこれから急いで行かなければならない処がありますので……」、「もふ分りました、分りました。では、私、これで失礼いたしますよ」、「あたくし、まつたく今日は急ぎの用事があるのですから…（二三歩逃げる。）」と安達から逃げようと必死であったが、安達が自分の画を奪うと態度を一変させる。「いけません、その画をどふしやふとなさるんです、いけません、いけません」と必死に叫び、「しやにむに」、「かへして下さい、私の画を私に返して下さい」と挑みかかる。夫人の画が「道楽」であれば、先程まで恐怖に脅えていた怒り狂う男に立ち向かい、取り戻そうとはしないだろう。安達は自己の芸術を「命がけ」と言うが、夫人にとっても同様なのである。ノヴァーリス『青い花』は、主人公ハインリヒが夢に見た青い花の中の少女を求めて旅をする物語で、「青い花」は無限への憧れの象徴である。安達が奪った「青い花」の画は、夫人の遥かなる理想を表現したかけがえのないものだったのだろう。[23]「どこまでも私の画を描いて居ります」と言い切る夫人とゴッホの模倣に執心する安達の差は歴然としている。

さて、末尾に至りテクストは急展開を見せる。夫人の青い画を目にした途端、安達の様相が「一だんと異常になり、夫人をにらみ据ゑてじりじりと近より」、「夫人目がけて「うぬつ。」とカンバスを投げつける」。カンバスは夫人に命中、「夫人の眼カンバスの角にしたたかうたれて鮮血ほとばしり、夫人倒れて気を失なふ」。テクストは、安達が夫人を傷付け、夫人の青い画を破壊するという衝撃的な結末で幕を閉じる。安達は「あははは、、、、」と笑いながら「まだむのお慰みもこれでおしまひだ」と言い放ち、夫人の青い画は血に染まってしまう。安達の行動の引き金となったのは、夫人の描いた青い画であった。「一瞬間立ちどまりじつとカンバスの面を正視したる後、たちまち」、「こんなろくでも無い画に、俺の命がけで欲しがるコバルトが、こんなにふんだんに使つてあらあ」と「怒声をあげ」るのだが、安達の暴挙の要因の全てがコバルトの絵の具の恨みにあるとすれば矛盾が生ずる。夫人は安達の「絵具代の御用」を務めるパトロンの存在だ。いなくなってしまったら、画家として生きていけなくなる。コバルトブルーの空を具現化することも叶わない。安達は、夫人の青い花の画に「命がけで欲しがる」コバルトの絵の具への妄執も吹き飛ぶほどの衝撃を受けたと考えるのが自然である。「どこまでも私の画を描いて居ります」という夫人の画に表れた独創性、理想を追求したいという気迫が安達の身に迫ってきたのではないだろうか。

本テクストがプロトタイプとなっていると考えられる作品『花は勁し』（初出『文藝春秋』一九三七・六）を援用したい。華道家の桂子は、世間から認められない画家小布施の画業に関わる資金や生活資金の全てを援助している。かつて二人は同門の画家であったが、小布施によって桂子は画家としての生命を断たれた。桂子の描いた画も「花が青ざめて燃えてゐるやうな白牡丹の絵」、「想像で描いて来た理想画」、すなわち青い花の抽象画であった。小布施はそれを見ると、「単なる画では現はし切れない不思議なものが欝勃としてゐるのにびつくりした。そこにはカンヴアスの上の絵画を越えた野心が、はげしい気魄となつて画面に羽搏つてゐた。そこで僕は思はずこれは画ぢやないと怒鳴つた」のである。青い花の画は「将来性を見出すものかも知れない」ものであったにも拘らず、「そこまで眼を通さないうちに小布施の本能は排撃してしまつた」。小布施の「排撃」により桂子は筆を折る。桂子を「排撃」した小布施の「本能」とは、画家としての危機感である。桂子の才能に圧倒され、自らの画家としての存在意義が脅かされると考えたのだ。

かつて師弟関係にあった安達の方が、兄弟弟子同士であった小布施以上に衝撃が大きかったに違いない。「まだむ（夫人——引用者注）に始めて画筆の持ち方を教へてやつたのは俺なんだぞ」と言うように、夫人を画に導いたのは安達であった。夫人の新しい師の宮地を「せつせと、あなたをアカデミツク色に染め上げ」と評していることから、かつては安達自身が夫人の画を自分の画風に「染め上げ」ようとしていたことが想像される。安達は、夫人が自分から離れた原因を「俺の画風がまだむに飽きられて」としているが、安達が「半ヶ年」の間、夫人の芸術家としての自我を抑圧し続けていたことにあるのではないか。夫人は安達にとって、自らの画風に「染め上げ」た分身のような存在であった。また、世間から評価を得られない安達の画家としてのアイデンティティは、夫人に「神の如く尊崇」されることで支えられていたと言える。夫人が安達の下から離れたことは、安達の画家としての存在価値を浮遊させることではあったが、夫人の画が「一向だめですわ」という状態で、「始めて画筆の持ち方を教えてやつた」、「俺はまだむの先生」というヒエラルキーが保たれている限り、支配／被支配の関係は継続する。どんなに安達が「貧しき洋画家」であっても、どんなに夫人が「富める女」であっても、師弟という絶対的なヒエラルキーがあれば、狂人の身振りで夫人を脅し、従属させることは容易い。ところが、突如として眼前に、安達の抑制から解き放たれ、たった「三ケ月」の間に自己の芸術を開花させた夫人の画があった。自己の分身だと信じていたものが、突然自我を持った主体として立ち現われてきたのだ。さらに、それが自己の才能を凌駕する画であった。弟子で女という完全に下位とみなしていた存在が自分を飛び越えて遥か上にいることに、安達は混乱しただろう。

自己の芸術家としてのアイデンティティを補完していた存在が、一転それを崩壊させる存在となった。安達は焦燥と恐怖の余り、夫人を排除し、夫人の芸術を抹殺しようとしたのだ。テクスト末尾には、女の芸術が男のエゴイズムによって葬り去られる悲劇が、象徴的に示されているのである。

おわりに

テクストが発表された一九二三（大一二）年は、『種蒔く人』の創刊、政治と文学をめぐる諸論争が勃発したプロレタリア文学運動の興隆期にあたり、本テクストもプロレタリアとブルジョアの階級闘争の体裁をとっている。しかし、末尾に示されるのはプロレタリアの勝利ではない。真のない芸術家きどりの男が、自己の芸術を追い求めて飛翔しようとする女の行く手を阻み、その才能を排撃する惨状である。安達がカンバスを投げ付けた場所が、画家に欠かすことのできない「眼」であることからも、夫人の画家生命を奪おうとしているのは明白だ。テクストが、終盤にさしかかるまで、男／女、師／弟子、動／静、能動／受動、抑圧／従属、脅す／怯えるというジェンダー規範に添った対立を保ち続けていることが戯曲の形式によって際立っている。男には名前があるが、女にはない。女が自己より下位にいて主体性のないうちは良い。しかし、「どこまでも私の画を描いて居ります」という女の自我が、その画によって示された瞬間、ジェンダー秩序が転倒し、女は危険人物として排除されるのである。二枚の青い画を読み解いていくことで、本テクストが、女の芸術家が男の芸術家に、女の弟子が男の師匠に抑圧され、その才能を潰されていくという現実を象徴的に示していることを明らかにした。

女の芸術家の復権と自己実現の達成は、昭和期に発表された『花は勁し』を待たなければならない。夫人の後継にあたる桂子は、画から活花へ転身すると「私の全生命を表現しなければなりません」という想いを胸に邁進し、最後には自己の全てを懸けた大規模な個展を成功させる。『夫人と画家』の場合は、夫人自身にも限界があり、最終的に自己の望みを果たすことも叶わない。しかし、昭和期に爆発的に開花したかの子の文学において描き続けられる女の自己実現の欲求が、大正期に発表された戯曲『夫人と画家』に既に萌芽として見られることは評価に値するだろう。

注

(1) 『芸術餓鬼　岡本かの子伝』(七曜社　一九六三・一二)
(2) 『かの子撩乱』(講談社　一九七〇・一二)
(3) 『岡本かの子――華やぐいのち』(沖積舎　一九八四・八)
(4) 「ジャンルの模索の果てに」(『岡本かの子全集』一　筑摩書房　一九九四・一)
(5) 高階秀爾「『白樺』と日本近代」(『日本近代の美意識』青土社　一九九三・八)
(6) 富山秀男「岸田劉生と白樺派」(佐々木静一・酒井忠康編『近代日本美術史』2　有斐閣　一九七七・五)
(7) 沖田勝之助「後期印象派」(一九一一・八)
(8) 随筆『私の日記』(『婦人公論』一九二二・二)に、「ゴッホの伝記を借りに来た」とあり、かの子自身もゴッホの伝記を読んだことが推察される。
(9) 『奇跡』(一九一二・七)
(10) 學藝書林　一九九二・七
(11) 岸田劉生「ゴーホとゴーガン」(『フユウザン』一九一三・三)
(12) 「ヴァン・ゴォホ略年譜」(『美術新報』一九一八・五)
(13) 小説『川』(初出『新女苑』一九三七・五)で、夫一平をモデルにした画家の台詞に「ヴァン・ゴッホという画描きは、太陽に酔ひ狂つたところは嫌味ですが（後略）」とある。

(14)『村山槐多全集』（弥生出版　一九六三）

(15)二見史郎編訳『ファン・ゴッホの手紙』（みすず書房　二〇〇一・一一）

(16)『白樺』（一九一一・二）

(17)『白樺』（一九一一・九）

(18)福田邦夫『色の名前事典』（主婦の友社　二〇〇一・五）

(19)「ゴッホの向日葵」（『中央美術』一九二二・一）

(20)山口桂三郎監修『日本の近代絵画』（ブレーン出版　一九九六・一〇）を参照した。

(21)原題は『ハインリヒ・フォン・オフタ――ディンゲン』。一八〇二年刊。『青い花』の訳名で知られる。かの子の随筆「はつ夏」（初出未詳、『池に向ひて』古今書院　一九四〇・八　所収）において言及がある。

(22)太田三郎「近代詩における「青い花」のイメージ」（『学苑』一九七〇・六）を参照した。

(23)明治末から大正初年にかけて社会的自覚に目覚めた「新しい女」たちの自己表現、自己確立の場となった『青鞜』にかの子は参加し、数多くの短歌を発表した。夫一平の放蕩と夫婦の危機、兄大貫晶川と母アイの死、堀切茂雄との出会い、豊子・健二郎の二人の子供の死という「魔の時代」を迎えたかの子の女としての苦しみ、葛藤、必死のあがきを受け止めたのが『青鞜』であった。『青鞜』の「青」が、かの子の中で自己解放や希望のシンボルとして生き続け、本テクストにおいて自己実現を象徴する色として造型されたと考えることもできよう。また、「花」について、随筆「花は咆ゆ」（初出『読売新聞』一九三七・六・一九）において、「根も茎も葉も必死の協力をして、そこに全自我を表現せしめた花」、「逞しき生命力」と述べている。

付記　「夫人」は「職業に従事する女」ではないが、『花は勁し』の桂子のプロトタイプということで、本論を第三部に所収した。

第四部　母の規範を超える女たち

第一章　『母と娘』――密着から自立へ／戦争協力から反戦へ――

はじめに

『母と娘』は、一九三四（昭九）年五月、交蘭社刊行の雑誌『女性文化』の創刊号に掲載された小品である。第一次世界大戦後のイギリスを舞台に、娘の将来をめぐる母娘の葛藤が描かれている本テクストは、冬樹社版の全集に所収されるまで、いずれの単行本・全集・叢書にも収録されず、管見の限り、研究の俎上に載せられることはなかった。

かの子は、一九二九（昭四）年一二月から一九三二（昭七）年三月まで西欧を外遊し、帰国後、仏教研究家としての活躍を経て、一九三六（昭一一）年に小説家として文壇にデビューした。かの子文学における西欧外遊の重要性は早い段階から指摘されており、(1)疑いの余地はないだろう。紀行文集『世界に摘む花』(2)を代表とする随筆の数々、短編『ガルスワーシーの庭』（初出『行動』一九三四・七）、『母子叙情』（初出『文学界』一九三七・三）、『巴里祭』（初出『文学界』一九三八・七）、『河明り』（初出『中央公論』一九三九・四）、『褐色の求道』（初出誌未詳）が、外遊中の体験から生み出された。本テクストも、外遊土産の一つだが、舞台となる都市がハムステッド、パリ、ベルリンと複数に亘り、それらが全てかの子の実際の滞在先と一致し、(3)唯一、三都市を比較するまなざしが表れている点で他とは異なる。かの子が後に繰り返し描くことになる〈母と娘〉の姿(4)が最も早く表現された作品としても、等閑に付すことはできない。

本論では、テクストに描かれた母と娘の関係性を分析し、両者の対立から和解までの心の移り変わりを明らかにすることを目的とする。また母娘関係の隔たりの原因となった娘の戦争に対する意識の転換についても検討したい。

1　「自己の延長」としての娘

母娘は「ロンドンの北郊ハムステツド丘」に建つ「小奇麗な別荘風の家」に住む。母のスルイヤはその地域の「No.一の奥さん」である。容貌は「赤毛で赤ら顔で、小肥り」。「勝気」な性格で、「一人娘を育てる傍ら新しい進歩主義を奉ずる婦人団体へ入つて居た」。第一次世界大戦で夫が戦死した後、女手一つで娘を育てながら、婦人団体の活動にも積極的に加わるエネルギーに溢れる女性だ。

一方の娘アグネスも、母に劣らず精力的である。「丈が高く、胸が張つて」「男の子のやうな」容貌で、「活発」だ。女学校時代には「女軍観兵式」で「級友を率い」、「全校八百の総指揮を鮮やかにやつてのけ」、「英仏伊独等の青年男女を会員とする国際的クラブ」に「入会して居る」。「持つて生まれた統帥力」があるアグネスは、地域の「No.一の奥さん」で、「婦人団体」で他の女性たちを牽引する母の資質を受け継いでいるようだ。二人は、非常に似通った性格の持ち主である。

さらに母娘は「評判の仲良し」で、「何事をも共同でやつていた」。「いつも」「一緒に出かけて色々の事務を分担し」と、日常の生活から「中古のガタガタ自動車を安く買い求め」、「郊外へ出かける折りなど蓄音器を積み込んで交代に操縦し」、「天幕や食料を分担して勇ましく母娘の小旅行に出かけた」と、余暇までも共に行動する。常に母娘で過ごすという環境が、アグネスに母の性格や価値観を刻み込み、母娘をまるで相似形のようにしたのだろう。二人の関係は、近所の人達から「姉妹か親友」と言われる程、親密だ。

しかし、母娘の絆に亀裂が入る日がやってきた。娘アグネスの将来をめぐり母娘は初めて対立する。娘は女学校に通い始めると「寄宿生活をし」、母親と離れて暮した。「土曜から日曜へかけては家へ帰つて来た」が、共に過ごす時間は極端に減った。卒業後の進路を考えるにあたり、アグネスは「陸軍に関係した勇ましい仕事を見付けたい」と望む。「女でありながら英国陸軍士官に列せられる光栄」を「夢見て」いたのだ。ある日、新聞で「陸軍飛行場で英国婦人にも飛行機の操縦法を練習させる」という募集記事を見付けると、「自分の将来への活路を見出したやうに喜んで」、「早速」、母に「許可を懇願した」。しかし、母は「真正面から反対はしな」いものの、内心では娘の「希望」を拒絶していた。スルイヤは、「娘の性格や傾向に深い理解を持つ母親」である。それにも拘わらず、「希望」を受け入れられなかったのはなぜなのか。母は「全宇宙に唯一人の頼りにする者、そして自己の延長である娘を危険な仕事につかせる事は堪えられないやうに感じた」。娘が進路を決めようとした時、スルイヤ・アグネスの母娘関係が孕む問題が浮き彫りとなったのだ。

母と娘の関係に研究の目が向けられるようになったのは、一九七〇年代以降である。[5] 日本でも「一卵性母娘」という呼称が一般化したが、フェミニズムで主題化されたのは母娘の密着と〈母殺し〉である。上野千鶴子は「これまでは子供の側から「同一化」といってきたわけですが、今度は母親の側から娘に対する同一化が起きる」と指摘した。[6]「いつも」「一緒」の「仲良し」のスルイヤとアグネスは、母娘密着の状態にあり、母は、自己に酷似した娘を「自己の延長」つまりは自己の分身とし、娘のアイデンティティを自己のそれと同一化していると考えられる。

娘の「希望」を拒否する理由として、スルイヤは以下のように付け加える。「まして自分の夫を奪つた戦場闘士の一員にすることなぞ……」。飛行家は危険を伴う職業だ。娘の身を案じ反対するのは母親として当然のことである。しかし、それだけではなく、スルイヤにとっては娘の望む職業が「戦場闘士」であることが重大な問題であった。

第一次世界大戦はスルイヤの「夫を奪った」。一九一四（大三）年の「サラエボ事件」を契機に始まった世界規模の帝国戦争の背景には、ドイツ・オーストリア・イタリアの三国同盟とイギリス・フランス・ロシアの三国協商との対立がある。一九一八（大七）年、ドイツの降伏によって終結したが、双方で約六四〇〇万人が動員され、戦死者は約一〇〇〇万に及ぶ。「陸軍工兵中尉」として出征した夫も「白耳義の戦線」で戦死した。「白耳義の戦線」とは、一九一四（大三）年、一〇月に勃発した「イープルの戦い」を指すと考えられる。イギリス軍を中心とした連合軍とドイツ軍との戦いで、ドイツ軍は協定で禁止されていた毒ガスを使用し、連合軍は二五万人のイギリス兵を含む三〇万余の戦死者を出した。(7) 開戦当初のイギリスは「ヨーロッパ大陸諸国とちがって、国民に兵役義務はなく」、「大陸での戦闘はフランス・ロシアの陸軍にまかせ、数か月でおわらせるという、楽観的な見通しに支配されていた」(8)のだが、すぐに総力戦の体制となり、職業軍人ではなく「機械屋」であったアグネスの父も犠牲となった。

戦争終結後も国民の受難は続いた。イギリスは戦勝国であったが、戦前と比べ国際的地位が大きく後退していた。ヨーロッパの購買力の減退、大戦中のアメリカ・日本の発展、植民地における民族運動の高揚と民族資本の成長、自治領の経済的発展等が原因となり、海外市場は狭められ、輸出は伸び悩み、戦争中にアメリカから借りた膨大な負債やロシアに投資していたイギリス資本を回収できなかったこともイギリスの経済を圧迫した。国内では失業が最大の問題となった。(9)

「夫の戦死以来の悲しい追憶」がスルイヤの胸から消えることはなかった。戦争によって夫だけでなく幸せな生活全てを失った母は、反戦運動に立ち上がる。スルイヤが所属する「新しい進歩主義を奉ずる婦人団体」とは、「大戦当時ですら敢然不戦論を主張し平和論を唱導し」、「大戦終熄後は数万の未亡人を加えて英国の一大勢力となつて来た」反戦を掲げる集団である。「陸軍士官」になるという娘の「希望」は、戦争を主導して闘うことを意味する。スルイヤは「全宇宙に唯一人の頼りにする者」の娘が夫と同じように戦争で奪われることとともに、「自己の延長」として同一化している娘が、自己の思想と正面から対立する道を歩むこともまた「堪えられない」のであった。

2　娘の旅立ち

母の影響が色濃いアグネスが、母の思想に反するような将来を切望することには疑問が生ずる。水田宗子は「母性領域」について、「〈籠〉と〈繭〉という二面性を持っている」と指摘した。母との密着空間は、「自由な飛翔を阻む」「窒息しそうな」「隔離された空間」(〈籠〉)であると同時に「停滞でもあれば至福」「保護された空間」(〈繭〉)でもあるという。[10] かつてのアグネスは居心地の良い母子密着の〈繭〉の中で生きてきたのだろう。しかし、「十九歳」という一年後には成人を迎える年齢に至り、自らの将来を模索し始めた時、母とは異なる自己のアイデンティティを求め、母との未分化一体の〈籠〉から脱出しようとしたのではないか。娘は自己のアイデンティティを獲得するために、母を否定する、いわゆる〈母殺し〉を試みる。アグネスの採った方法は、反戦を掲げる母に対し、戦闘を率いる「英国陸軍士官」になることだった。母娘密着の殻を打ち破り、〈母殺し〉を達成するには、反戦という母スルイヤのもつ強固な価値観を否定する必要があったのだ。

さらにアグネスの選択には、亡き父の存在が深く関わっていることに留意したい。水田宗子は「娘として父のようになりたいと願望したことは、とりもなおさず母への拒否の現れ」[11] とする。母を拒否し、母とは異なる自己として生きたいと願うアグネスは、母ではないものとしての父を憧憬したのではないか。

アグネスは父親を知らない。父は「生まれた許りのアグネスに頬ずりして」出征し、二度と還ってはこなかった。父の記憶のないアグネスは、その幻影ばかりを育てていたに違いない。母スルイヤはもちろん、周囲の人々も自国のために闘って命を落とした戦死者を悪く語ったりはしない。むしろ英雄として称賛するだろう。女学校時代に「女軍観兵式」で「女士官として佩剣を取って級友を率い」、「全校八百の総指揮を鮮やかにやってのけ」、「持って生まれた統帥力」を発揮した際や、「顧問の現役陸軍士官に賞讃された」際も、「陸軍工兵中尉」だった父を思わずにはいられなかっただろう。周囲の級友たちもアグネスを「父の位の通りアグネス中尉閣下と囃した」。「何か陸軍に関係した勇ましい仕事を見付けたいと望んで」いるアグネスの心の中で、戦死した父親が誇り高き英雄として神聖化されていることは明らかである。「勇ましい」父の幻影を追い続ける娘は、偉大な父のようになりたいと願ったのではないか。

　アグネスと母の戦争に対する考えの溝には、世代間の隔絶や時代の流れも影響している。戦争を体験した母と異なり、アグネスが物心ついた頃には既に終戦を迎えていた。さらに戦後は「遺族恩給で余り贅沢は出来ぬが普通な生活を続けて来た」ので、経済的被害も受けていない。アグネスは戦争に対する恐怖や疑念を抱いていないと考えられる。さらに、アグネスが思春期を迎えた作品内時間の一九三三（昭八）年[12]は、一九三九（昭一四）年開戦の第二次世界大戦へと世界が確実に向っている只中であった。一九二二（大一一）年、イタリアでムッソリーニが首相に就任すると、国内ではファシズム化を推進し始めた。一九二九（昭四）年に世界恐慌が始まり、ドイツでは一九三三年にヒトラーが政権に就いた。テクストにも「疑雲のたゞよふ欧州」、「此頃の不安の国際関係」、「次ぎの欧州大戦」と示されるように、第二次世界大戦が意識され、戦意が高揚された時期だった。アグネスの通う女学校でも「女軍観兵式」が行われ、「現役陸軍士官」が「顧問」になっている。特に「イギリスは女性パイロットの採用に積極的だった[13]」。アグネスが発見した募集記事もその一環であろう。アグネスが憧れる「女でありながら英国陸軍士官」の「アーミー・ジョンソン」は、「光栄」を揚す「全英女子の渇仰の的」である。「アーミー・ジョンソン」とは、女性として初めて単独飛行を成功させたイギリス人飛行家エミー・ジョンソンのことで、第二次世界大戦中は輸送機のパイロットとして働いた。彼女は、女性を戦争に動員するためのプロパガンダの役割を果たしていたと考えられる。自己のアイデンティティを求めて、母を否定し「英国陸軍工中尉」の偉大な父の幻影を追うアグネスを、戦争へと突き進む時代の風潮が後押しした。

アグネスは「陸軍に関係した勇ましい仕事」の中でも、飛行家にとりわけ魅力を感じた。女性飛行家の黎明期にあって、遠く広がる青空へ飛び立つことは自由と希望の象徴だったのではないか。母子密着の〈籠〉からの解放を求めるアグネスにとって、まさに「将来の活路」だったと言えよう。平和な時代であれば、社会へと飛び立ち、自己実現したいというアグネスの願いには何の問題も生じなかったはずだ。

ところで、アグネスは母の「許可を懇願」するものの、正面から母にぶつかっていくことしない。水田宗子は「母と娘はお互いに依存し合いながら、愛情や献身や憐憫や、嫉妬や敵意や嫌悪や恐怖が入り混じる、癒着と離反をくり返して葛藤」すると指摘する。[14]〈母殺し〉は愛情と憎しみというアンビバレントな感情を伴うのだ。娘は「No.一の奥さん」、「深い理解を持つ母親」という活力と慈愛に満ちた偉大な母を尊敬し、「親友」や「姉妹」のように「仲良し」の母を愛してもいる。母からの自立を求めながらも、愛する母を否定し、尊敬する母を乗り越えることは容易ではない。そんな八方塞がりで「いら〳〵」するアグネスに好機が訪れた。パリとドイツの友人からの旅の誘いである。母スルイヤも為す術なく「すつかり途方にくれて」いたので、「母娘の感情のもつれを少し離れて冷静な立場から考へさせる余裕を与へるものとして、二人に喜んで迎へられた」。

旅の様子はアグネスの母宛の書簡に綴られる。第一信では、初めての「一人旅」の新鮮さや解放感が表され、続く第二信では「マ、私どうしても陸軍飛行家に志願する」「止めないで頂戴」という母への決意表明がなされた。「せがんで」見学した「フランス空軍の大演習」がアグネスの決意を強固なものにしたのだ。「六百台余の重爆撃機が天地を震撼させて進軍する様」に「英国なんか敵えそうもないような気がし」、「日の没せざる大英帝国を護るに女軍の補助、否第一線に立つ必要を痛感し」たとする。自国を滅ぼしかねないフランスの脅威に、「勇ましい」父のように、「大英帝国を護る」ため「第一線に立」ちたいと、いよいよヒロイズムを燃え上がらせた。「白耳義に入りましたが夜中で眠つて居たので知らずに通過して仕舞ひました」という感想からは、アグネスが父の戦没地を意識していることが分かる。自分の考えに確信を得たアグネスは「マ、は外国の此の恐ろしい戦闘準備を見ないから呑気で居られる」と母を批判する。

娘の書簡に、母は激しく動揺した。返信は「余程心痛したと見えて取り急いで書いたらしく字も乱れてゐた」。スルイヤは「旅先きで娘がどんな刺激や感銘を受けるかをハラハラ身もやせる程案じて」いる。「いつも」「一緒」で、「自己の延長」として、「性格や傾向」を知り尽くしていたはずの娘が自分の目の届かないところで未知の体験をする。それは本来子どもの成長を促すものなのだが、母子密着の関係にあるスルイヤは娘の親離れを受け入れることができない。母は「隠さないで打ちあけて」と切望する。加えて戦争の問題が絡んでいるので事態はより深刻である。戦争の悲惨さを知らない娘の「機械を操つるのに暴力は不必要」といった早計な判断を「一見したのを直ぐ其の儘受け取らないで」「本然の姿を突き留めて」と諭す。娘に必死で戦争の本質を教え、導こうとする姿は、娘への愛情に溢れている。だが、その直後に、スルイヤは以下のように続ける。「そうでないとママとあなたは他人のようになってしまうとも知れません」。焦燥に駆られるスルイヤは、娘に戦争の恐ろしさを語るより先に、こんなにあなたを愛している母の教えに従わないならば、母娘の縁を断つという脅迫のメッセージを伝えてしまった。スルイヤの言葉は、〈母殺し〉を試み、愛憎というアンビバレントな感情に引き裂かれているアグネスにとって、大きな抑圧となる。母娘の往復書簡には、両者の葛藤と闘争の様相が表れている。

3　語られた戦争

戦争について何も語ろうとはせず、ひたすら反対する母の言葉は、もはや娘には届かなかった。フランスからドイツに渡った後も、アグネスの決意は揺るがない。再び喜び勇んで「ドイツ最新型の尾のない飛行機を見に行く」と、母に向って「マヽ！　私はどうして斯うも飛行機が好きなんでせう。——マヽが身の痩せる程私の飛行家になるのを恐れて居らつしやるのに」と投げかける。愛する母に同情を寄せつつも、娘の心は大空の彼方に飛び立つという「希望」に占められていた。

アグネスの書簡には、自らの希望以外にも、第一次世界大戦の戦勝国フランスと敗戦国ドイツの落差が描き出されている。当時のドイツは、敗戦の打撃で生産力が戦前の二分の一以下に落ちた上、莫大な賠償金が課せられたので、国民生活は急速に悪化していた。「誰もが不愉快そうな顔」をしており、「街には何だか絶望のやうなものを感じ」たアグネスは「陰惨なベルリンへやつて来た事を後悔」していると吐露する。友人ジャネットの家族が「寂しい三人暮らし」で、「家が狭くて、貧し」く、ジャネットの兄は無職で「仕事があれば——道路普請の人夫でも——働きに出たい」と望んでいることが綴られる。フランスの友人の家が「可なり大きな靴屋」で「愛想のよい御両親」に囲まれていることとは対照的である。また、フランスでは「誰でも」「フランスは世界の楽園」と自国を「大自慢」するのに対し、ジャネットの母は「斯んな国の言葉を憶へたつて役に立たない」と自国を卑下する。アグネスは、戦争の爪痕を目の当たりにし「敗戦国の如何に惨めな事に深く心を打たれ」た。しかし、そのことと自らの望む「英国陸軍士官」の道が地続きであることにまで考えが及びはしない。

ところが、母への最後の書簡において、アグネスがこれまで執拗に主張してきた「陸軍飛行隊」への夢を断念したことが明らかにされる。アグネスの心を動かしたのは、実の母スルイヤではなく、ドイツ人の友人ジャネットの母イリデであった。テクストには、イギリス・フランス・ドイツのそれぞれの母娘が登場し、「母と娘」の姿が複眼的に描かれているのだが、ドイツ人の母の語りによって、イギリス人母娘の対立が和解へと導かれる構造になっている。イリデは「自分の考へ」をアグネスに向って「非常に真剣に」伝えた。まずは「あなたのお母様ばかりでなく、全世界の母親は自分の娘が戦争を誘発するやうな女流飛行家になるのを遮げるでせう」と明言した。その上で、先の戦争は過ちであったこと、戦中戦後の苦難がどれほどであったかを語って聞かせた。「世界人類の精神的幸福といふ事を考へずに何かしら新しいことを発明しようと猛進し」、「ドイツ人の心の底に広大な温かい人類愛が欠けて居たから」戦争が起きてしまったと嘆き、「あなたのお母様や私共は本当に戦争の惨忍さを、まざ〳〵味は、されたのです。女達は不安と餓死で死にそうでした」と戦時中を振り返った。戦後、イリデは、戦争の後遺症で苦しむ夫の「ウ、ウーと唸る声」を聞きながら、「やつとジヤネツトとウヰリー（息子――引用者注）の為めに生き続けて来」たという。「大変に憔れて居る」様子からも辛苦の日々が窺われる。

スルイヤとイリデは、イギリスとドイツ、戦勝国と敗戦国、と国や立場は異なるが、「惨忍」な戦争によって夫と平穏な生活を奪われた戦争未亡人であることに変わりない。同じ娘をもつ母としても、イリデはスルイヤの気持ちが痛いほど理解できたので、アグネスに「あなたのお母様も屹度あなたを頼りに生きておいでに違ひない」と告げるのだ。イリデとスルイヤの共通点は他にもある。イリデの息子は「ナチスの党員になつて」「突撃隊を志願」しようとしていた。子供の戦争参加を止めたい母は「静かな愛を以つて」「国際関係を朗らかで親しいものにするやう努力しなければならぬ」、「正義の為め、愛の為め闘ひませう」と涙を流して平和を訴えた。イリデの話を聞いていた子供たちは皆「泣き」、息子は「突撃隊志願はもう止めたよ、心配しなくともよい」と「母の肩をさすつ」た。母の世代と娘の世代の戦争に対する考え方の溝が埋まった瞬間であった。

イリデの語りによって、戦争の悲劇がアグネスの胸に迫り、イリデにスルイヤを重ねることで「今こそマ、の苦しかつたことを察することが出来ます」と、初めて母の気持ちを理解する。さらに「私はマ、の為に、イリデ叔母様の為めにも陸軍飛行隊へなんか習いに行きません」と宣言するのだ。一見すれば、アグネスの一八〇度の方針転換はあまりに唐突である。しかし、そもそもアグネスの「陸軍飛行隊」志願が、母からの逃走に基づいていたことを考えれば、辻褄が合う。自己のアイデンティティ獲得の為に、〈母殺し〉を企てた娘の中には、常に「№一の奥さん」、「娘の性格や傾向に深い理解を持つ母親」という偉大な母親の姿があった。しかし、同じ戦争未亡人イリデの苦難を聞き、自分がこれまで目にしてきたのは、母のある一つの側面に過ぎなかったことを悟る。

　これまでアグネスは母の弱い部分を知り得る機会がなかった。娘の書簡を読んだスルイヤは「ドイツの戦死者の未亡人イリデの嘆きに引き入れられて、烈しくむせび泣いた」。「夫の戦死以来の悲しい追憶が次ぎから次ぎへと」、「胸をついて出た」。母は「悲しい追憶」をひたすら胸に仕舞い込んできた。娘が「陸軍飛行隊」になると言い出した時でさえ、「胸の悲しみ」がアグネスに語られることはなかった。母スルイヤの語られなかった悲痛の声をイリデが代弁した。アグネスは、その悲しみに思いをはせ、スルイヤが強く完璧で偉大な母ではなく、悲しみや弱さを内包した一人の人間であることを理解したのだ。母の真の姿を知った娘は、自分の尊敬していた理想の母の呪縛から解放されたのではないか。イリデの語りは、アグネスが理想化された母を乗り越え、母とは異なる自己のアイデンティティを獲得する契機となったのである。

　アグネスは書簡で「マ、は何故イリデ叔母様のやうに胸の悲しみを私に打ち明けて下さいませんでしたの」と母に訴える。娘の真剣な思いを受けたスルイヤにも変化が生じた。「娘が帰つてから更めて語り合はうと心を定めた」のだ。「語り合はう」という決意からは、母もまた母娘密着の関係から脱しようとしていることが窺われる。母娘密着の関係においては、対等に語り合うという態度は成立しない。自らの「悲しみ」を「打ち明け」、「語り合」うということは、相手を「自己の延長」とみなすのではなく、対等な一人の人間として認めることに他ならない。さらにスルイヤは「娘の新しい思想を一がいにくらましてはならない」と、娘の考えをただ否定するのではなく、改めて向き合おうという心境にまで至っている。密着していた母と娘は、分離し、一対一の個人として向き合うことができたのだ。また「悲しい」記憶を共有した母と娘は、共に分身として依存し合うような母子密着ではなく、互いを心から思いやるような母娘の絆を手に入れることができるのではないか。

イリデの語りは、理想の母だけでなく、神格化された父の幻想をも打ち砕く機能を果たす。イリデは「憎むべき戦争！　私の夫を鏖殺しにしました」と声を荒げた。出征した夫は砲弾で負傷し右脚を切断した。一度は戦地から戻ったが、義足で歩けるようになると再び召集され、今度は毒瓦斯の被害に遭った。夫は後遺症の喘息で「夜昼なしの十年間の苦しみ」の末、亡くなったのだ。イリデが語るのは敵国への恨みではない。夫を死に追いやった毒ガスが「敵の毒瓦斯か、味方のものか解らない」と言い、敵味方なく、全ての人々の命を奪う戦争の不毛を説く。イリデの夫もアグネスの父も同じ毒ガスで命を落としている。イリデの「非常に真剣」な反戦のメッセージを受けたアグネスが、戦争を担う軍隊が英雄であると信じ続けるだろうか。

母子密着に陥っていた娘が、自己のアイデンティティを模索し始めた時、母を否定し、偉大な父のようになろうとした。しかし、それは〈母の娘〉から〈父の娘〉になったに過ぎない。敗戦国ドイツの母との邂逅によって、アグネスは母からも父からも解放され、自立した一人の人間としての道を歩み始めたのである。アグネスの一人旅は、母の分身でも父の分身でもない自分を探す旅になった。

おわりに

本テクストには、母娘が、密着関係から解放され、互いに一人の人間同士として共生するまでの過程が巧みに描き出されている。さらに娘の成長の物語、母の子離れの物語に留まらず、母娘の葛藤に、反戦と戦争協力の思想対立が二重写しにされ、娘の戦争協力の意識が母から解放されると同時に反戦へと傾斜していく様が示されている点も評価したい。

かの子の戦争協力はしばしば批判されるところだが、[15]戦争未亡人の母たちだけでなく、語り手までも「全欧州の男性を人殺しの機械にした欧州大戦」と戦争を非難し、戦勝国の母娘が敗戦国の母の助力によって新たな道へと進むという構造をもつ本テクストには、反戦と平和への希求が底流していると言えよう。

「次ぎの欧州大戦の始まるまで飛行家志願はおあづけに」というアグネスの発言や「新しい時代戦闘準備を完全にして始めて平和の保たれる時代が来て居るやうにも感じられる」という末尾におけるスルイヤの感想など、限界ともとれる箇所も存在し、[16]紅茶を好むイギリス人、おしゃれで葡萄酒を飲むフランス人、大柄でたくましいソーセージ好きなドイツ人といった国民性の描写は、いずれも類型的である。しかし、第一次世界大戦後の戦勝国と敗戦国の落差を描くことで戦争の脅威を示し、女性が戦争に巻き込まれていくという現実を暴きつつ、忍び寄る第二次世界大戦への危機感を表明した点は、諸々の限界を補ってもなお、あまりある。本テクストは、実際にヨーロッパの国々に滞在し、戦争を肌で感じたからこそ生みだすことのできた作品として、価値があると考える。

最後に、子の親離れと親の子離れのテーマは、代表作『母子叙情』に引き継がれていくと考えられ、[17]文壇デビュー前の習作期に既にそれが表されているということも指摘しておきたい。

注

（1）　亀井勝一郎は「欧州旅行中に、岡本美学といふべきものの核心が結晶した」（「滅びの支度」『芸術の運命』実業之

日本社　一九四一・二）としている。
（2）　実業之日本社　一九三七・三。瀬戸内晴美は「かの子の『小説への試み』がいたるところにちりばめられている」（『かの子撩乱』講談社　一九六五・五）と指摘している。
（3）　かの子は、ロンドンのハムステッド地区、パリのパッシー地区、ベルリンのシャロッテンブルグ地区に滞在した。
（4）　『川』（一九三七・五）、『扉の彼方へ』（一九三八・一二）、『快走』（一九三八・一二）、『家霊』（一九三九・一）、『娘』（一九三九・一）、『雛妓』（一九三九・五）等で母と娘の交感が描かれている。代表作『母子叙情』（一九三七・三）のせいか、「母と息子」のイメージが強いが、実際は母娘の関係を描くことの方が多い。
（5）　主にフランス派フェミニストといわれるリュス・イリガライ、ジュリア・クリステヴァ、エレン・シクスース、モニカ・ヴィティッグによってなされた。それまではフロイト学説における父と息子、母と息子、父と娘の関係の重視によって、母と娘の関係は軽視されていた。
（6）　信田さよ子・上野千鶴子「特集　母と娘の物語　スライム母と墓守娘」（『ユリイカ』二〇〇八・一二）
（7）　溝川徳二編『最新版　戦争・事変全記録』（名鑑社　一九九一・一二）を参照した。
（8）　大江一道『世界近現代全史Ⅲ世界の戦争の時代』（山川出版社　一九九七・七）
（9）　綿引弘『世界の歴史がわかる本　帝国主義時代～現代編』（三笠書房　二〇〇〇・八）を参照した。
（10）「女性の自伝――母性領域への回帰」（『フェミニズムの彼方』講談社　一九九一・三）
（11）水田宗子「〈母と娘〉をめぐるフェミニズムの現在」（水田宗子、北田幸恵、長谷川啓編著『母と娘のフェミニズム』田畑書店　一九九六・一二）
（12）父が「生まれた許りのアグネスに頬ずりして、白耳義の戦線へ出兵して行つた」のが、一九一四年で、現在アグネスは「十九歳」ということから定めた。
（13）佐々木陽子『総力戦と女性兵士』（青弓社　二〇〇一・一）
（14）注（11）に同じ。

（15）日中戦争勃発後、民族主義や戦争肯定の言説を数多く発表し、傷兵慰問も積極的に行っている。ただし小説において戦争の影が見られるものはほとんどない。

（16）テクスト発表当時は、十五年戦争下であり、時代の制限から一貫して反戦を提唱することは難しかったと考えられる。

（17）詳しくは第四部第二章「岡本かの子『母子叙情』——母子解放の〈通過儀礼《イニシエーション》〉——」を参照されたい。

第二章　『母子叙情』――母子解放の〈通過儀礼《イニシエーション》〉――

はじめに

『母子叙情』（初出『文学界』一九三七・三）は、かの子の代表作と目されている。かの子自身も「私の出世作[1]」と解説し、一平が文壇に「特等席を一つ与へられた[2]」作品と称しているように、発表当時大きな注目を集め、称賛の的となった。テクストでは、親子での外遊後、巴里に残した息子一郎を思慕する女流作家の「かの女」と一郎によく似た青年規矩男との交流と別離が中心に描かれ、登場人物の設定や描かれる出来事が現実の岡本一家とほぼ同じであるため、自伝的小説として読まれることが多く、他の作品と比しても作者と重ね合わせて論じられる傾向が顕著である。同時代から現在に至るまで、「かの女」のナルシシズム及び小林秀雄が発表時に「作者の母性愛というものに関する解釈の独特さによつて読者の心を惹く[3]」と指摘したように、その「母性愛」が評価の焦点となっている。亀井勝一郎の「あそこに描かれた母は慈母で若き恋人でもあつた[4]」、川端康成の「母性と恋人とが一つになつて[5]」といった母性愛と異性愛の融合という見方が定説とされる。

近年になると、「かの女」と規矩男の母鏡子という二人の母親の母性を対比させた論が登場する。与那覇恵子は、鏡子の母性を「母親という名のもとに女のエゴをむきだしにし、自分の欲望を子供に押し付ける母性愛」（「役割母性」）とし、「かの女」の母性は従来通り「恋人と母性の両方をそなえ、他の存在をも引き受けるような女の在り方」、「すべてを包み救済し、いのちを生み育む母性」（「純粋母性」）と位置付けた[6]。高良留美子は、夫との関係性においてとらえられた「母性のもつ闇」が描かれている点を評価し、「かの女」の抱いた「とり返しのつかない傷をあたえた夫への恨みと憎しみ」（「母性のもつ闇」）が、一郎の性格と鏡子の夫への憎しみに体現されている指摘した。高良留美子の論は、「母性の闇」を初めて指摘し、硬直した母性についての読みに風穴を空けた画期的なものであるが、「かの女」については「夫への寛容と愛に満ちた姿」で「男性社会に受け入れられやすい母性の光の部分が過剰なほど体現されている(7)」と捉えている。

これまでの「かの女」についての読みは、女主人公を「エゲリア」（泉の女神）、「ウールムッター」（原母）等、生身をともなわない理想の存在としてみる「かの子神話」の枠組を脱していないと考えられる。本論では、「かの女」と一郎が巴里で過ごした日々とその思い出が偲ばれる前半部と、両者の交流が描かれた後半部では、母親としての「かの女」の心情及びその母子関係が明らかに変化していることに着目する。十五年戦争下である一九三五（昭一〇）年という作品内時間に留意しつつ(8)、鏡子・規矩男の母子と比較しながら、その変化について読み解きたい。

1　拒否された〈通過儀礼《イニシエーション》〉

「かの女」は、一郎について「いつか成人して仕舞つたむす子」と表現しているのだが、前半部における「かの女」の一郎へのまなざしは、「よくこんなしつかりした青年を友人に獲得したものだ」、「一向にだらしのないやうな自分のむす子」、「かの女の小柄なむす子」、「何かこの子に足らぬ性分があるのではないかと、不憫で可愛ゆさが増す」等、「成人」した一人の大人に対するものではない。テクストの冒頭部は、「かの女」が門扉に見付けた「蔦の小さい芽の一つに触れると、どういふものか、すぐ、むす子のことを連想」するという場面である。「かの女」にとって一郎は「小さい芽」と、あくまでも「小さい」子供なのである。「かの女」に限らず、あらゆる人々が口を揃えて一郎を子供とみなす。日本では、「おちいさいのに一人で巴里へ」、「まだ年若な方を、あそこへ一人で置かれる」と言われる一郎のイメージは、渡航した際の学生で止まり、成長していないのである。パリにおいても一郎は、子供扱いされる。「カディウム」というシャボンの宣伝広告に使われている「子供の顔」が一郎に似ているという理由で、友人たちからは「サヴォン・カディウム」と揶揄され呼ばれているのだ。一郎自身も「随分僕を子供つぽく見てるんですね」と認識している。

しきりに「子供」であることが強調される一郎の年齢について、「二十歳そこそこで親に別れ」、「二十歳ばかりの異国画学生」、「二十歳そこらの青年」、「むす子が二十になつて」と、繰り返し「二十」と強調されることに注意したい。当時の青年男子にとって、「二十歳」は、人生における節目であった。「一人前の帝國臣民となる一生一度の門出の式[9]」と位置付けられた徴兵検査の実施年齢にあたるからである。徴兵検査は、「重要な「人生儀礼」の場」、「若者たちは、徴兵検査を終えることで初めて「一人前」の男とみなされた[10]」、「徴兵検査（二〇才）を終えると煙草を吸ったり、遊郭に行って一人前になった[11]」と、当時においては「一人前」の大人になるための〈通過儀礼《イニシエーション》〉あった。一九二九（昭四）年、「上野の美術学校」入学直後、一八歳でパリへと渡航し、「もう、五年も巴里に行つてゐる」一郎は、パリで「二十」を迎えたことになる。一度も日本に帰国してはいないので未だ徴兵検査は受けていない[12]。兵役法における徴兵猶予の条件のひとつに「学術修業ノ為外国に寄留スル者」がある。他の猶予措置が次々と撤廃される中、海外在留者に対する特別の優遇措置は、終戦まで続き、合法的な徴兵忌避とみなされていたという。外国在住徴兵延期者は毎年増加し、一九二九（昭四）年には三万七千人を越え、一九三一（昭六）年の満州事変勃発からは、二千、三千の単位で急激に増加している[13]。一郎もパリ在住を理由にし、徴兵検査を延期していたと考えられる。

徴兵検査は一郎自身の意志によって拒否されたわけではない。当初、「基礎教育をしつかり固めてから」「本場に行つて勉強する」ため、一郎は両親の外遊に同行せずに日本に残るはずであった。しかし、母親である「かの女」の「どうにも」「置いて行けなかつた」という想いによって、「先のことは心にぼかしてしまつて」パリへと渡ることになったのだ。テクストには、一郎とは対照的な「二十歳の青年」「ピサロの子」の挿話が示されているのだが、「かの女」は、「二十歳だが親はもう働かせながら勉強さしてい」るということについて、「十九や二十の息子を、親の手から振り放つて、他人の雇傭の鞭の下で稼ぐ姿を、よくも、黙つて見ていられる」と親のピサロを非難している。「かの女」にとって、息子への「叱正や過酷」は禁物で、「二十」を迎えたからと言って自活させようなどとは考えない。同様に日本にたった一人で残しておくことも堪え難かったに相違ない。「かの女」は、一郎の将来設計を「ぼやかして」しまうことよりも、自分の感情を優先させた。「かの女」が徴兵忌避を意図していたか否かを読み取ることはできないが、結果的には、当時の成人への〈通過儀礼《イニシエーション》〉の機会を逸することに繋がったのである。一郎が「成人」し「子供」から「大人」になることは、母親である「かの女」の手で回避されたと捉えることができよう。

さて、パリから帰国した「かの女」がパリの思い出として回想したのは、息子とともに過ごした「謝肉祭《カヌラヴァル》」である。謝肉祭の叙述は、テクストの約二割を占め、パリ滞在中最大の挿話として重要な場面だと考えられるが、これまで等閑視されてきた。「凡ゆる人間の姿態と、あらゆる色彩の閃きと、また凡ゆる国籍の違つた言葉の抑揚」や「人を眠くする雪明りのやうな刺激」、「サフランの花を踏み躙つたやうな一種の甘い怪しい匂ひ」、「出どころの判らない（中略）笑ひと唄」が、「ぎつしり詰つて」いる空間は、「不思議な世界」であった。「人と人との言葉は警句ばかり」、「突立つてゐるギャルソンの頭が、妙に怪物染みて見え」、「悪魔的な感興の時間」が流れている。まさに非日常、非現実の時空においてくりひろげられる母子の相克について、ミハイル・バフチンのカーニヴァル論を補助線にして読み解きたい。

バフチンのいうところの「カーニヴァル的世界感覚」とは、「一定の役割にはりつけられた日常から一時解放され、脱体制・常軌逸脱・俗悪化も公然とおこなえるという自由の感覚」[14]である。謝肉祭の場では、一郎も周囲から付与される「子供」という役割から解放されることになる。立派な老紳士に耳打ちをされると「一ぱしの分別盛りの男のやうに、熟考して簡潔に返事を与へ」、「かの女」が一郎に声を掛けてきたフランス人の友人たちから「むす子を彼等から保護するやうな態度を」し「思はず息子の身近くに寄り添」うと、「怯えなくとも好い」と「かの女の手をぐつと握り取」る。大人の紳士と対等に渡り合い、自分を「保護」しようとする母親を反対に守るのである。謝肉祭における一郎の振る舞いは、「かの女」が、「頼母しさうにむす子の顔をつく〴〵瞠入つた」程、「大人」そのものであった。

徴兵検査を延期した一郎にとって、その代替となる成人への〈通過儀礼《イニシエーション》〉が、この謝肉祭にあたるのではないか。カーニヴァルは「万物の消滅と再生を司る時間の祝祭」（バフチン）[15]とされているのだが、古来より各地の成人の儀式でも「死と再生という主題を極端なまでに強調している」[16]。バフチンのカーニヴァル論でカーニヴァルの中心とされる儀式は、「戴冠と奪還」である。カーニヴァルの場においては、平常の秩序が転倒し、下位にあるもの（道化や愚者や奴隷）が王となるのだ（「戴冠」）。テクストにおいても平素「子供」として下位にあった一郎が、カーニヴァルの王として君臨している。友人たちに対して「のび〳〵した挨拶の手を挙げて」、「子供等よ、騒ぐでないぞ」と「子供等に対する家長らしい厳しい作り声」で言い放つ。友人たちは「立ち上がり」「拍手した」。特に女性の友人に対しては、「圧倒的な指揮権を持ち」、「何事情を假さないと云つた野太い語調で答へ」る。それは「答へるといふよりも、裁く態度」で、「裁判官の裁きの態度よりも、サルタンの熱烈で叱責的な裁き方」であった。「サルタン」とは、元来アラビア語で権力者を意味し、イスラム諸王朝の君主の称号だ。さらに謝肉祭では、紙の冠りものなど仮装の玩具が入っている特別なクラッカーが配られ、人々はそれを身に付けるのだが、一郎の選んだクラッカーに入っていたのは、フランスの最も有名な皇帝「ナポレオン」の帽子であった。「家長」、「サルタン」と表象され、様々な仮装玩具の中で「ナポレオン」の帽子を引き当てた一郎は、謝肉祭の王だ。成人の儀式は、「これをすますことによって人びとは、その属する社会で一人前の成人と認められる[17]」ためのものなので、謝肉祭で王として認められることを介して一郎はパリの人々に「一人前」の男としてみなされ、無事に「子供」から「大人」へと「成長」できるはずだった。

ところが、母である「かの女」の存在がまたも阻止することとなる。成人の儀式は、「母親の保護から離脱し、独立すること」、「母離れ、乳ばなれして、一人として成り立つ門出の式[18]」をも意味する。そのため儀式の場では、成人となる青年を母親から引き離し隔離する。当然徴兵検査にも母親は立ち会わない。「成人」となる場には母親の不在が絶対条件なのである。ところが、テクストの謝肉祭では、「大人」となった一郎のすぐ隣には母親の「かの女」がいた。「かの女」は、「不思議な世界でわが子と会つた気持になつてゐると」、突然「サヴォン・カディウム！」と息子に向って「無意識に叫び出して仕舞つた」。「子供」を意味する渾名で息子を呼ぶ行為には、「かの女」の一郎を「子供」に留めておきたいという意識が表れている。突如「無精にむす子に手をかけ度い気持」になり、「一種の甘い寂しい憎しみが起る」。

> かの女はむす子の育つた大人らしさを急に掻き乱し度くなる衝動に駆られた。
> 「よして頂戴よ、大人になつてさ。お願ひだから、もとの子供になりなさいよ。」

カーニヴァルの世界で目の当たりにした「大人」になった一郎の姿は、「かの女」には受け入れがたいものだった。「もとの子供になりなさい」と心の中で念じ、一郎を見つめる。「かの女の眼とむす子の眼とが、瞠合つた」。

「二人は悲しまうか笑はうかの堺まで眼を瞠合つたま同じ感情に引きづられて」、「二人は激しく笑つた」。「どうして笑ふのよ」、「どうして笑ふんです」と言い合う二人には笑いの理由が分からない。

民俗学では、笑いの持つ効力について「笑いの背後には未知という恐怖がある」、「未知なものに笑いという形を与えて笑いとばすことで状況を変える[19]」とされている。母にとって、息子の「成長」は、「悲し」むべき事柄であり、未知の恐怖だった。「激しく笑」いとばすことによって、一郎が「大人」に「成長」するという事実を変えようとしたのではないか。笑いの後、一郎は「僕、おかあさんに対する感情の負担だけでも当分一人分はたつぷりあるんだからなあ」と母に対する愛情を吐露する。それは「かの女」にとっては、「子供々々しい点だけが強く印象づけられた」ものであった。その後、一郎は「すつかり子供に返つてしまつて、誰とでもじやれて遊びたい仔犬のやうに」なり、母の要望通り「もとの子供」に戻ってしまった。

カーニヴァルにおける「戴冠と奪還」の儀式では、「戴冠」の後に必ず「奪冠」が用意されている。「戴冠」によってカーニヴァルの王に君臨した下位者は、カーニヴァルが終わると、王冠を奪われ元の姿に戻り、王冠は、本来の王に返還される（「奪還」）。謝肉祭で王となり、王冠の象徴「ナポレオン帽」を得た一郎であったが、それを自分の頭に冠することはなかった。「おかあさん、何? 角笛、これ代へたげる冠りなさい」と、クラッカーに入っていた母の角笛と「手早く取へて」、「ナポレオン帽」を冠す。「かの女は嬉しさうにそれを冠つた」。王冠は一郎の手により母に還された。謝肉祭の「情景が一変し」、母と子の秩序が平常に戻った瞬間である。母子の絆はいよいよ強固なものとなった。

当時の成人への〈通過儀礼《イニシエーション》〉である徴兵検査は結果的にとは言え、母の手によって回避され、その代替となり得たはずの謝肉祭も、母の登場によってその意味を消失した。一郎は、母によって「成長」を阻まれた息子と捉えることができる。

2　母子の悲劇

「かの女」の帰国と一郎のパリ残留によって、母子の間には物理的な距離が生まれたが、「かの女」の息子への思慕は募る一方だ。新芽を見ては「むす子にかかはる問題を反芻する切ない楽しみに浸り込」み、バスに乗っていても「むす子と離れてゐる自分を想ひ出すと、急に萎れ返」った。一郎の卒業した中学校の生徒を「露つぽくふるへてゐる瞼」で見ては、「塩辛いつばを咽喉へそつと呑み下」す。「身体に一本の太い棒が通つたやうに、むす子のことを思ひ詰めて、その想ひ以外のものは、自分の肉体でも、周囲の事情でも、全くかの女から存在を無視されてしま」い、母子の証となった謝肉祭を夢想する。

母子の絆に縋り付き、一郎のことだけに心が占められた日々を送る「かの女」の「眼の前にぽつかり新しく浮んだ」のが、規矩男であった。先行研究でつとに指摘されているように、規矩男は一郎の分身的存在と言ってよい。「何とむす子の一郎によく似た青年だらう」と興奮し、「嘘と知りつゝ」、規矩男の後を追う。[20]「一郎とわざと口に出して呟い」て、「その人でない俤をその人として夢みて行き度い」ので、規矩男が「むす子が熱心に覗くであらう筈」の店を素通りしたり、一郎がしないであろう「田舎臭い」行動をすると「失望」し、また規矩男の顔の全貌がだんだんと明らかになる度に「夢が剥がれて行つた」。しかし、「後姿だけを、むす子と思ひなつかしんで行く」。

規矩男の風貌の形容として、しきりに使用されるのが「ナポレオン」(「ナポレオンを蕾にしたような駿敏な顔」、「ナポレオン型の美青年」、「美しい若ものである小ナポレオンの姿」、「小ナポレオン式の面貌」等)である。「ナポレオン」と言えば、謝肉祭で一郎から「かの女」へと譲渡された「ナポレオン帽」を想起させる。「ナポレオン」は一郎と規矩男を結ぶ符号であるとともに、母子の絆を示す符号でもある。規矩男は、「かの女」にとって一時的に離れ離れになった「子供」の代替となる。二人は会う度に、「婦人（「かの女」――引用者注）は時々母性型となり、青年（規矩男――引用者注）はいくらかその婦人のむす子型となり」、「心たのしいあたたゝかな」時間を過ごす。

「かの女」は規矩男といわば疑似母子関係を結ぶのだが、規矩男には実母の鏡子がいる。鏡子は「かの女」とは「違つた母」とされ、規矩男によって「かの女」のような「オリヂナリテイが僕の母なんかにはまるでない」と完全に否定される。「かの女」も鏡子に対して批判的で、所作は「どこの婦人にもあり勝ちな癖」、表情は「平凡」、容貌も「美人」としながらも「通俗の標準の眼から見たら」と付け加える。母親としての側面が見えると鏡子への非難は一段と厳しさを増す。鏡子は息子について「世間の評判もよくありません」、「わざと大学へは入学をおくらせて、たゞぶら〳〵遊んで居りますし、とき〴〵突拍子もないことを云ひ出しますし、私一人の手に負へない」と嘆き、「何とかしてあの子を、勤め先のはつきりした会社員か何かにして、素性のいゝ嫁を貰つて身を固めさせてやり度い」と願っていた。「かの女」は、「あまりに息子の何ものをも押さへてゐない母。ただ卑屈で形式的で平安を望むつまらぬ母親」、「かういふ母親の平凡な待望がかけられてゐるとは、あまり見当違ひも甚だし」いと激しく憤る。規矩男に「世間」に恥ずかしくない、型通りの人生を歩ませようとする鏡子の母親としての態度に嫌悪感を露わにし、「あんたのあんないゝむす子さん奪つちまひますよ」と疑似母親である自分の方が規矩男の母親としてふさわしいかのように思う。

「かの女」は、自己の子育てについて「世の中といふものに、親身のむす子をあてはめるため、叱つたり、気苦労さすのは引合はない」、「親の身の誇りや満足のためなら、決してむす子はその道具になるには及びない」としている。確かに「かの女」は、親として「「出世社会」に振りかざし得ようとの期待」、「慾や、見栄」は「持たなかつた」。先行研究で指摘されてきた通り、一見すれば「かの女」と鏡子とは対照的な母親である。

ところが、二人の息子たちに目を転じてみると、両者ともに「成長」できず、「子供」に留まっている存在なのである。一郎については前節にて検証したが、規矩男も徹底して「子供々々してゐる」青年として造型されている。容姿は「素直な子供っぽい盆の窪の垂毛」、「まだ子供々々してゐる青年の可愛気な顔」で、しぐさや表情も「稚純」、「子供つぽい横柄」、「駄々児のやうに頭を振つた」、「ふざけた子供のやうなとぼけた顔」とされ、筆跡までも「憐れに幼稚」と、「子供」の側面が強調されている。規矩男自身も自己の性格を「変な幼稚な優等生型」と定めている。規矩男の年齢は、「二十二」であるが、「卒業後大学へ行くのを暫く遅らして、保養かたがた今は暫く休学している」という経歴から、休学中とは言え学生なので、徴兵検査を延期していることが分かる。また「肺尖」を病んでいるという事情からも通常通り徴兵検査を受けた可能性は低い。また規矩男を表すキーワードのナポレオンは、徴兵制を巧みに用いたことで知られるが[21]、規矩男が重ねられるのは往年の姿ではない。「セントヘレナのナポレオン」、「ナポレオンの晩年の悲運を思はせる」とあり、ロシア遠征失敗によって島流しとなり、帰国し再起を図るもワーテルローの戦いにも敗れ、セントヘレナ島に流され没するという悲惨な末年のナポレオンである。規矩男は、既に闘うことのできないナポレオンだ。規矩男は、一郎と同じく「成人」への〈通過儀礼《イニシエーション》〉を回避している青年と言える。

さらに、母親との関係性においても両者が共通していることを指摘したい。鏡子は息子の「成長」を願っているが、それが「形式的」で「平凡な待望」であるために、規矩男が「僕の積極性は、母の育て方で三分の一はマイナスにされてます」と告白するように、息子の個性や人生への積極性を抑止している。規矩男は「母の影響を持つ子」として、偏食で、行動範囲が狭く、「去勢したやうな笑い方」とする。一方の「かの女」は、成長を拒否することで息子を抑圧する。「かの女」が電車で乗り合わせた学生に「自我の強い親の監督の下、いのちが芽立ち損じたこどもによくある、臆病でチロ〱した瞳」を見出す場面があるのだが、一郎も規矩男もこの学生と同様と言えよう。「かの女」と鏡子は、表面上は対照的であるが、母親として子供を抑圧するという内実においては一致しているのである。

「かの女」と鏡子は、息子のことを第一に考える母親である。にも拘わらず、息子の「成長」を阻止するような母親となってしまったのはなぜか。二人の母親には、当時の母を取り巻く状況が色濃く反映されていると考えられる。作品内時間である一九三三（昭八）年前後に求められた母親像を見ておきたい[22]。

一五年戦争下、国民を家の概念によって統合していくため、また兵士という人的資源を増強するために、母親の役割が強化されていく。満州事変前年の一九三三（昭八）年一二月、文部省は「家庭教育振興ニ関スル文部大臣訓令」を出し、家庭教育の重要性を説き、特に母親の役割が重大であり、母親の自覚を高めることの重要性を力説した。この訓令と同時に大日本連合婦人会がつくられ、その最大のキャンペーンとして「母の日」の盛大な行事が行われた。この頃より出版物や教科書に母性論が急激に増え、母の讃美がなされていく。『主婦之友』では、一九三三（昭八）年より徳富蘇峰の「我が母の生活」が一年間掲載され、それ以後も著名人による母の思い出話が繰り返し掲載された。著者は、軍人や政治家など世の尊敬をあつめている社会的成功者であり、いずれも母の慈愛や犠牲的精神、困難に直面した我が子を励ます勇気と決断を讃えたものである。テクストにおいても、「かの女」が「子供の事業のため犠牲になつて貢ぐ賢母」として称賛される場面がある。加納実紀代によれば、「十五年戦争下、こうした自己犠牲と無限抱擁の「母性」賛歌が日本社会に溢れた[23]」という。

母性讃美の風潮が進行する中、大きな社会問題となった母子心中に着目したい。母子心中が問題になり始めたのは、関東大震災後であったが、昭和初期、特に昭和恐慌による不景気と失業の増加の始まった一九三三（昭八）年頃に急増する。永原和子は、母子心中多発の原因について、経済的困窮、社会福祉政策の欠如を挙げた上で、「母子一体感、親子運命共同体感や母性の強要の重圧がこれに拍車をかけたことは見逃せない[24]」と指摘している。多くの新聞雑誌で報道された母子心中は、時代の母性称揚の要求が引き起こした悲劇でもあった。

母子心中の基盤となった「母子一体感」は、「かの女」と一郎の母子関係に顕著に見られる。再び謝肉祭の場面を確認する。息子に貰った「ナポレオン帽」を「嬉しさう」に被り、「すつかりむす子のために、むす子のお友達になつて遊ばせる気持を取り戻」した「かの女」は、手毬唄を口ずさみながら毬つきを始める。「かの女」の口ずさんだ手毬唄の歌詞に注意したい。「ほうほうほけきょの／うぐひすよ、うぐひすよ／たまたま都へ上るとて上るとて／梅の小枝で昼寝して昼寝して／赤坂奴の夢を見た夢を見た」とあり、鶯が上京し梅の小枝で昼寝をしていると赤坂奴の夢を見たという叙述の唄でとりたてて変わった内容ではない。しかし実はこの手毬唄にはテクストに示されない続きの歌詞が存在するのだ。北原白秋編『日本伝承童謡集成　三巻　遊戯唄編』[25]においてほぼ同じ唄い出しのものが複数散見される。続きの展開には、大きく分けて二つの型がある。一つは、「お小夜に来いとて文が来た、お小夜をやるには物がいる、上にはこんこん紺ちりめんよ、下にはしんしん白ちりめんよ、これほど着せてやるからにゃ、必ず戻ろと思やるな」や「上にはちんちん縮緬、下にはこんこん紺縮緬、これだけ仕立ててやるからにゃ、嫁に行っても出て来るな（後略）」等、嫁ぐ娘に対して、嫁入りの支度を充分にしたのだから、決して出戻るなと告げる内容のもので、もう一つは、末尾の部分が「それほどお着せてやるのにも、道でころぶな蹟くな（後略）」や、「これほど着せてやるからよ、途で転んで蹟くな」等になっており、同じく念入りな嫁入り支度をしたのだから、道中はくれぐれも気を付けるように、という内容のものである。いずれも娘の嫁入りを詠んだものであり、男子と女子の規範は異なるが、親子の関係という点に特化して考えてみたい。歌詞に詠まれているのは子供を家から出す際の親心であり、いわば親の子離れの内容となっていると捉えられる。「かの女」は、「またいつのときにかこの子のために毬をつかれることやら――恐らく、これが最後でもあらうか」と思うと、「声がだん〳〵曇つて来て、涙を見せまいとするかの女の顔が自然とうつ向いて来た」とあり、親の子離れの歌詞を、歌えなかったことが分かる。「かの女」が、どうしても一郎の「成長」を受け入れられないのは、それが息子の母離れを意味するからだ。手毬唄の挿話は、息子を手放したくないという母の欲望を浮き彫りにしている。母と交換した「角笛に唇を宛て」母の様子を「見守つてゐた」一郎には、その気持ちが伝わっていただろう。「かの女」と一郎は閉塞的な母子密着の関係に陥っている。

母子心中に拍車をかけた「母性の強要の重圧」は、もう一人の母親鏡子に映し出されている。子供が立派に成長し社会的成功を収めるためには、母の慈愛と犠牲的精神が不可欠であると刷り込まれれば、母親に圧し掛かる責任の重圧は計り知れない。どんなに慈悲深く、どんなに自己犠牲を払っても、立ち行かない現実に直面した際、子の将来の責任をたった一人で負わされ、袋小路に閉じ込められた母親は、死によって責任を果たすしかなくなる。母親に課せられた担い切れない子に対する重責の末路が母子心中だったのである。「かの女」に、「形式的」で「平凡な待望」を持つ「つまらない母親」と切り捨てられる鏡子も同時代の母親たち同様に、規矩男に対して母親としての責任を何とか果たしたいと願っているだけなのである。鏡子は、「二十以上も年齢が違ふ」「五十以上」の老齢の夫と結婚した。女の子が生まれたがすぐに亡くなっており、規矩男は一人息子である。「なにしろ父の死後女親一人で育てたものでございますから、万事行く届かぬ勝ちでございまして」と言うが、規矩男が生まれた時に既に父は「老境に入つて」「耄けて」おり、鏡子は規矩男を夫生前からずっと一人で育ててきたと言えよう。父親が健在で他に子供がいても、世間からの「母性強要の重圧」に追い詰められるのである。一人息子をたった一人で立派に成人させなければならないということが、いかに責任の重いことであったかは想像に難くない。規矩男を安定した人生という「形式」や「平凡」にあてはめようとした「待望」の裏には、鏡子に背負わされた重責があったのだ。

「かの女」と鏡子という一見対照的な二人の母親は、いずれも当時の母性称揚の風潮によってもたらされた弊害を内包している。母子心中の悲劇に象徴されるような閉塞的な母子密着や過剰な母への重責こそが、息子たちの「成長」を封じる引き金となっていたと言えよう。

3　母子解放

「かの女」はなぜ執拗に息子の「成長」を拒み、子離れできずに密着した母子関係を継続させようとするのか。鏡子はなぜ「世間の評判」を気にし、息子を「平凡」な人生にあてはめようとするのか。時代の母性讃美の要求を内面化した母親たちに起こった悲劇は、息子の「成長」抑止に留まらない。加納は当時の「母性」について「近代的「自我」を真っ向から否定し、女に「無我」と「献身」を要求することになった[26]」とする。小山静子『良妻賢母という規範[27]』で、女性の母親役割をめぐって「女は一個人として価値付けられるのではなく、母としての側面を通してしか評価されてこなかった」という点と、その反面「女は母たることを通して自らの地位を向上させていった」という両義性が明らかにされているように、母として讃美され、母性の強要に押し潰されていた当時の母親たちにとって、母であることが自身のアイデンティティとなっていたのである。「かの女」や鏡子も例外ではないのではないか。

「かの女」と対面した折、鏡子の「顔にはじめて生気を帯ばした」のは、「規矩男さんは、なか〳〵しつかりしてゐらつしやいますね」と言われた時である。息子が誉められることは母親自身の名誉でもある。鏡子にとって規矩男の養育は重責であると同時に自らの存在意義でもあっただろう。鏡子は、規矩男について「あれはとても主人のやうにはなれますまい」という。規矩男の父は、晩年零落したとは言え、かつては外交官として外国を飛び回り活躍した人物であった。「中学や高等学校はよく出来た」息子を全盛期の夫のように育てようとしていたことが窺える。息子の「世間の評判」は、鏡子自身の評価でもあるのだ。

上野千鶴子は母親と息子の関係性について、「息子に対して過剰な期待をかけている母親というのは、自分自身が抑圧された欲求を持っている」、「自分が何かをなし遂げたかったのに自分の力でやることができないから、それを息子に託す(28)」と指摘する。鏡子の場合も、夫との結婚について「妻としての自分の生活を華々しく張合ひのあるものにして呉れることを期待して居た」にも拘わらず、結局「老夫のお守りをしなければならなかつた」ので、規矩男に華々しかった頃の夫を投影したかったのかもしれない。さらに、鏡子には規矩男の父との結婚前に破談になった恋人がいたのだが、その恋人の娘と規矩男を結婚させようとする。鏡子は、息子を介して、自らが果たせなかった結婚生活の理想や夢を取り戻そうとしているのではないだろうか。

　次に「かの女」について考えてみたい。前節まででみてきたように、母子密着の関係にあり、子離れできていないにも拘わらず、「かの女」が最愛の息子をパリに残したのは「かの女自身が巴里の魅力に憑かれてゐる」という理由からだった。父親の逸作は、「巴里留学は画学生に取つていのちを賭けてもの願ひ」、「おれは、青年時代に出来なかつた」と吐露し、「おれの身代りにも、むす子を置いて行く」と宣言した。「かの女」も夫同様「せめて、かたみに血の繋がつてゐるむす子を残して」と考えており、息子を自己の「身代り」としていることが分かる。

　「巴里」は、「かの女」にとって特別な場所であった。一郎の幼少期、逸作の放蕩により、母子は貧窮に陥っていた。「働くことに無力な一人の病身で内気な稚ない母と、そのみどり子」で身を寄せ合うしかできない「絶望」の日々の中で、「希望」として口にしていたのが「あーあ、今に二人で巴里に行きませうね」という一言であった。「巴里」は「極楽といふほどの意味」で、未来へ向けての「希望」の象徴である。「かの女」は、「絶望」の淵で「女性の嘆き」の全てを息子に「注ぎ入れた」。「稚純な母の女心のあらゆるものを吹き込まれた、ベビー・レコード」一郎は、現実に巴里の地を踏むと母に「代わつて」、「お母さん、たうとう巴里へ来ましたね」と言う。「今後何年でもむす子のゐるかぎり」、「たとへ一人になつても、むす子は「お母さん、たうとう巴里に来ましたね」と胸の中で、いふ」ことを期待する「かの女」は、鏡子のように「世間の評判」に依拠し、息子に具体的な何かを託すわけではないが、息子を「身代り」として、かつてと同じく自己の未来への「希望」の糸を繋いだのである。
そのような未来への「希望」を息子を通して実現しようとする「かの女」は、自分自身の人生の「希望」を見失っているのではないだろうか。

硝子窓を鏡にして、かの女の顔を向側に映し出す。派手な童女型と寂しい母の顔の交つた顔である。むす子が青年期に達した二三年来、一にも二にもむす子を通して世の中を眺めて来た母の顔である。

「むす子が青年期に達した」頃から、「一にも二にもむす子を通して世の中を眺めて来」た、「母の顔」で生きてきたという。[29]「派手な童女型」という「かの女」本来の個性の上には「母の顔」が覆い被さる。母子の世界に閉じこもり、息子だけを見つめてきた「かの女」は、鏡子や同時代の母親同様にいつの間にか母であることが自己のアイデンティティとなってしまったのではないか。息子の「成長」を拒み「子供」に留めておこうとするのは、寂しさによるものだけはない。母離れして息子が「子供」でなくなってしまえば、母としての自己のアイデンティティが崩壊するからでもあるのだ。謝肉祭の場面では、一郎が「もとの子供に戻」ると、「はじめて」、「母親の位を取り戻した」とある。その後は安堵したかのように、息子の友人たちに「この子と仲好くやつて下さい」と頼むなど、母親らしいふるまいを見せる。帰国後、「夢とも現実とも別目のつかないかういふ気持」で「夢遊病者」のように息子を探し求め彷徨するのは、単なる息子恋しさではなく、息子と離れたことで自己のアイデンティティの基盤が不安定になっていたからでもあろう。「母の顔」で生き、「身体に一本の太い棒が通つたやうに、むす子のことを思ひ詰めて」きた「かの女」が、自己の人生の「希望」を追うことは困難である。
さて、代替の息子規矩男を得たことでようやく精神の安寧を取り戻した「かの女」だったが、疑似母子関係は長くは続かない。しかし、規矩男との疑似母子関係の崩壊こそが、「かの女」にとって大きな転機をもたらしたのだと捉えたい。ある日、「突然、かの女は規矩男と若い男女のやうに並んで歩いてゐる自分に気がついた。つぎ穂のないやうな恥ずかしさがかの女を襲つた」のである。契機は、規矩男が「かの女」の「鏡のなかに童顔写るこのわれがあはれ子を恋ふる母かと泣かゆ」という短歌を暗誦したことだった。「童顔」つまりは一人の女としての顔と、「子を恋ふる母」という母の顔の落差に戸惑い、涙する情景が詠まれているこの短歌は、「かの女」の深層に潜む意識が表出していると考えられ注目に値する。

先に確認した「派手な童女型と寂しい母の顔の交つた顔」を窓硝子に見る場面とも重なるが、「かの女」は「窓硝子に映つた自分の姿」、「一にも二にもむす子を通して世の中を眺めて来た母の顔」を目の当たりにすると、「見るのが嫌になつて」、「くるりと首を振り向け」る。「母の顔」に執着し、自己のアイデンティティの拠り所としながらも、「母の顔」と本来の自己との隔たりに悲哀を感じ、「母の顔」に本来の自己が押し潰されていることに嫌悪感を抱いているのだ。その気持ちが自作の短歌を通じて疑似息子の口から改めて語られたことによって、自己の真の姿が眼前に立ち現れてきたのではないか。「むす子が青年期に達した二三年来」置き去りにしてきた、「母」ではない一人の「女」としての自己を「突然」取り戻したのである。だから、疑似母ではない「女」、疑似息子ではない「男」、母子関係ではなく一対一の男女としての姿が浮かび上がってきたのだろう。

ほどなくして、「かの女」は規矩男に「絶交状」を送り、二人は訣別する。「道徳よりも義理よりも」、「規矩男への愛情よりも」、「何物の汚瀆も許さぬ母性の激怒」によるとする。清廉潔白な疑似母子が、男女の関係になることは、母の子への思いを冒瀆することになるので決して許されはしない、「母子情を汚瀆」することは「堪へられない」という。「母性」を神聖化し、それを必死に守ろうとしている「かの女」の姿勢が読み取れる。再び一人の「女」としての自己を押し込め、「母の顔」となろうとする「かの女」は、時代の母性讃美の要請を強く内面化しているのだ。「女流作家」、「仏教哲学者」で「婦人雑誌なんかで、よく、どうしてあなたはあなたのお子さんを教育なさいましたか、なんて問題に答へてゐらつしやる」という人物である「かの女」は、他の女性たちよりも一層時代の規範に絡め取られているのだろう。ありのままの自己の心を見つめる前に、「理屈」が先に立つようだ。一郎をパリに残した理由についても、「まへにはいろ〳〵と」「立派な趣意書のやうに、心に泛んだものだ」とある。「もうそんな理屈臭いことは考へたくなかつた」とし、本心に気が付いたのは後になってからである。

もし、「かの女」にとって、真実「母性」が第一義であるなら、疑似息子である規矩男を失えば、再び一郎へと傾斜し、ますます母子密着の殻の中へと回帰していくはずである。ところが、この事件の後、「かの女」の息子への想いは大きく変わり、それと連動する形で母子関係も変化を遂げる。「四五年の月日が経過」し、一郎は巴里で「世界尖鋭画壇の有望画家の十指」に数えられ、「最年少者で唯一の日本人」として「特別の期待の眼を向けられ」るようになっていた。巴里から帰国した逸作の同僚が「あんな親を持つて仕合せです」と一郎が語ったことを聴いた「かの女」は、感慨に浸った。

わが子とは云へ、一人立派に成長した男子を今や完全な幸福感に置いてゐる

一郎を「子供」の枠に押し込めることで「母親の位」、「母親の顔」を保ってきた「かの女」が、ついに息子の「成長」を認めることができたのである。これを単に月日が経過したから、息子が成功を収めたからとみるのは皮相である。息子の成功について、夫の逸作は以前と変わらず「理想の夢を、彼は今やむす子に実現さしてゐる」、「それだけで満足してゐる」が、「かの女」は異なっていた。逸作に「やつぱり君のむす子だ」、「芸術餓鬼の子だからね」と言われると、「怒りも歓びもしないで」「寒白い」「笑ひ」を浮かべるだけである。以前のように息子を自

己の「身代り」、「希望」としていれば、逸作同様に「満足」し「歓び」に終始するだろうし、自己の所有物としてますます「成長」を認めないのではないか。「かの女」の一郎に対する明らかな心情の変化の裏には、疑似息子規矩男との別離があった。疑似息子から、「母の顔」に本来の自己が押し潰されているという真実を突き付けられたことで、一人の「女」としての自己を再発見した。さらに、疑似母子関係の崩壊は、実際の母子関係の解体と再構築を導き出したのである。

規矩男との別離後、「かの女」は逸作に「一郎熱を緩和しながら、君ももうすこし落ち着いて仕事にかゝりたまえ」と言われている。「身体に一本の太い棒が通つたやうに、むす子のことを思ひ詰めて」、「一にも二にもむす子を通して世の中を眺めて来た母」であり、「むす子」に「希望」を託した「母」であった「かの女」は、自己の「仕事」に真摯に向き合うことができていなかったのではないか。しかし、規矩男との事件で、「母の顔」の下で蠢く一人の「女」としての自我を正視することができてからは、「芸術といふ正体に摑み難いものに、娘時代同様、日夜、蚕が桑を食むやうに嚙み入つて」いった。「娘時代」から「かの女」のアイデンティティの基盤は、「芸術」であった。それに再びのめり込むことで、「母」だけではない一人の「女」としての自己を取り戻したのだ。自己の「芸術」を追うことを再開した「かの女」が、逸作のように息子に「理想の夢」を「実現さして」「満足」することはあり得ない。また息子は、同じく「芸術」を追い求める同志となったので、それにまつわる喜びとともに逃れ得ぬ辛苦にも共感でき、逸作のように「はたで鷹揚に見てゐる態度」にはならず、「寒白いもの」を抱くのである。

母の変化は、息子にも及ぶ。百通あまりの母子の往復書簡には、母の束縛を拒否できず「子供」の役割を甘受していた一郎の姿はない。一郎は、「自分の感傷を一言も手紙に書いてきたためし」がなく、「僕がお母さんを攻撃するのは、実に悪い反面をたゝきつぶすのが僕の愛された子供としてのつとめだ」とし、母子でありつつも一対一の芸術家として対峙している。同じ芸術家として、パリで最新の「芸術の傾向を語り」、他の芸術家や思想家たちを引き合いに出し、「芸術家となつた以上」、「もつと大変な芸術といふすべてのモラルやカテゴリーや時代を超越したものにぶつかつて行くのです」と叱咤激励する。一郎の書簡を読んだ「かの女」は、「お前がお前自身に対する注文なのぢやないか」と「涙ぐんで笑」う。母子には対等な芸術家同士としての絆が底流していた。一人の芸術家としての一郎に触れ、「かの女」は「母は女で、むす子は男で」という文字を原稿用紙に記す。「成長した」一郎を「子」ではなく一人の「男」と認め、自己を「母」ではなく一人の「女」と認識したことになる。これは、母子が「母」や「子」という関係性の呪縛から解き放たれたことを意味するのではないか。

しかし、「かの女」の「母」としての側面が全て消え去ってしまったわけではない。一郎の体を心配し「イチロはもうあなたのお考へになつてゐるやうな子供さんではありません。逞しい立派な青年です」と慰められると、「取り付きにく〻はあるまいか」と懸念する。しかし、「すぐかの女は、やつぱり自分の求める通りむす子に踏み込めばい〻、あの子はあの子であることに絶対に変りはないと、直ぐ自信を取り戻した」。息子に対する「自信」とは、信頼関係に裏打ちされたものであろう。母が子を一方的に支配し束縛するような母子関係では信頼関係は築かれない。母子でありながらも、双方が独立した一人の人間として対峙することで生まれるものだ。「かの女」と規矩男の疑似母子関係が解体し一対一の男女になったと同様に、「かの女」と一郎の母子関係も閉塞的な母子密着から一対一の芸術家同士の関係へと転換したのである。

おわりに

テクスト前半部における「かの女」は、子離れできず息子の「成長」を阻む母親であり、先行研究で指摘されてきたような「寛容と愛に満ちた」「慈母」ではない。むしろ息子を抑圧するという点において、かつて対照的とされてきた鏡子と同じである。しかし、「かの女」や鏡子の背景には、母子を閉塞的な密室へと追い込み、母性を強要することで母親に重責を課す、一五年戦争下の母性礼讃の風潮があった。息子への抑圧は、時代の要請を内面化した母親による悲劇の所産である。母性讃美の弊害は、母親自身にも及び、「母」であることだけを女たちのアイデンティティと化してしまう。「かの女」も「母の顔」で生き、息子に自己の未来への「希望」を託していた。

「かの女」に「母の顔」を剥ぎ取らせ、自己本来のアイデンティティの存在を再発見させたのは、規矩男である。規矩男との疑似母子関係から男女関係への転換は、母性愛と異性愛の融合ではなく、母子解放のための〈通過儀礼《イニシエーション》〉であったと捉えたい。徴兵検査や謝肉祭といった「大人」への〈通過儀礼《イニシエーション》〉を母によって拒絶されてきた一郎であったが、これによって「大人」へと「成長」する。規矩男も鏡子の死という〈通過儀礼《イニシエーション》〉を経て、自己の人生へと踏み出した。母子関係が大きく変わる前半部と後半部の間に、規矩男との出会いから別れが挟まれているテクスト構造には、重要な意味があるだろう。

本テクストには、時代の母性礼讃の言説に絡め取られ、母としての自己のアイデンティティを保つために母子密着の関係に陥っていた母が、疑似母子関係の解体を契機として、自己本来のアイデンティティを取り戻し、息子と一対一の人間同士として対峙できるようになるまでが描かれている。「かの女」は、先行研究において指摘されてきた生身をともなわない理想の母親ではなく、むしろ時代の求める理想を内面化しているがゆえに苦悩せざるを得なかった、現実に根差した一人の女性である。母性礼讃の時代に、当時の母親たちが陥っていた闇を描き出し、さらに子のための母、母のための子ではなく、母子がそれぞれの人生を生きていくという末尾を描いたことは評価に値する。また一五年戦争下、戦争に直結する徴兵検査という〈通過儀礼《イニシエーション》〉を経ず、苦悩しながらも自己の手によって「成長」を遂げた青年たちが造型されていることも指摘しておきたい。

注

(1)「自作案内——肯定の母胎」(『文芸』一九三八・四)
(2)『新日本文学全集二五　岡本かの子集』解説(改造社　一九四〇・五)
(3)「文芸時評3」(『読売新聞』一九三七・三)
(4)「『やがて五月に』について」(岡本かの子『やがて五月に』解説　竹村書房　一九三八・五)
(5)「岡本かの子序説」(『日本評論』一九三九・七)
(6)「岡本かの子——〈純粋母性〉と〈役割母性〉」(『国文学解釈と鑑賞』一九八〇・四)
(7)「母性の光と闇——『母子叙情』をめぐって」(『神奈川大学評論』一九九一・二)
(8)「五年前かの女が、主人逸作と洋行するとき」、「昭和四年に洋行する」とあることから、一九三三(昭八)年と定められる。
(9)『皇紀二千六百三年　徴兵検査早わかり』(藤生舎　一九四二)
(10)吉田裕『日本の軍隊——兵士たちの近代史』(岩波書店　二〇〇二・一二)
(11)鎌田久子・宮里和子他編『日本人の子産み・子育て——いま・むかし——』(勁草書房　一九九〇・三)
(12)太郎は、一九三一(昭六)年に延期していた徴兵検査を受け、甲種合格となり、一九三二(昭七)年に一兵卒として上海の戦地に赴いた。
(13)菊池邦作『徴兵忌避の研究』(立風書房　一九七九・六)、加藤陽子『徴兵制と近代日本　一八六八—一九四五』(吉川弘文館　一九九六・一〇)を参照した。
(14)北岡誠司『バフチン　対話とカーニヴァル』(講談社　一九九八・一〇)
(15)ミハール・バフチーン著　川端香男里訳『フランソワ・ラブレーの作品と中世・ルネッサンスの民衆文化』(せりか書房　一九八〇・六)
(16)J・Eリップス著　大林太良・長島信弘訳『鍋と帽子と成人式——生活文化の発生』(八坂書房　一九八八・一〇)

(17) 大間知篤三「成年式」(下中那彦編『日本民俗学体系　一三巻　社会と民俗Ⅱ』平凡社　一九五九・八)
(18) 注(16)に同じ。
(19) 飯島吉晴『笑いと異装』(海鳴社　一九八五・一二)
(20) 一九三四(昭九)年一月二三日付、太郎宛書簡には「お前に似た青年や、年頃の男の人にこの頃親愛を感じて仕方がない」と記されている。また昭和九年六月一日付、楢崎勤(当時の『新潮』編集担当者)宛書簡には「トクダ一穂さんを見て、わが子を思ひ出した」、「モナミで逢つたとき先夜一穂さんをじろじろ見たのがはづかしくつて」とある。上記の楢崎勤宛書簡は、入谷清久『岡本かの子　資料に見る愛と炎の生涯』(多摩川新聞社　一九九八・五)で初めて紹介され、一穂は徳田秋声の長男であることが明らかにされた。
(21) 西願広望「国民軍の形成」(『近代ヨーロッパの探究12　軍隊』ミネルヴァ書房　二〇〇九・六)によれば、「徴兵制がしかれ、すべてのフランス人は兵士であるとされた。その徴兵制を用いてナポレオンは強大な軍隊をつくった」と指摘されている。
(22) 永原和子「女性統合と母性――国家が期待する母親像」(脇田晴子編『母性を問う　歴史的変遷』下巻　人文書院　一九八五・一二)を参照した。
(23) 「「母性」の誕生と天皇制」(『新編日本のフェミニズム5　母性』岩波書店　二〇〇九・六)
(24) 注(23)に同じ。
(25) 三省堂　一九三〇・六
(26) 注(23)に同じ。
(27) 勁草書房　一九九一・一〇
(28) 『マザコン少年の末路　女と男の未来』増補版(河合出版　一九九五・二)
(29) 山下悦子「ファシズムの美学と母　岡本かの子『母子叙情』」(『マザコン文学論――呪縛としての〈母〉――』新曜社　一九九一・一〇)では、テクストを「完全なナルシシズムの世界」と読み、「「鏡」に映る「母の顔」はナルシシズムの世界を象徴している」と捉えている。

第五部　老いに抗う女たち

第一章　『かやの生立』——越境する〈乳母〉お常の両義性——

はじめに

『かやの生立』（初出『解放』一九一九・一二）は、かの子第一作目の小説である。歌人、仏教研究家、小説家と三つの顔を持つかの子が「宿命とも仇敵とも言うべきもの」、「憎みの籠つた執愛」[1]とし、最も執着したのが小説であった。しかし、第一作目の小説である本テクストは、同時代に「余り問題にされなかった」[2]だけでなく、その後の研究史においても等閑に付されてきた。[3]唯一の先行研究とも言える漆田和代「解説　ジャンルの模索の果てに」[4]では、「注目に値する」と評価されたが、「かの子の根にある気分」である「身に浸み透る寂しさとははるかなものへの憧れ」[5]を「直接吐露した作品になっている」ということが理由である。

本テクストには、家族と離れて暮らす幼い主人公かやの日々の生活とかやの眼差しによって浮き彫りにされる周囲の大人たちの様子が描出されている。本論では、かやの一番身近にいた〈乳母〉お常に着目し、かやの目に映ったお常の姿を検証することで、お常がかやの「生立」、つまり「成長」、「大人になるまでの過程」[6]に与えた影響を明らかにすることを目的とする。

1 かやの孤独とお常

まずは、かやの置かれた境遇[7]を確認していきたい。かやは、「三年程前から」、家族と離れて暮らしていた。父、幸吉の病気療養に、母と二人の兄が同伴していたのだ。漆田が指摘するように「過不足ない愛情を注ぐべき父や母は作品の始めから排除[8]」されている。かやの年齢は、すぐ上の兄が数え年で九歳であること、三年前に母と引き離されていること、満六歳で入学する尋常小学校に通っている様子がないことから、数え年で五、六歳ではないかと推測される。作品内時間については、かやの父親、幸吉の人生を手掛かりに定めることができる。幸吉は、「諸大名が解役されると同時に」、「三歳ばかりの幼児のままで取り残された」とある。廃藩置県のあった一八七一（明四）年七月に、「三歳」であった幸父が結婚したのは「十九の年」、そして現在は「十二となる」「長男」がいる。以上より、作品内時間は一九〇〇（明三三）年以降であると言える。さらに、「村にまだ一台しか無いといふ人力車」という記述があるのだが、東京で人力車営業規則が定められたのは一八七一（明四）年、神奈川で人力取締規則が公布されたのは一八九二（明二五）年なので、一九〇〇（明三三）年からそれほど隔たりはないと推察される。

家族に置き去りにされた幼いかやと共に暮らしていたのは、「幸吉の叔父叔母である、お爺さんとお媼さん」である。実の両親不在のかやの家は、このお爺さんとお媼さんが中心となって営まれていた。お爺さんは、「気難しく、「苦笑ひの様な表情」が特徴だ。「厳しい親族会議の末」に「留守役」を任されたお爺さんは、家長代理としてかやや使用人たちに「怒鳴る」などし、厳しく接している。家長らしく、「毎夕の風呂」は「最初に済ます」、「飯」は、「座敷の中心に構へて居る」火鉢の前と決まっていた。一方のお媼さんは、「忙しがり屋」で、お爺さんが留守の際には、「家のなかをぐる〱見廻つて、下男や下女に、内外の戸締りなどを厳しく云ふ」。しかし、「確乎した中にも何処か優しみのある奥床しい性質」で、お爺さんも「一目置いて居た」。家の中でのお媼さんは、「気難しい」お爺さんを補う潤滑油的な役割を果たしていた。お爺さんは、お媼さんがいないと「よけい怒鳴る」。お爺さんにとって、お媼さんは必要不可欠な存在なのである。厳格な家長と、それを補助する女房役。二人は、「もうとうのむかしに、妻も夫も無かつた」とあり、擬似夫婦と言えよう。そして、この擬似夫婦の下に、かやがいた。かやは、お爺さんと対峙すると、「また叱られるのではないか」と常に怯えている。しかし、お爺さんを「取り做し」、かやを庇うのがお媼さんであった。お爺さんがかやを「苦り切つて」非難する際は、「あはゝゝゝ」と「大容な声を出して笑」い、お爺さんの怒りを緩和している。実の両親と離れているかやにとって、「気難しい」お爺さんは父であり、「優しみのある」お媼さんは母であった。

しかし、それがあくまでも擬似家族であることをかやは「知つて居た」。それゆえに、孤独感を抱いている。かやが特に家族の擬似性を知らしめられるのは、お爺さんとお媼さんが実家へと帰って行く折である。お爺さんは「時々」、「ではな、二三日実家を見廻つて来るからな」と言い、お媼さんも「では、ま、一寸、かへつて来るよ」と実家へと戻る。お爺さんとお媼さんにとって、かやの家はあくまで仮の宿であり、実家こそが「かへつて」行く場所なのだ。お爺さんが、「何となく機嫌好さ相」に、「威勢よく」、人力車に「隠れて仕舞ふ」ことにもかやは寂しさを感じているのだが、より親しみを抱くお媼さんを見送る際に、その寂しさは絶頂となる。

> かやは、とつとと走つて行つて裏門の扉につかまつて停つた。（中略）「おばーさーん。」とかやは大きく呼ぼうとした。が声が咽元へぐつとつまつて仕舞つて、もうとても呼むでも追つても及ばないほど遠ざかつて行くお祖母さんになつてしまつたような絶望に似た幼い感情が一ぱい胸へこみ上げてきたかやはかすかに涙ぐんだ

「絶望」に「涙ぐんだ」かやを、お媼さんは「一度も振り返つては呉れなかつた」。そしてお爺さん同様に、道の果てへ「とうとう隠れて仕舞つた」。お媼さんの乗せた人力車が通過した道は、「もや〳〵とした白い水気が、幾條も〳〵立ち」、擬似家族の幻影は消え去って行くのである。

実家へ帰って行くお媼さんは、いつも「鶴の羽毛」でできた被布を羽織っていた。かやは、その姿を眺めると「この羽毛を着けて居た鶴を想像する不思議な感覚」に陥る。鶴は古来より、「神の化身あるいは神のつかい[9]」とされ、「飛翔を表し、高さのシンボリズム[10]」とされてきた。お媼さんに「鶴」をイメージするかやは、自らの姿を飼い犬のくま[11]に重ね合わせている。

老犬のくまが、わん、わん、わん、と吠えてあとを追つた。俥の背にくまの姿が横にひしやげて、ちんちくりんに写つた。

お媼さんを追う犬くまの姿が、お爺さんやお媼さんが「隠れて仕舞ふ」人力車へと映し出された。かやは、自分と同様にお媼さんを追いかける姿を「ちんちくりん」と捉えている。かやは、自らを「ちんちくりん」、つまり卑小で無力な存在であるとし、「絶望に似た幼い感情」に胸が一杯になるのである。「ちんちくりん」のかやにとって、「鶴」のお媼さんは、どんなに手を伸ばそうとも届かない「追っても及ばないほど遠ざかって行く」存在である。お媼さんの体に纏われた「鶴」の羽毛は、「ふわ、ふわ、ふわ」と揺れる。この「ふわ、ふわ、ふわ」という表現からは、かやのお媼さんに対する切ない感情が読み取れる。以下は、かやが実家へと戻ったお媼さんの不在を実感する場面である。

いつもお嫗さんが吸う刻み煙草のふわふわ盛つてある、（中略）煙草入れが一つぽつねんとして居るのが、かやには何となく淋しく眺められた。

「ふわふわ」から想起されるのは、浮遊性、実態のなさである。「ふわふわ」漂い、摑もうとすれば「もや〳〵とした」幻の中に「隠れて仕舞ふ」、現実味のない擬似家族を、かやは「淋しく」思い、「追つても及ばないほど遠ざかつて行く」幻影を求めては、「絶望」の淵に佇むことしかできないのである。

そんなかやの淋しさを癒し、「絶望」から救い上げた人物こそ、〈乳母〉のお常[12]ではないだろうか。お常は、かやが両親と離れ離れになった三年前から「守り役をずつと勤めて居た」。〈乳母〉には、大きく分けると二つの役割がある。第一に授乳である。人工栄養の牛乳が出現するまで、子供は母乳で育てられていたわけだが、「もし母乳の出が悪いとか、生母が病気や死亡した場合は、（中略）乳母を雇う[13]」しかなかった。第二に、子供の養育、躾けである。お常は、「子を生むだことの無いといふ乳母」とされているので、この役割である。〈乳母〉の歴史は古い。平安時代においては、姫君にとって〈乳母〉はなくてはならない存在であった。〈乳母〉に求められたのは、「和魂漢才」という、現実的、実際的能力と姫君に対する心づくしであった。幼児期には、言語教育を授け、文学や音楽を教え、年頃になれば、恋の心を教え、恋の仲立ちにもなった。姫君の心ばせと生き方を見守り教育する者は、母親よりもむしろ〈乳母〉であった。江戸時代になると、教育部分の役割は減少し、安らぎを与える安息所としての役割が重くなっていく[14]。しかし、平安時代から明治期に至るまで、乳母に普遍的に求められたことは、「昼も夜もその子の側を離れずに、心を入れて養育[15]」することである。母親に代わって、子供を慈しみ、守り育てる。お常は〈乳母〉として求められる期待に応え、「不思議な程かやを大切にする」と「取り立ててひとから褒められて居た」。

お常がかやを「大切にする」様子は、お常が初めてテクストに登場する場面に既に見ることができる。去り行くお嫗さんに振り返ってもらえず「絶望」に涙ぐむかやを慰めたのが、お常であった。

「おや、見つけた、見つけた、こんな処に居なさつたか、おかやちやん。」

斯ふ云ひながら、色の白い太り肉の体を其処へ表はしたのは、かやの婆やのお常である。婆やは両手を広げる様な格好をして、かやに近づいた。「さ、お汁がさめますよ。お朝飯にしましよ。」と云つてかやの体を半分抱き乍ら（中略）連れて来た。

お常は、「両手を広げ」、かやの「絶望に似た幼い感情」を受け止め、「体を半分抱き」、温かく包み込んだ。漆田は、お常がかやを「生ける人形のようなかわいがり方をしている[16]」と指摘し、かやの寂しさはお常に「受けとめられることはない[17]」とするが、お常が常にかやの傍らに寄り添っていることを看過することはできない。かやの食卓は、家長のお爺さんからは「少し離れた、次の間」にあり、お常と「一しよ」であった。食事の時だけでなく、「かやと婆やの寝所になつて居る離れ座敷」とあり、寝る時もかやはお常と一緒だったことが分かる。そして、「毎夕の風呂」も二人は「一しよにゆつくり這入る」。

「肩まで、肩まで。」と手で押さえられて、かやは婆やの丸いすべくした膝の上へ、ひつたりお尻を据ゑてしまつた。婆やは後ろ向きのかやをじつと抱いた（後略）

お常は、絶えずかやの身体に密着している。この身体に触れるというお常の行為は、かやに安心感を与えたに違いない。お常はどんな時でもかやの味方であり、かやを守っていた。かやが厳格なお爺さんに「おど〱する」と、お常は「自分の後にかくし」、「逃げる様にかやの手を引いて」その場から連れ出し、「かやの手をしつかり握つて」、二人の寝室へと向った。そして、寝室に到着するや否や「かやの手をしつかり握つたまゝ」、「うるせい爺いだわなあ」と毒づいた。お常は、自分の守るべきかやを怯えさせるお爺さんに反感を抱いていたのだ。お常に守られたかやは「ほつと安心」し、「せい〳〵した気持ちになつた」。

かやにとって、擬似母親であるお媼さんが「及ばないほど遠ざかつて行く」、「振り返つては呉れな」い、「絶望」、「淋し」さをもたらす、自分の手の届かない存在であったのに対し、お常はどんな時でも「一しよ」におり、「安心」を与える、自分を慈しみ守る存在であった。「細長い痩せた体」に「ふわ、ふわ、ふわ」と「鶴」の羽毛をまとうお媼さんとは対照的に、お常は「太り肉の体」でかやを「抱き」しめた。かやは、お常の体温を肌で感じ取り、「安心」することができたのだ。「ふわ、ふわ、ふわ」と実態のないお媼さんとは異なり、常に傍らに寄り添い、直接身体に触れてくるお常こそが、かやのたった一つの現実だったのではないだろうか。

かやにとって〈乳母〉のお常は重要な存在であった。お常がいるからこそ、かやはあまりに孤独な生活にも耐えることができたのだろう。「幼い」かやの孤独で閉鎖的な世界において、擬似家族の幻影に「絶望」するかやの淋しさを癒し、母親のごとく慈しむお常は、〈乳母〉としての役割を十分に果たしていると言える。

2　お常の自尊心

〈乳母〉お常が、かやにもたらしたのは「安心」だけではなかった。お常が〈乳母〉としての職務に忠実であるのには、これまでの彼女の人生と、彼女を取り巻く時代状況が大きく関係していると考えられる。それを分析しつつ、お常がかやの「生立」に与えた影響について考えていきたい。

お常は、「六十に近い」年齢である。お常の経歴を見てみる。

元は山城屋（かやの家の家号――引用者注）と同村の遠縁にあたる某家から出て、十五の年から二十年近くも、江戸の大名を二三ヶ所も渡り奉公に歩いて居た。

お常は、「二十年」もの間、「奉公に歩いて居た」ことを自身でどう捉えているのだろうか。同じくかやの家の使用人である女中おすめに「言葉も使ひ分けるしな、奇妙な婆あだ」と「悪まれ口」を叩かれた際に、お常は「使ひ分けだつて何だつて、お前にや真似も出来めい、己はこの土地でばかし育たねえからな」と「憎々しく云ひ返している。「お前にや真似も出来めい」という台詞からは、様々な土地を奉公に渡り歩いたことで、他に対する優越感を抱いていいていることが分かる。お常が、かつて大名家に奉公に出ていたことを誇りにしているのには、理由があった。作品内時間が一九〇〇（明三三）年付近なので、お常が奉公に出ていたのは、江戸時代末期のことになる。そもそも「江戸時代の女性の仕事はごく限られていた[18]」上に、「概して、女性の仕事といえば、ほとんどが下働き[19]」であった。そんな中、「江戸の大名」の「お邸」に奉公へ行くということは、特別なことだったのだ。大名は、当時の人々にとって、羨望の的であった。

江戸時代の町人百姓の虚栄心を充たすものは大名の生活であった。殿様ぐらしと云い、大名のようだと云つて、羨みもすれば尊みもした。（中略）自分の一生は勿論、孫子の代になっても大名にはなれぬ。お大名様に生れるのは宿世の果報なのだと、一方では確かに絶望している。その絶望は他方で人間稀有な栄耀栄華を羨む心を強めていく[20]。

大名の元へ奉公に行くことは、「家の誇り身の誉れ、之を除いて他にはない[21]」とされ、奉公をさせたい父母、奉公をしたい娘は後を絶たなかった。江戸時代、大名家や大名の江戸屋敷などの奥向きに仕えた女中を御殿女中と呼称した。お常は、この御殿女中だったのである。お常の「奉公の道」、「己の旦那様」という言葉に表れているように、女中奉公は、主人の家と主従、御恩の関係を結び、仕える主人が絶対であった。一言で御殿女中と言っても、その内情は奉公先の大名によって多種多様である。そして、この差異こそが、「御殿女中の誇りであって、かれらの自尊心を満足させる第一の物[22]」であった。御殿女中たちは、「誇り」、「自尊心」を持ちながら、主人に献身的に仕えた。お常の自尊心は、以上のような御殿女中の社会的地位に起因しているのである。

御殿女中の職務は多岐に及ぶが、お常の「お江戸のお邸では女子でも御主人を旦那様つて云ふ」という言葉から、お常は姫君に仕えて身の周りの世話をしていたと想像される。お常は、かつて自分が仕えていた姫君と同様にかやを扱う。「お嬢様だのとよく呼んで」、お爺さんに「町百姓の子に、お嬢様たあ勿体すぎる」と「苦り切つて」言われても、陰では呼び続けた。また、姫君の入浴の世話をするのは、姫君に仕える御殿女中の重要な役目であったのだが、お常はかやの入浴にも心を尽くす。

「婆やさんの長湯にも呆れるなあ、やあ垢擦りだ、やあ糠だのつて。」と云つて口を尖らした。

「そりやあ、お譲様あ、磨かなきあなんねえものよ。」

婆やは斯う答え乍ら、洗ひ立てたかやの体を、磨き済ました球の様に大切相に抱いて（後略）

かやの体を「洗い立て」、「磨き済ました球の様に大切相」に抱く様子からは前節で指摘したお常の〈乳母〉としての慈しみとともに、かつて御殿女中であった自尊心が窺える。

お常のかやに対する姫君扱いは、かやに化粧を施すことに端的に表れている。「毎夜〳〵の化粧」は、お爺さんに「よせや、役にもたたねえじゃねえか」と非難されるように、本来、幼い子供には不要のものである。しかし、それはお常にとっても、かやにとっても重要な行為であった。風呂上り、お常は、「ぼてぼてした粉な白粉」を水とともに「指で掬つて溶いて」、「するするとかやの襟元から塗り始め」、「後ろ首に白粉をのばす」。当時、首に白粉を塗るということは一般的ではない。しかし、お常が御殿女中をしていた江戸時代末期には、「胸から首筋までを白粉刷毛ではく風習[23]」があった。襟を美しく見せるための襟白粉も流行しており、襟白粉をつけてから、顔の化粧に取り掛かっていたのだ。お常は、かつて御殿女中として仕えていた姫君に湯化粧をしていた通りに、かやにも襟白粉を施したのであろう。

当時、ちょうど白粉が世間の注目を集めていた。明治二〇年代頃に白粉の慢性鉛中毒が問題視され始め[24]、一八九九（明三二）年一〇月発行の『婦人衛生雑誌』の記事「再び白粉の毒に就いて」には、「鉛毒の恐るべきことは皆様も御承知のことでありましやうが」、「白粉の毒即ち恐るべきことを説かんに凡そ白粉の中に有ります毒は鉛が最も多く這入つて居る」とある。一九〇〇（明三三）年頃から国産の無鉛白粉が出回り始めたが、「無鉛おしろいの品種はまだたいへん少なかった[25]」。お常がかやに塗っていた白粉の容れられた「薄い包み」には、「白ぼたん」という文字が書かれているが、一九〇六（明三九）年の時点で無鉛白粉とされた「井手発売の白ゆり。胡蝶園発売の御園の雪、御園の月。東京京橋区出雲町資生堂発売のはなケラシン及びかへでエオフィリン。大和屋小兵衛の水晶おしろい[26]」には名前が挙がっていない。「白牡丹」という名の白粉は、江戸時代に既にその名を見ることができる。一八〇五（文化二）年に発行された山東京伝『玉屋景物伝』に「白牡丹と申す白粉」とある。これは、一包、一二四文し、「舞台香の二十四文に比してもかなり高価[27]」なものであり、お常の仕えていた姫君も使用していた可能性が高い。お常が世間で騒がれている白粉の鉛中毒について知らなかったとは考えにくいので、お常はあえて無鉛ではない、かつて自分の仕えていた姫君と同種類の白粉をかやに施していたということになる。つまり、お常は、当時の科学的及び医学的な知識よりも、御殿女中であった頃の経験を信じ、自らの誇りや自尊心も優先させていたということが窺われる。さらに、お常は、「かやの眼元に薄く紅までさす」。これも、江戸末期に流行していた化粧法である。式亭三馬『浮世風呂』（一八〇九）には、「目のふちへ紅を付け置て、その上に白粉をするから目のふちが薄赤くなつて、少しほろ酔といふ顔色に見へる」とある。お常は、完全にかやを御殿女中当時に仕えていた姫君に重ね合わせているのだ。以上からは、お常が「二十年近くも」奉公してきたことを誇りとし、かやの「守り役」を務めるにあたっても、その誇りを糧としていたことが分かる。白粉は、お常のかつて御殿女中をしていた誇りを象徴するものと言えるが、かやにとっては、「なつかしい」、「快い」という居心地の良さを導き出すものであった。

婆やの手がかゝやの顔を撫でる頃にはかやはもうなつかしい、快いおしろいの香ひに酔はされてうと〳〵なつてしまつて居る。

お常の揺ぎ無い自信の象徴、白粉。かやは、それによって擬似家族ゆえに強いられる緊張感から解き放たれているのだ。白粉を塗る行為によって、お常は誇りを確認し、かやは心身の緊張を弛め、ゆったりとした気分に浸ることができた。前節にて、かやがお常によって「安心」を得ていたことを検証したが、それにはお常の仕事に対する誇りが関係していると捉えたい。かやは、お常の自信に満ちた堂々とした仕事ぶりを肌で感じ、安心して身を委ねていたのではないだろうか。

お常の自尊心は、御殿女中の経験に起因しているとともに、当時の「下女払底」現象が関係していたと考えられる。一八九六（明二九）年の雑誌記事には「近年下女払底の声をきくと多く」、「其原因は全く女工需要の増加にあり」[28]と記されている。当時は、日清戦争直後にあたり、工場が多く設立された。それに伴い、女工が必要とされたのだ。多くの女子が女工として就職し、下女の不足が問題となった。下女は、家婢とも称されるが、主婦の手伝いをする使用人のことを指し、飯炊女、小間使い、お針子、子守、そして乳母も含まれる。この下女の不足は、年々深刻になった。一九〇〇（明三三）年には、「更に甚だしく一人の家婢を求めむにも余程の困難を感ぜざるを得ざるほどなりき」[29]という状況で、下女の「給料も随つて貴く」[30]なった。さらに、あまりの下女不足のために、「下女養成の事業は、今や斯の如く緊要に、斯の如く適当の事業たり」[31]とされ、「家婢養成所成立」までがさかんに叫ばれるようになったのだ。完全に需要が供給を上回る状態で、下女はひく手数多であった。そのような時代背景にあって、〈乳母〉であったお常は当然優遇されたであろう。望まれる環境において職務に従事していたことにより、お常の自尊心はより確固たるものになったに違いない。

テクスト中には、お常以外にも、活き活きと仕事に従事する人々の姿が点描されている。お爺さんとお媼さんを乗せて行く人力車の車夫は、「村にはまだ一台しか無い」人力車を「つや〳〵」に磨き、車の前掛けの毛布を「きちんと」畳んで、「きり〳〵」とした紺股引と紺足袋を身に着けていた。稀少な仕事に従事する誇りから、車夫の仕事ぶりは「はき〳〵」した爽やかなもので、彼の人力車は、「何か尊いもの」の様に見えたのだった。その人力車に群がる近所の子守たちも、背中に赤ん坊を背負いながら、「きやつと笑」い、明るい仕事ぶりだ。かやの家の使用人、下女のおすめの炊事や風呂焚きの「馴れた手付き」や、下男の吉蔵の雑木を「白い息を悠々と吐き乍ら」、「克明に仕末」する様子からも快活な仕事ぶりが窺われる。孤独なかやは、汗水垂らしながら労働に励む人々に囲まれて生活していた。幼いかやの目に映っていたのは、自らの仕事を誇りとし、活き活きと働く人々の生き様であった。その最たる人物こそが、かやの一番身近にいて、最も影響を与えたはずの〈乳母〉お常である。

お常は、女性の仕事は下働きが主であった江戸時代に、庶民の羨望の的であった御殿女中として働いていた。さらにお常の人生を追っていくと、「四十近くになつて」御殿女中を引退した後も「若い夫」とともに「古道具屋を営んでいた」とある。結婚をした後も、お常は、働き続けていた。「夫に死なれてからも」、「子を生むだことの無い」お常は、すぐにかやの〈乳母〉となった。お常の労働は常に生きるための必然であった。世間的に見れば、子供に養ってもらうような年齢になっても尚、生きるために働かざるを得なかったお常は、惨めで哀れな老女であろう。しかし、お常は、「六十に近い」年齢になっても、日清戦争後の下女不足で下女が優遇される気運の中、〈乳母〉として誇り高く働いている。

> 高ぶつたとか勿体ぶつたとか云ふ悪評のなかから、不思議な程かやを大切にすることばかりを婆や（お常——引用者注）はたつた一つ取り立ててひとから褒められて居た。

誇り高き〈乳母〉のお常は、周囲から「高ぶつたとか勿体ぶつた」と悪評判を立てられている。しかし、「かやを大切にする」というお常の〈乳母〉としての仕事ぶりは、お常に好意的でない人々からも「たつた一つ取り立てて」「褒められ」るものだったのだ。

かやの目に映し出されたのは、江戸から明治と時代を越えて、常に自己の仕事に誇りを持ち、活き活きと働くお常の姿であった。自信に満ち溢れ、みなぎるエネルギーで輝くその生き様は、かやの「生立」において鮮烈な印象を刻み付けたはずだ。

3　お常の「艶」

仕事に誇りを持ち、活き活きと働き、かやに「安心」を与えるお常は、理想の〈乳母〉と言える。しかし、かやは、お常の〈乳母〉のイメージとは異なる側面にも視線を注いでいる。

お常が、初めてテクストに登場する場面に既にその暗示がなされている。孤独に涙ぐむかやを見つけたお常は、両手を広げ抱き締める、かやの孤独を慰め、温かく包み込むお常は、母親的で、まさしく理想の〈乳母〉なわけだが、実は直前には以下のような描写がなされている。

「かあ――。」

と一羽の大鴉が鳴くと、あちからも、こちからも、ぽち、ぽち、とした積藁のかげから、くろ〲とした翼を豊に張つた無数の鴉が、次から次へと飛び立ち始めた。

「おや、見つけた、見つけた、こんな処に居なさつたか、おかやちやん。」

お常は鴉とともに登場するのだが、鴉は、古来より「人の死や火災など異常事の前兆を告げる[32]」、「神託者、使者、告げ口屋、占いを表すが、いずれの場合も不吉な内容」、「悪魔と関連する[33]」と考えられている。登場の時点で既に、鴉に象徴されるような不吉なイメージが、お常の母親的な〈乳母〉像に影を落としていると捉えられよう。

かやはお常との初対面についても克明に記憶している。お常を初めて見た時、「云ふに云はれず異様な感じを受けた」。お常は、かやに笑顔を向け、そこには、「上品な愛嬌」が溢れていた。これは〈乳母〉規範に合致するものであろう。しかし、お常が笑顔を崩した瞬間、かやは、お常の顔に変化を認めている。お常の顔は、「別の顔の様に変わつて見えた」のだった。かやの目に映ったお常の「別の顔」とは、「薄黒い皺のまま」「大きな眼球の上に高まつ」た「上目瞼」、「鼻頭と頬骨との間の眼下の筋肉の著しいたるみ」、「左の眼の下」の「隈の中」にある「色の濃い大きなほくろ」が醸し出す「陰惨」で「険悪」な顔である。しかし、その「陰惨」で「険悪」な顔は、かやに別の印象も与えた。

　むつつりと延びた形の宜しい鼻が、丸顔の筋肉や皮膚の皺を程よく調節して、小さく結んだ唇にはまだ若い女の様な、艶を持つて居た。

お常は、「まだ髪も黒く、丈も女としては高い方だし歯もよく揃つて居た」。お常の容貌は「六十に近い」という年齢に反し、非常に若々しい。加えて、その若さは、「艶」を漂わせていた。テクストでは、しきりにお常の身体の描写がなされている。「盛り上がった様な肉附きの宜い腰」、「丸いすべ〳〵した膝」などで、いずれも「艶」を彷彿とさせる。特に風呂上りにはそれが際立つ。「てらてらした湯上りの顔中の皮膚」は、「艶」を帯びて、「ランプの光を受け」、輝いていた。さらに、お常の乳房が描写される。かやは、眼前のお常の乳房に釘付けとなった。

　かやの眼の前には向き合つて居る婆やの細長く垂れた、二つの乳房がふら〳〵とゆれて居た。子を生むだことの無いといふ乳母の乳房の先きは、赤くて、小さくて、お湯の雫がぽたりぽたりと滴つて居る。

吉本隆明が、この描写について、「生命の量(34)」と読み解いている。吉本の指摘は、母親の代替としての理想の

〈乳母〉像から連想される「乳房」のイメージに近いと考えられる。しかし、「子を生むだことの無いといふ乳房」、「お湯の雫がぼたりぼたりと滴つて居る」「赤くて、小さ」い「乳房の先」からは、母親的〈乳母〉の「乳房」と言うよりも、むしろ、それとは対極の「艶」を読み取ることができるのではないだろうか。女性の「乳房」は、「人間本性の尊厳と獣性の両方を表すイコン[35]」とされるように、授乳を行う機能としての母性的な側面とともに、セックスシンボルとしてのエロティクな側面もある。ここで示されるお常の「乳房」は、後者のイメージであろう。

お常から滲み出る「艶」に対し、かやは以下のように感じた。

> かやは斯んな綺麗な気味の悪い様な婆やに附き添はれるのが、うれしい様な、少し恐い様な気がした。

かやは、お常の「艶」を、「綺麗」に思い「うれしい」とする反面、「気味の悪い」、そして、「少し恐い」とした。「艶」は、〈乳母〉規範に相反するものである。かやは、〈乳母〉規範から逸脱するお常の「艶」に魅力を感じながらも、その違和感に危機意識を抱いているのだ。

お常の〈乳母〉規範からの逸脱である「艶」は、その「若い女の様な」容貌や肢体、醸し出す雰囲気の問題だけではなかった。お常には、恋人がいた。かやは、下男の吉蔵に「おかやちやん、お宮（鎮守の森）へ行つたら、ようく、婆やを見張らねえじやいけませんぜよ」と言われる。かやにこの様なことを吹き込むのは、吉蔵だけではない。下女のおすめからも「神主の藤さんと婆やさんがなあ」などとよく聞いていた。お常は、神主の藤と恋愛関係にあり、鎮守の森で逢瀬を重ねている様子なのである。母親的〈乳母〉が、神聖な職業である神主と恋愛をしていることは、卑猥であり、当然ながら世間からは断罪の対象とされる。五、六歳の「稚い」かやにとって、恋とは、「何か思ひ当たることのあるやうな、何だかさつぱり分からぬ様な」ものであったが、吉蔵やおすめの口振りから、それが非難に値するものなのだということは漠然と感じ取っていた。

婆やにかすかな反感が起こると同時に、皆の口からかばつてやり度い様な妙な感情が湧くのであつた。

かやは、お常の恋に関して「反感」とともにお常を擁護したいという想いを抱いている。これは、かやがお常の「艶」に恐怖と魅力の両方を感じていたことと呼応するだろう。

「艶」な印象を与え、神職の男と恋をするお常は、既存の〈乳母〉像を打ち破るものである。文学作品における〈乳母〉表象を確認してみたい。テクスト発表の同年にあたる一九一九（大八）年の五月に出された与謝野晶子の童話『行つて参ります』（天佑社）では、乳母のお大が主人公を支える重要人物として描かれている。お大は「ぶくぶくとよく肥つた」、「力の強い」、「にこにこと」屈託なく笑う気の良い乳母である。真山青果『乳母』（初出『新潮』一九〇八（明四一）・八）で描かれる乳母も「痘痕があつて黄色い顔が大きい」、「男のやうになりふりなぞは一向関はず、何時もへたツた汗臭い着物を袖長く」着ていて、「親切もので気も優しいが、些いとの事にも逆腹を立てる」性格である。時代は隔たるが、太宰治は自らの乳母たけについて『津軽』（小山書店　一九四四（昭一九）・一一）で、「強くて不遠慮な愛情のあらはし方」で接する「いきではないが」、「気位」、「強い雰囲気を持つてゐる」人物として描いている。以上を概観すると、いずれの〈乳母〉からも「艶」を読み取ることはできない。

ところで、「艶」や卑猥さという特徴は、お常一人に限ったことではなかった。お常の噂話をしていた当の下女のおすめと下男の吉蔵も恋愛関係にあったのだ。お常は、おすめを「にや〱しながらからかふ」。また自分の恋を非難する吉蔵に「ひとのことかよ、おめえさんこそ」と仕返す。おすめと吉蔵の使用人同士の恋愛は、日の下に晒されることはなく、秘密裡に行われており、猥雑さが漂う。さらに、血の繋がった姉弟であるお爺さんとお嫗さんの関係も、「これ（と云つて小指を出して）が居ねえでまたしばらく、これ（と云つて親指を出して）がよけい怒鳴るべな」と「小声で」、「薄笑ひ」を浮かべながら噂されている。使用人たちの間では、二人の関係は清廉ではないと思われている様子だ。かやは大人たちの卑猥さの渦中にあったと捉えることができよう。

卑猥な大人たちの中でも、とりわけお常の「艶」が、非難され、「気味の悪い」、異様な印象を与えることには、母親的な〈乳母〉規範から逸脱していることに加え、「六十に近い」という年齢が深く関係している。当時の女性の平均寿命は、四四・八五歳[36]であり、お常の年齢は、かなりの高齢と言える。当時、『女鑑』に三輪田真佐子の評論『婦人の早衰』が九回に亘り連載された。三輪田は、まず「婦人にして身体早衰せんか[37]」を懸念する。三輪田は、当代の女の生涯を「二十才までは教育を受け、三十才前後は育児を事とし、これより、早衰して、遊惰に年月を送るとせんか」とし、「早衰のため、耳も聞えず、目も見えずして、本意ならずも、人事に遠かり、世外の人となるは、徒らに世に寄食する観ある[38]」と批判している。そして、精神面についても「女子は、精神上著しく早衰に傾く兆あり[39]」と憂えている。アリス・ベーコン『明治日本の女たち[40]』でも、身体的に、「日本の女性は早く老ける。三五歳にもなれば、普通、みずみずしい顔の色つやは完全に消えてしまう」、精神的にも「人生の終わりを静かに待つようになる」と指摘される。当時、一般的には、お常の年齢の老女は、心身ともに衰え、「世外の人」と看做されていたということが窺える。「若い女の様」に「艶」やかであったり、まして恋をしているなどは、相当の異端である。そして、お常は、おすめに「てらてら、するほど洒落るぢやねえかな」と批判されているのだが、「婦人の風、漸、華奢に流れ、衣服をはれやかにし」「年老いたる人々は、こをうれたみて」、「ながきをす[41]」ということは多々あれど、老人の方が「てらてら」「洒落る」ことは稀有であろう。お常は、〈乳母〉規範から外れていただけでなく、老女の規範からも外れていたのだ。

かやは、お常の〈乳母〉規範、老女規範から逸脱する「艶」に魅力を感じていたのだが、お常の「艶」がかやに与えた影響とは一体何だったのだろうか。

お常以外にも「かやの稚い心」を慰めるものがあった。「甚三の笛」である。かやは、近くの村落から毎夜聴こえてくる笛の音が「大好き」で、「毎晩〳〵」「熱心に」耳を傾けていた。かやは、甚三の笛の音を聞くと「なつかしいものに巡り会つた様な、恥かしいものの正体を強ひられる様な感情がむら〳〵と起つて来る」。かやは、これまで見てきたように「うれしい様な、少し恐い様な」、「かすかな反感が起こると同時に、皆の口からかばつてやり度い様な妙な感情」、「何か思ひ当たることのあるやうな、何だかさつぱり分からぬ様な」、常に相反する感情を抱え、どちらとも定まらないでいる。これは、「稚い心」でありながら、お常を筆頭とする周囲の大人たちを観察することで「事情を幼い心にも大方は判断し得る様になつて来た」というかや特有のものではないだろうか。この「稚い心」と少女の心の間で揺れ動く現象は、「甚左の笛」に対しても同様であり、「なつかしい」と「恥かしい」という感情が同時に湧き上がっている。

ある日、かやは甚三との対面を果たす。甚三がかやの家を訪れた。お常は、甚三を見ると、例の「艶」を漂わせながら、「急に愛想笑ひをつくつて近寄つた」。お常は、かやに甚三を紹介し、黙って俯くかやの「顔をのぞき込ん」で、「あんた、甚三さんに、見惚れて居なはるな」とからかった。それを聞いた甚三は、「笑ひを、につと現はした」のだ。その瞬間、かやの「稚い心」に急激な変化が生じた。

> 強く鋭く甚三の凡ての印象が、稚いかやの胸へ、ぐつと突き入つてしまつたのである。かやは矢庭に、母屋の方へ、一目散に駆け出した。

「あたふた追ひ掛けて」きたお常が目にしたものは、「うつぶせにして居た」かやの姿だった。お常に抱き起こされたかやの「そむけたままの横顔は真赤に染まつて、縁板には三四滴の涙の痕がついて」いた。尋常ではないかやの様子から全てを察したお常は、「あんた、恥かしかつたんですか、え? ほんとうに、え?」と「念を押した」後に、「早熟いなあ、あんたは、ほんとうに早熟い」と「沁み沁みした様に、独語した」のである。

テクスト末尾で描かれるのは、かやの初恋である。かやは、これまで恋に対して「何か思ひ当たることのあるやうな、何だかさつぱり分からぬ様な」という思いを抱いており、甚三の笛に対しても「なつかしい」という気持ちが大部分を占めていた。それは、両親と離れ離れの擬似家族の中で、孤独を感じている「稚い心」を慰めてくれるものであった。しかし、甚三の笑みに触れたことで、「稚い心」に恋の感情が芽生えたのである。そして、このかやの「早熟」な恋を導き出したものこそが、お常の「艶」ではないだろうか。お常は図らずも、平安期の〈乳母〉の恋の心を教える、恋の仲立ちとなるという重要な役割を果たしたのである。かやは、「なつかしい」「稚い心」とともに、「恥かしいもの」という恋の萌芽を「稚い心」の底に潜めていた。これは、大人たちの卑猥さの渦中にあったという環境、さらには最も身近な存在であった〈乳母〉のお常が「艶」を漂わせていたことの影響が大きいだろう。かやは、他の人々同様に、お常の「艶」に、「気味の悪い」、「恐い」、そして「反感」の感情を抱いていたが、他の人々とは異なりお常の「艶」に惹かれており、社会の糾弾から「かばつてやり度い」と思っていたのだ。初恋は、言わば、「稚い心」からの脱却である。かやの幼児から少女への成長を促したのは、お常の「艶」であったと捉えたい。

おわりに

実の両親は不在であり、擬似家族の中で孤独に苛まれている「幼い」かやの傍に常に寄り添い、母親のように包み込んでいた〈乳母〉お常は、〈乳母〉としての役割を十分果たし、かやに「安心」を与えていた。しかし、かやの眼差しによって、お常の〈乳母〉規範から逸脱する「艶」も顕在化する。かやはこの〈乳母〉の「艶」に促されるかのように恋を知り、「稚い心」から少女へと、境界を越えるのである。ただし、かやがお常の「艶」に魅了され、「うれしい」、「かばつてやり度い」としたのは、お常が単に卑猥であったからではない。かやの周囲の大人たちは、卑猥でもあったが、自らの仕事に誇りを持ち、ひたむきに立ち働く人々でもあった。とりわけ〈乳母〉お常は、「十五の年」から、常に働き続け、自尊心を抱き誰にも依存することなく自分の力で生きてきた。そして、現在「六十近い年」に至っても〈乳母〉という仕事に誇りを持ち、活き活きと働いている。誇り高き〈乳母〉お常は、江戸から明治と時代を越え、〈乳母〉という職業や老女という年齢の持つ枠組みを軽々と越えていく。かやの「生立」において、両義的〈乳母〉の越境する様は、生彩を放ったはずだ。幻影のような擬似家族の下、かやの目に一際輝いて映ったのは、仕事を誇りとし、現実に根差し、何ものにも捕われずに精力的に生きるお常の姿だったのではないだろうか。自らの生を、果てしなく追い求めていく女の姿は、かの子文学の最高傑作とされる『老妓抄』（初出『中央公論』一九三八・一一）をはじめ[42]、後の作品に引き継がれていくものであり、第一作目の小説である本テクストにおいて、既にそれが表れていることを指摘しておきたい。

本テクストにおいて、〈乳母〉は、母親の代替として一枚岩で捉えられるのではなく、両義性を持つ一人の女として表象されている。お常の両義性には、〈乳母〉という役割だけでは満たされることのない生身の女の生の実相が浮き彫りにされる。

注

（1）岡本かの子「歌と小説と宗教と」（『文芸通信』一九三六・八）

（2）久威智『岡本かの子研究ノート』（菁柿堂　一九九三・八）
（3）文壇デビュー作『鶴は病みき』（初出『文学界』一九三六・六）が小説第一作であるかの様に看做されてきた。
（4）『岡本かの子全集』第一巻（筑摩書房　一九九四・一）
（5）漆田は、この気分が「夫一平、愛人茂雄との抜差しならない悲喜劇――「魔の時代」を呼び寄せもした」と指摘する。
（6）『日本国語大辞典』第二巻（小学館　一九七九・二）
（7）かの子の実人生とほぼ重なる。ただし、両親との別居の理由は、テクストに描かれている父の病気療養ではなく、腺病質なかの子に都会の空気が悪影響とされてのことであった。
（8）「解説　ジャンルの模索の果てに」（『岡本かの子全集』第一巻　筑摩書房　一九九四・一）
（9）日本の民話の会『日本の民話事典』（講談社　二〇〇二・一〇）
（10）アトド・フリース『イメージ・シンボル事典』（大修館書店　一九八四・三）
（11）かの子は「アンケート　最も楽しかった・悲しかった幼時の思い出」（初出『婦人画報』一九一八・九）で、「愛犬「クマ」が「犬殺し」という獰猛なる男達に襲われし時の事。」と記している。
（12）かの子の実人生においても乳母の存在があった。かの子は、同居していた乳母のつるから「音楽舞踊などの稽古を授かる」（「自筆年譜」（初出『現代短歌全集』一七、改造社　一九二九・一二））、「源氏物語や古今集とかを教はる」、「漢学塾に入れ」られ、とにかく「早教育がひどすぎた」（『わが娘時代』（『池に向ひて』古今書院　一九四〇・一二））と記している。テクストのお常においては、この乳母の教育熱心ぶりは完全に捨象されている。
（13）立川昭二『いのちの文化史』（新潮社　二〇〇〇・二）
（14）田端泰子『乳母の力　歴史を支えた女たち』（吉川弘文館　二〇〇五・八）、今野信雄『江戸　子育て事情』（築地書館　一九八八・一〇）、吉海直人『平安期の乳母達』（世界思想社　一九九五・九）を参照した。
（15）今野信雄『江戸　子育て事情』（築地書館　一九八八・九）

(16) 注(8)に同じ。
(17) 注(8)に同じ。
(18) 西岡まさ子『江戸の女ばなし』(河出書房新社　一九九三・六)
(19) 堀和久『江戸風流女ばなし』(講談社　二〇〇〇・五)
(20) 三田村鳶魚『御殿女中』(青蛙房　一九七四・六)
(21) 注(20)に同じ。
(22) 注(20)に同じ。
(23) 原田伴彦他『絵で見る　江戸の女たち』(柏書房　二〇〇六・一)
(24) 明治二〇年四月に歌舞伎役者の中村福助が公演中に鉛中毒で倒れる事件が起こった。歌舞伎役者に慢性鉛中毒に似た症状の者が多く、毎日使用する白粉が原因だと言われていた。
(25) 高橋雅夫『化粧ものがたり　赤・白・黒の世界』(雄山閣　一九九七・五)
(26) 『風俗画報』(一九〇六・六)
(27) 渡辺信一郎『江戸の化粧』(平凡社　二〇〇二・六)
(28) 『女鑑』(一八九六・一二)
(29) 『女鑑』(一九〇〇・一二)
(30) 注(29)に同じ。
(31) 『女学雑誌』(一八八九・四)
(32) 注(9)に同じ。
(33) 注(10)に同じ。
(34) 「岡本かの子——華麗なる文学世界」(『マリ・クレール』一九八九・八)
(35) ロンダ・シー・ビンガー『女性を弄ぶ博物学　リンネはなぜ乳房にこだわったのか?』(工作舎　一九九六・一〇)

(36) 厚生労働省大臣官房統計情報部『平成一八年　生命表』(財団法人厚生統計協会　二〇〇七・一一)
(37)「婦人の早衰(一)」(『女鑑』一九〇一・三)
(38)「婦人の早衰(二)」(『女鑑』一九〇一・四)
(39)「婦人の早衰(六)」(『女鑑』一九〇一・五)
(40) 矢口祐人・砂田恵理加共訳　みすず書房　二〇〇三・九
(41)「老人のなげき」(『女鑑』一八九八・九)
(42) 詳しくは、第五部第二章「『老妓抄』――芸者が舞台を降りるとき――」を参照されたい。

付記　「かや」の傍点は本文ママである。

第二章　『老妓抄』――芸者が舞台を降りるとき――

はじめに

『老妓抄』（初出『中央公論』一九三八・一一）は、老妓が発明家を志す若い青年柚木を物心両面で援助する物語で、発表当時より大きな反響を呼び、「忘れがたい感銘を受けた」[1]（武田麟太郎）、「名短編」[2]（川端康成）と絶賛され、かの子文学の頂点とみなされた。現在に至っても、かの子の代表作、最高傑作とされ、研究もさかんになされている。しかし、戦後すぐに出された、老妓の姿を「女の妖しい呻き、逞しく貪婪な性の憂い」とし、テクストを「男を飼う小説」「若い男の命を吸う小説」[3]と定めた亀井勝一郎の読みが長きに亘って強い影響力をもってきた。柚木を「人間性を無視され、得体の知れない化物のようなものに取り憑かれる」存在、老妓を「哀れな不気味な存在」[4]としたり（平野睦子）、「「充たす」ことのみに目を凝らす不気味な美しさが存する」「生命的な輝きに満ち、知性的な厚みを与えるかのエゲリアの姿」[5]（熊坂敦子）、「柚木は老妓の「魔性」の餌食」、「「グレート・マザー」の化身」[6]（吉川豊子）、「童女性、母性を解かし込んだ魔性を持ち、一途な生命への希求のために他者の生気を奪う、〈水の精〉」[7]（神田由美子）など、老妓の異形性、妄執性、神秘性が強調されて論じられる傾向にあった。

近年になり、老妓と柚木の関係性を読み解く上で、老妓の芸者であるという特質に焦点が当てられるようになり、「老妓は、それまでの芸者としての自らの位置を反転するかのように、柚木の経済的パトロンになった」[8]（菅聡子）という指摘や、「男たちに飼われながら小金を溜め、その金で若い男の未来への意欲を飼おうとする老妓」に「家父長制社会に生きる女性の一つの限界」[9]（高良留美子）をみるという読みや、テクストを「家父長制度の家庭の中の女＝素人の女には持ち得なかったパッションのある晩年を玄人の女だからこそ実現していく物語」[10]（水田宗子）とする読みが出てきた。しかし、老妓の過去についての検討はいまだ十分とは言えない。題名『老妓抄』の「抄」とは、抄物つまり聞き書きの意と考えられる。物語は老妓と柚木の関係を軸に展開されていくが、随所で老妓によって過去の挿話が語られ、これまでの生涯に対する感慨が洩らされる。題名を「老妓が語ったこと」と捉えるならば、老境に至った現在だけでなく、過去も含めた老妓の全生涯がテクストの主題ということになる。

本論では、テクストに差し挟まれる老妓の昔語りに着目し、芸者として生きてきた老妓の人生を検証することで、老境に至ったその心境や行動の意味について明らかにすることを目的とする。

1 籠の鳥

老妓の年齢は明らかにされないが、「作者は一年ほどこの母ほども年上の老女の技能を試みた」とある。作品内時間の一九三三（昭八）年[11]には作者かの子は四四歳で、仮にかの子の母アイが存命であれば六八歳なので、老妓は六五歳前後ということが推察される。「新喜楽のまへの女将の生きてゐた時分に」、「機知と飛躍に飛んだ会話が展開された」とあり、長年の好敵手の女将が既に亡くなっている点からも老妓が晩年に差し掛かっていることは推測でき、「素直に死に度いと思ふ」という発言からは老妓自身が「死」を意識していることが分かる。老妓の昔語りは人生の終焉を悟った女が自らの生涯を昇華させていく試みであろう。

老妓は相手の若い芸者たちに「姐さん、頼むからもう止してよ。この上笑はせられたら死んでしまふ」と言わせる程、自らの芸者人生を滑稽に語る。しかし、陽気な話しぶりは「サーヴイス」に過ぎず、実際は「永年の辛苦で一通りの財産も出来」とあるように、決して愉快なものではなかった。老妓が柚木を援助する契機となったやり取りにもそれは表れている。「こんなつまらない仕事は、パッションが起こらない」という柚木の言葉は、老妓の琴線に触れる。「ふと、老妓に自分の生涯に憐みの心が起つた。パッションとやらが起らずに、ほとんど生涯勤めてきた座敷の数々、相手の数々が思ひ泛べられた」。

柚木との邂逅が、「憐みの心」が湧き上がるほどの芸者人生の「辛苦」を呼び覚ました。老妓の記憶は、「幼年時代」に遡る。「小さいときから、打つたり叩かれたりして踊りで鍛えられた」と柚木に語る老妓は、「暗澹とした顔つきになつた」。「幼年時代の苦労を思ひ起し」たからである。テクストで語られる老妓の過去は断片的である。戦前の一般的な芸者の一生を補助線にしながら、老妓の芸者人生について考察していきたい(12)。そもそも芸者という職業は、老妓自身の意志によって選ばれたものではないと考えられる。概ね芸者の一生は一〇歳前後にまず芸者宿に身売りされるところから始まる。多くは養女としての証文を入れ、技芸をしこまれる。見番（芸妓の斡旋や料金に関する処理をする場所）の芸者学校に行く場合もあれば、先輩の芸妓に歌や踊りをならう場合もあるが、いずれにしても非常に厳しい稽古がなされ、三味線のばちや、物差しで叩かれ、体中が痣だらけになる。座敷に上がる前の少女たちは、技芸の訓練を積みながら、芸者宿の雑用をこなさなければならない。掃除や洗濯に加え、先輩芸者の三味線や着物運び等、次々と言いつけられる女将や先輩芸者の用事をこなし、息付く間もない。骨身を削って働くが当然収入はなく、心身ともに拘束される毎日である。当時を振り返った老妓が「暗澹とした顔つき」になったことも頷ける。

数年後、少女は雛妓（半玉）となり、座敷に出て、芸をし、お酌をする。玉代（芸娼妓をあげて遊ぶための金）は芸妓の半分である。かの子には自身をモデルにした女性歌人と雛妓との出会いと別れを描いた『雛妓』（初出『日本評論』一九三九・五）という作品がある。作中、女性歌人に家族の行方を尋ねられた雛妓が「奥さま、それをどうぞ聞かないでね。どうせお雛妓なんかは、なつたときから孤児なんですもの――」と答える場面がある。親に売られて、行き場のない少女は必死に座敷に上がるしかない。『雛妓』でも少女は「幼い商売女の顔」をしている。老妓は「座敷の客と先輩との間に交わされる露骨な話に笑ひ過ぎて畳の上に粗相をして仕舞ひ、座が立てなくなつて泣き出してしまつた」という思い出を語る。後には笑種かもしれないが、慣れない座敷で緊張を強いられた少女が、客や先輩芸者の前で粗相をしたことが涙の出るくらいの恥辱であったことは想像に難くない。ただし、『雛妓』においての少女が「あたし、まだ子供でせう。だから大概のことはみなさんから大目に見て戴けるらしい気がしますのよ」と語るように、芸者の世界が苦界であるという真の意味が分かるのは、芸妓になった後かもしれない。老妓も、雛妓だった頃を「何も知らない雛妓時代」としている。「何も知らない」というレトリックは意味深長である。

平均して一四歳位で雛妓から芸妓になり一本立ちする。一本立ちするときは、踊りと三味線の師匠、芸者宿の女将、先輩の芸妓、組合長、警察と見番が立ち合っての試験がある。一本立ちした後に間もなく、水揚げ（初めて客をとる）が行われ、旦那（芸者の金銭上の面倒をみる客）が付く場合がほとんどである。老妓にも特定の旦那が付いている。「囲ひもの時代に、情人と逃げ出して、旦那におふくろを人質にとられた」、「向島の寮に囲はれてゐた時分、旦那がとても嫉妬家でね、この界隈から外へは決して出して呉れない」と語られるように、芸妓は、その名称通り、旦那に「囲はれて」身動きが取れなくなる。老妓は旦那を「身の毛のよだつやうな男」と言う。しかし、金銭取得を目的とする芸者が、相手の男を選別することはできない。どんなに卑劣な男であっても、いかに嫌厭の情を催しても、媚を売り、絶対的存在である旦那に仕えなければならない。それが芸者の仕事なのである。さらに、一本立ちし、旦那が付いた後も、芸者が芸者宿から解放されるわけではない。先に述べたように、最初に芸者が売られた際に、芸者宿は親などに身代金（年季）を支払う。芸者たちは、一本立ちした後に、その借金を返済しなければならない。返済期間の相場は十年で、その間は「丸抱え」と呼ばれ、衣食住は芸者宿もちだが、どんなに稼いでも玉代や祝儀などの収入の一切が芸者宿に入る仕組みになっている。年季が明けた後も、大抵の芸者は「看板借り」となる。「看板」とは、芸者宿の屋号のことで、「看板借り」の芸者は、看板料という毎月決められた籍料と食費を芸者宿に支払い、残りの収入を自分のものとする。明治以降、芸者は「看板」なしには商売をすることはできなかったからだ。

老妓は物心付いた時から苦界に身を置き、金銭の呪縛から逃れられない、自由を奪われた籠の鳥として生きてきたのである。「辛苦」と「悲しみ」の絶えない半生であったと言えよう。

芸者の顛末ついての資料はほとんどないのだが、芸者の理想とした将来に二つの道があったことは知られている。一つは、金持ちの旦那に身請け（落籍）されることである。前借金に縛られている身である芸者は、旦那が高額の身請け金を支払うことではじめて芸者宿から解放される。もう一つは、自己が芸者を抱えて芸者宿を経営する「看板ぬし」となる道である。「抱妓の二人三人も置くやうな看板ぬしになつ」た老妓は、芸者の世界での理想的な出世を遂げたことになる。経営の「内実の苦しみは、五円の現金を借りるために、横浜往復十二円の月末払ひの車に乗つて行つた」程の火の車だったが、老妓は身請けの道を選ばなかった。「嫉妬家」の旦那からの身請け話は当然あったと予想される。老妓が身請けされずに「看板ぬし」となったのは、自由を求めたからではないか。身請けされた芸者は、ほとんどの場合は旦那の妾となる。座敷に上がらないで済むようになるだけで、旦那の囲われの身であることに変わりはない。老妓は、籠の鳥で一生を終えることを拒んだのである。

2　新しい生き方

「看板ぬし」となっても相変わらず金銭に縛られる日々であったが、「十年ほど前」、ようやく「永年の辛苦で一通りの財産も出来、座敷の勤めも自由な選択が許されるやうになつた」。芸者の「自由」は金銭でしか得られない。老妓は他者に依存することなく、自らの「辛苦」で築き上げた「財産」によって、「自由」を得たのである。先に述べたように、芸者になること自体も「自由な選択」ではなかった。籠の鳥の生活に終止符を打ち、ついに「自由」に人生を謳歌できる時がきたのだ。

「自由」を得た老妓がまず望んだのは「健康で常識的な生活」だった。手始めに住み家を改造し「芸者屋をしている表店と彼女の住つてゐる裏の蔵附の屋敷とは隔離」した。「健康で常識的な生活」とは、芸者稼業から一線を画す生活を指すようだ。若い芸者たち相手にする老妓の昔語りの締めくくりはいつも決まっている。「堅気さんの女は羨ましいねえ。親がきめて呉れる、生涯ひとりの男を持つて、何も迷わずに子供を儲けて、その子供の世話になつて死んで行く」。「堅気さんの女」のように生きたい、というのは芸者共通の希望だ。ところが、老妓の「堅気さんの女は羨ましい」という言葉を聞いた若い芸者たちは「姐さんの話もい、があとが人をくさらしていけない」とぼやく。『雛妓』において、無邪気な雛妓が「あたし今に堅気のお嫁さんになり度くなつたの。でも、こんなとしていて、真面目なお嫁さんになれるか知ら」と「生娘の様子」で訴える場面があるのだが、それを聞いた女性歌人は「まさか「そんなこともありません。よい相手を摑めて落籍して貰えば立派なお嫁さんになれます」とは言い切れなかつた」と、困惑する。芸者最高の終着点、落籍され、正妻として迎えられたとしても、「堅気さんの女」になれるわけではないのだ。柚木が「遊び女」、「散々あぶく銭を男たちから絞つて、好き放題なことをした商売女」というように、芸者に対する差別と偏見は根強い。芸者の女が「堅気さんの女」になるということは見果てぬ夢に過ぎないのだ。本人たちが一番よく分かっているので、若い芸者たちが不満を漏らしたのである。また芸者が「堅気」になることの困難は、社会的偏見によるものだけでない。老妓は芸者の世界から少しずつ退くに至り、装いも「目立たない洋髪に結び、市楽の着物を堅気風につけ」、「真昼の百貨店」をよく訪れる。老妓の望む「堅気さんの女」の日常のはずだが、その顔は「憂鬱」で、「真昼の寂しさ以外、何も意識してゐない」。芸者が突然、堅気の生活をしてみても、あくまでも「堅気風」である。「真昼」は芸者の活躍する時間ではない。場に馴染まぬいたたまれなさと満たされぬ思いに「憂鬱」と「寂しさ」を感ずる。「白いエナメルほど照りを持つ」「厚く白粉をつけ」る芸者の化粧が象徴するように、いくら「だんだん素人の素朴な気持ちに還らうとして」も、永年の生活で、骨の髄まで染み付いた芸者の習い性は容易に消えるものではない。

老妓が「いくらでも快活に喋舌り出す」のは、やはり「職業の場所」である。老妓の語る様子は「物の怪」が憑いたようだと表現される。芸者としての老妓は、客を喜ばせる役者になるのである。その技量は「相当な年輩の芸妓たちまで「話し振りを習はう」といつて客を捨てゝ」「周囲に集つた」というほど優れたものであり、作者に和歌を学ぶ際に、老妓が語った「芸者といふものは（中略）大概のことに間に合ふものだけは持つてゐなければならない。どうかその程度に教へて頂き度い。この頃は自分の年恰好から、自然上品向きのお客さんのお相手をすることが多くなつたから」という言葉からは、いつまでも努力を怠らない姿勢が窺われる。老年に至ってもなお客に望まれ、同業者から尊敬されるのは、老妓が芸者としての永年研鑽を積み重ねてきたことの証明である。

老妓には「支那の名優の梅蘭芳が帝国劇場に出演しに来たとき」、「「費用はいくらかかつても関ひませんから、一度のをりをつくつて欲しい」と頼み込ん」だという「逸話」がある。梅蘭芳は、美貌と美声が当代随一と言われた中国京劇の女方の俳優で、来日したのは、一九一九（大八）年と一九二四（大一三）年である。梅蘭芳も芸者の老妓同様に、芸を磨いて客を楽しませることでのみ生き残れる、華やかだが盛衰の激しい水商売の世界に生きている。成功の背後に血の滲む努力があったことは、同業者なら分かるだろう。くしくも梅蘭芳の半生は、老妓のそれと重なり合う。当時の中国において一般的に役者は最もいやしい職業とされ、娼婦同然に人間としての扱いを受けていなかった。八歳の時に入門した梅蘭芳は、過酷な稽古と客の接待、雑用に追われる幼年時代を送っている。舞台デビュー後も苦労が絶えなかったが、恥辱に耐えて努力を続け、ついに栄光を摑むのである。[13] 老妓が、梅蘭芳との接見を望んだのは、同業者として世界的頂点に君臨する人物に一目会い、何かを得たいという欲求からではないだろうか。老妓の行動は、芸者としての高い職業意識を示していると捉えたい。

しかし、芸者の道を極めようと永年精進してきた末に老妓は、テクスト冒頭に示された「平出園子といふのが老妓の本名だが、これは歌舞伎俳優の戸籍名のやうに当人の感じになずまない」という状態に陥っていた。虚飾の世界にどこまでも身を沈めてきた老妓は、「平出園子」としての生を失いつつあった。

老妓の「次から次へと、未知のものを貪り食つて行」く行為は、芸者でも堅気でもない「平出園子」としての生き方の模索ではないだろうか。まずは養女のみち子を「女学校に通わせ」た。『鮨』（初出『文芸』一九三九・一）においては「まはりに浸々と押し寄せて来る知識的な空気」を察知した両親が「自分は職人だつたからせめて娘は」、「とにかく教育だけはしておかなければ」と娘を女学校に入れる。[14] 知識を得て、教養を身に付けることによって、世界は広がる。幼い頃から芸者として生きてきた老妓は、教育を受ける機会に恵まれなかった。老妓はみち子を自分の知り尽くした狭い芸者の世界から「遮断し」、「女学校に通わせ」ることで、自身の未知の可能性を拓こうとしたのではないか。「稽古事が新時代的なものや知識的なものに移つ」た点や「改築して、電化装置にした」点も、新たな世界に対する興味によるものだろう。「電気装置をいぢるのを楽しみに」「毎朝こどものやうに早起」する老妓の「心は新鮮に慄へる」。先行研究において老妓の貪欲さは異常であるかのように読まれがちだが、老妓が籠の鳥として、職業のために自我を殺し、精一杯苦界を生き抜いてきたことを鑑みれば、当然の渇望であろう。しかも残された時間は限られている。老妓は、人生の終焉に至り、芸者でも堅気でもない、新しい生き方を渇望した。

3　「たつた一人の男」

老妓が生涯求め続けたものは「たつた一人の男」だった。老妓は、若い芸者たちに自己の芸者人生の「総てを語つたのちに」、「たつた一人の男を求めてゐるに過ぎない」と感慨を漏らしている。「切れつぱなしだけの惚れ合ひ方」ばかりをしたと後悔を語る老妓だが、囲い者時代に共に「逃げ出し」た「情人」は、どうなのか。老妓は「あたしはこの辺を散歩すると云つて寮を出るし、男はまた鯉釣りに化けて」「並木の陰に船を繋つて」「ランデヴウした」と、旦那に隠れて情人と逢引していた。芸者に恋は御法度と言われ、恋人と逃げようものなら、芸者宿は世間体が悪いのでその芸者を置くことはできず、芸者は花街から追放される。これまでに述べてきたように、幼い頃から苦労を重ね、芸者という職業に生涯を捧げてきたにも拘わらず、禁忌を犯した老妓には、芸者という職業を失う覚悟があったということになる。「心中の相談」をしているのだが、「ちよつと危かつた」というくらい鬼気迫る、「いつ死なうか逢ふ度に相談」するくらい本気の決意であった。話を聞いていた柚木も「思ひ詰めた男女を想像」している。「心中」を「やめよう」と言ったのは相手の方で、老妓にとっては全てを引きかえにした死をも厭わぬ恋だった。

芸者にとっての恋とは、新たな世界を拓く唯一の手段を意味すると捉えられる。妾となっても籠の鳥、看板主となれば芸者稼業に深く身を沈めることとなり、理想とする将来のいずれに転んでも結局は狭い世界で生きることになる。前借金に縛られた芸者が自力で逃げること自体が困難であるし、万が一逃げ切ったとしても、その後自力で生きていくことは不可能に近い。芸者の世界から抜け出すためには、恋人と逃げる道しかなく、その先には未知の広い世界が広がっているように感じられるのではないか。老妓の頭の中でも、「たつた一人の男」と新しい世界が結び付いていると考える。「たつた一人の男」について、「この先、見つかつて来る男かも知れない」とする老妓の目の前に突如現れたのが、柚木だった。老妓の心を「新鮮」にする電気装置の技師として登場し、「言葉仇」として自分の知らない新しい言葉を操り、発明によって何か新しいものを生み出そうとする、「颯爽とした若い」青年は、新しい世界への案内人にふさわしい。

柚木と老妓の関係性については、老妓の一方的な妄執と読まれる傾向が強かったが、近年になり疑似的な母子関係とする読みも示された[15]。本論では、老妓にとっての柚木は「たつた一人の男」であり、柚木にとっての老妓も性愛の対象だと考える。柚木は、みち子と「一度稲妻のやうに掠め合つた」と、性的関係を結んでいるが、その関係を「をかしかつた」として、さして重大なこととして捉えてはいない。それに比べて老妓との軽い身体的な接触の方に、よほど強い印象を抱いている。

柚木は老妓に「フランスレビュの大立物の女優」ミスタンゲット[16]の話題を持ち出す。ミスタンゲットは、完全な美人でもないし、踊りも歌も特別優れているというわけではなかったが、観客を楽しませるという点においては右に出る者はいなかったとされる。柚木は「あのお婆さんは体中の皺を足の裏へ、括つて留めているという評判だ」と言う。ミスタンゲットは、病によって七八歳で引退するまで観客を魅了し続けた。柚木に限らず、当時の日本人のミスタンゲットへの関心は、その年齢不相応の若さに向けられていた[17]。「あんたなんかまだその必要はなさそうだなあ」とする柚木の前に、老妓は腕を突き出すと、皮膚を柚木に指で抓らせ、反対側から引く。指で挟んだ皮膚が、「力を籠めて」も、「じいわり滑り抜けて」いくのに、柚木は驚嘆し、老妓の腕の「鰻の腹のような靭い滑かさ」と「羊皮紙のような神秘な白い色」を目の当たりにする。老妓の肌には、滋養強壮の食物とされる「鰻」に例えられる張りと弾力があり、耐久性に優れていて光沢がある「羊皮紙」に例えられる光輝く白さがあった。若い「神秘な」肌は、柚木の「感覚にいつまでも残った」のである。柚木は、若い芸妓たちが「頻りに艶めかしく」柚木を誘惑しても、特別な感情を抱かず、みち子の「肉感的な匂ひ」も「刹那的なもの」で、「心に打ち込むものはなかつた」としており、老妓の肌の触感が「感覚にいつまでも残つた」のとは対照的である。老妓の肌が「鰻」であるのに対し、みち子は、「病鶏のさゝ身」に例えられ、膝の上に腰をかけられると「結婚適齢期にしちやあ、情操のカンカンが足りない」、「おっかさん（老妓――引用者注）位な体格になるんだね」とも言っている。柚木が老妓に官能的な魅力を感じているのは間違いないだろう。

ミスタンゲットにまつわる逸話として最も有名なものは、一五歳年下の共演者モーリス・シュヴァリエとのロマンスである。ミスタンゲットは、若い恋人を劇場に売り込み、自分への出演には、彼との共演を条件にした。また第一次世界大戦の際、シュヴァリエが捕虜となって収容されると、釈放を求めて奔走し、スペイン国王にまで働きかけ、解放にこぎ着けたことは広く知られている。年下のシュヴァリエに尽くすミスタンゲットは、柚木を援助する老妓の姿を彷彿とさせる。ミスタンゲットの名前を出した柚木が、シュヴァリエとの恋愛事情を知らなかったとは考えにくい。老妓と自己の関係と、重ね合わせることは十分に想定できる。

また、テクストには老妓と柚木が共に食事をする場面がある。「母子のやうな寛ぎ方で食べた」と表現されており、二人の関係を母子関係と読む根拠の一つにもなっている。しかし、注意しなければならないのは、二人が「食べた」のが、「初午の日」の「稲荷鮨」である点だ。「初午」[18]とは、二月最初の午の日で、この日に稲荷を祀る年中行事である。老妓と柚木の周囲には、常に大勢の人々がいるにもかかわらず、一般的な年中行事が二人きりで行われたのは不自然である。また、民衆は賽銭と稲荷の眷属である狐の好物である油あげなどを供えるので、「稲荷鮨」は共食ということになる。共食とは、神に供えたものを皆で食べあうことで、神を祀った者どうしの精神的・肉体的連帯を強めるために行われる。テクストには他に、神への供え物ではないが、みち子が自分の作った「ご馳走」を柚木に与える場面がある。ご馳走を渡さないとふざけて焦らすみち子に柚木は挑みかかる。柚木はこの場面で、

「自分の一生を小さい陥穽に嵌め込んで仕舞ふ危険」と「危険と判り切つたものへ好んで身を挺していく絶対絶命の気持ち」に葛藤していた。つまりみち子と歩む平凡な人生か、老妓と歩む未知の人生かという選択である。柚木の態度に、最初は脅えるみち子だったが、すぐに「愛嬌した、るやうな媚びの笑顔」を浮かべ、「柚木の額の汗を拳ですゆつと拭ひ」て「こつちにあるから、いらつしやいよ。さあね」と柚木の「がつしりした腕を把つた」。「ご馳走」はみち子自身を意味し、二人は性的な関係を結んだと捉えられる。さらに、稲荷神社は、火坊、福運、屋敷神の他に、子授けの神として信仰されている。男女が二人きりで子授けの神を祀ることに意味を見出すことができよう。「初午の日」の「稲荷鮨」の共食は、老妓と柚木の恋愛関係を暗示しているのではないか。

自分を援助する老妓の真意を摑みかねて、老妓から逃げ出した柚木は、「ここへ来ても老妓の雰囲気から脱し得られない」、「その中に籠められてゐるときは重苦しく退屈だが、離れると寂しくなる」とする。一方の老妓は、「柚木がもし帰つて来なくなつたらと想像すると」、「取り返しのつかない気がする」、「心の中が不安な脅えがや、情緒的に発行して寂しさの微醺のやうなものになつて、精神を活発にしてゐた」とする。両者ともに、離れ離れになると、互いに相手の存在の大きさが強く認識され、耐え難い「寂しさ」に襲われている。これは老妓が求めた「心の底から惚れ合ふ」関係ではないだろうか。「寂しさ」が「精神を活発に」するとは、柚木への「純粋な」恋心であり、老妓にとって柚木が「たつた一人の男」であることを示すものと考える。

おわりに

人生の終焉に至った時に、ついに芸者は舞台を降りた。生まれて初めての「自由」を得て、芸者でも「堅気さんの女」でもない新たな生を希求した老妓は、ずっと求めていた「たつた一人の男」と出会った。しかし、老妓は柚木によって新たな生きる道を見出すことはできないだろう。老妓が惹かれた所以であろう柚木のもっていた当初の情熱（「パッション」）は、すっかり消え果て、その心境は「自分は発明なんて大それたことより、普通の生活が欲しい」というものである。「普通の生活」、つまり「堅気さん」の生活では、老妓の心は満たされない。しかし、柚木をそのような状態に追い込んだのは、他ならぬ老妓自身である。柚木は生活の心配がなくなったことで情熱を失ってしまった。金銭の援助をすることは、相手を金銭で縛ることをも意味する。老妓も永年、籠の鳥として「自由」を奪われた「辛苦」の生活を送ってきたにも拘わらず、全く同じことを柚木にした。「逃げる度に、柚木に尊敬の念を持つ」のは、柚木の行為が芸者の自分にはできなかったことだからであり、老妓が自身の行為に自覚があることを示す。明らかに老妓には大きな限界がある。しかし、幼少の頃から半世紀以上、本名が「当人の感じになずまない」状態になるまで、芸者の世界で生きてきた老妓が、果たして他の方法を持ち得たのか。囲われ・囲う関係から生涯脱却できないだけでなく、自身の新たな生を見付けるための方法が「たつた一人の男」であったことも、芸者として生きる中で老妓が身に付けた悲しい価値観なのである。老妓は「何も世の中にいろ気がなくなつた」という柚木に対して、「そんなときは、何でもい〻から苦労の種を見付けるんだね。苦労もほど〴〵の分量にや持ち合わせてゐるもんだ」と忠告している。老妓は高い職業意識をもち、苦労と努力を重ね、芸者という道を極めんとした。これまで「男を飼う」といわれてきた老妓の行為は、有無を言わさずに与えられた芸者という人生を精一杯走り抜けてきた証であると捉えたい。

　テクスト末尾に「年々にわが悲しみは深くして／いよよ華やぐいのちなりけり」という老妓の短歌が付されている。この短歌は、岩淵宏子によって「見果てぬ夢を追い、満たされぬことによる悲しみや虚無の深さが、逆に命を華やがせている(19)」ことが解き明かされていると指摘されている。テクストにおいても、老妓の心は「常に満足と不満が交る〴〵」しており、それが「彼女を推し進めてゐる」と語られる。では、老妓の生を輝かせ、推し進める、満たされない想いとは何なのか。老妓の果てしない生への渇望は、これまで読まれてきたような異形の者の妄執ではない。渇望の背後にあるものとは、芸者として生きることを強いられた一人の女の生の「悲しみ」であると考えられる。永きに亘って生の自由を奪われ役割に自我を抑圧されてきた女が、人生の終焉を目前に、それまでの生涯で積み重ねてきた多くの苦しみや悲しみを新たな生への原動力と転化していく様相が描かれている本テクストを高く評価したい。

注

(1)「文芸時評」(『文藝春秋』一九三八・一二)
(2)「文芸時報」(『東京朝日新聞』一九三八・一一・四)
(3)「解説」(『老妓抄』新潮社　一九五〇・四)
(4)「老妓抄」(『岡本かの子』清水書院　一九六六・五)
(5)「岡本かの子」(『国文学　解釈と鑑賞』一九七二・三)
(6)「作品鑑賞」(『短編　女性文学　近代――増補版――』おうふう　一九八七・四)
(7)「『老妓抄』岡本かの子」(『国文学　解釈と鑑賞』一九八八・四)
(8)「妾――尾崎紅葉『三人妻』岡本かの子『老妓抄』」(『国文学　解釈と教材の研究』二〇〇一・二)
(9)「男を〝飼う〟試みの挫折」(『岡本かの子　いのちの回帰』二〇〇四・一一)
(10)「岡本かの子「パッション」への憧憬――『老妓抄』をめぐって」(尾形明子・長谷川啓編『老いの愉楽――「老人文学」の魅力』東京堂出版　二〇〇八・九)
(11) 先行研究においては、執筆・発表時期とほぼ一致しているとされているが、テクストにあるフランスの歌手ミスタンゲットの年齢に不釣り合いな若さについてのエピソードが、日本で話題になっているのは、一九三三年である。

（12）芸者の生活について、岸井良衛『女芸者の時代』（青蛙房　一九七五・一）、津金澤聡廣・土屋礼子編『大正・昭和の風俗批評と社会探訪――村嶋歸之著作選集　第四巻　売買春と女性』（柏書房　二〇〇四・一二）、増田小夜『人間の記録双書　芸者』（平凡社　一九五七・八）、明田鉄男『日本花街史』（雄山閣出版　一九九〇・一二）を参照した。

（13）加藤徹『梅蘭芳　世界を虜にした男』（ビジネス社　二〇〇九・三）を参照した。

（14）詳しくは第二部第二章「『鮨』――ともよの〈孤独感〉――」を参照されたい。

（15）水田宗子「岡本かの子「パッション」への憧憬――『老妓抄』をめぐって」、外村彰「「老妓抄」――発明と家出の意味するもの――」（『岡本かの子　短歌と小説――主我と没我――』おうふう　二〇一一・二）等。

（16）藪内久『シャンソンのアーティストたち』（松本工房　一九九三・七）を参照した。

（17）かの子は幾度も随筆で言及しており、「レヴィウ紙上舞台」（初出『演劇画報』一九三三・四）においては「独逸人は観察した。さうして云つた。彼女は皺をたぶん足の裏に括り溜めて居るのでもあらう」と綴っている。獅子文六は、「ミスタンゲットは何故としとらぬ」（『新青年』一九三三・九）で、「この婆さん、実にフテブテシク若い」とし、「子山羊の血を絞って入浴する」「支那の仙役を飲む」等の流言を綴っている。

（18）『民間信仰辞典』（東京堂出版　一九八〇・一二）を参照した。

（19）岩淵宏子「岡本かの子」（岩淵宏子・北田幸恵『はじめて学ぶ　日本女性文学史　近現代編』ミネルヴァ書房　二〇〇五・二）

あとがき

かの子は、文壇デビューしてから逝去するまでの短い期間に数々の小説・戯曲を生み出し、多くの女たちを形象化した。描かれたのは、女学校を卒業して数年後の女から、成人した後の働き盛りの女、結婚・出産を経て母となった女、年を重ねて人生の終盤に差し掛かった女など、様々な年代の女たちである。本書で検証の軸とした結婚・家業・職業・母・老いという要素は、青年期・壮年期・老年期といった人生の過程において女が直面せざるを得ない問題であるとともに、時代の制度や文化規範と深い関わりをもつ。これまで、かの子文学に描かれた女たちは、現実を超越した神話的な存在であると看做されてきたわけだが、取り扱った一三作品で描かれた女たちは、いずれも自らの自我をもち、それを束縛し抑圧しようとする時代の制度や文化規範と葛藤している。各々の年代や置かれた立場や状況に起因する深い悩みを内包し、揺らぎ、苦しまざるを得ない女たちは、現実に根差した一人の生身の女であり、時代の規範を内面化して自らを抑圧し、時代に飲み込まれていく女の様相は、同時代の女の実相を浮かび上がらせている。かの子のリアリズムとは異なる、幻想的、浪漫的、耽美的と解されるその手法は、比喩や象徴や暗示などが多用されるだけでなく、まさに日本画の朦朧体の技法のように、リアリズム文学であれば描かれるべきものの内実がぼかされている。女たちの直面している現実的かつ具体的な問題が捨象されたり、はっきりと描かれない。この文学的手法は、独特の味わいを醸し出しかの子文学の大きな魅力である一方で、かの子文学の総体が解明されてこなかった要因にもなっているのではないか。

一方で、女たちは年代や置かれた立場や状況に関係なく、一貫して、自由な生を求め、現状の生では満たされずに自己の生をより充足させたいという渇望を抱いている。不如意な生における苦しみや悲しみを、生きる力へと転化していくのである。かの子が、普遍的な人間としての生への欲求を描いていると同時に、同時代の女が直面している問題にも目を向けて、現実に生きる女の実相を抉り出していることは、かの子文学の深遠さを示すものとして高く評価できるだろう。

本書は、二〇一三年に日本女子大学に提出した博士論文『岡本かの子論――描かれた女たちの実相――』をもとに加筆訂正したものである。論文の審査をしてくださった日本女子大学の岩淵（倉田）宏子先生（名誉教授）、源五郎先生（名誉教授）、山口俊雄先生、高頭麻子先生、岡本かの子研究者の宮内淳子先生に、心より御礼を申し上げたい。ご縁の深い先生方や先人として憧れを抱いてきた先生に審査していただけたことに感激した。公開審査の場では貴重なご助言やご指摘をいただいた。反映しきれなかったことも多く、忸怩たる思いであるが、今後、岡本かの子を研究し続けていくにあたり考えていきたい。

本書の刊行は、日本女子大学文学研究科博士論文出版助成金による。力強く支えられるとともに、これから先の研究生活における大きな励みとなった。大変有難く、深く感謝申し上げる。母校には十年余りという長きに亘りお世話になった。日本文学科の先生方には常に温かく見守っていただいた。諸先輩方からは研究を志す者としての姿勢を学ばせていただいた。苦楽を共にした同輩には幾度となく助けられ、インドからの留学生グプタ・スウィーティ氏の学問に対するひたむきさにはいつも力付けられた。母校の恵まれた環境があったればこそ、これまで研究の道を歩んでこられたと確信している。なかでも、指導教授の岩淵（倉田）宏子先生から賜ったご恩の大きさは計り知れない。先生が学部の授業で取り上げられた『老妓抄』が、岡本かの子との出会いである。その時の衝撃は今でも忘れられない。先生の演習の授業で、研究というものに出会い、大学院への進学を決めた。その後ここまで研究を続けてこられたのは、一重にどんなときも愛情深く教え導いてくださった先生のおかげである。生涯の恩師である岩淵（倉田）宏子先生に、心より感謝申し上げたい。

新・フェミニズム批評の会の皆様には、研究発表の場や執筆の場を与えていただき、たくさんの学びと刺激と励ましをいただいた。川崎市市民ミュージアムの学芸員佐藤美子氏、中尾貴子氏（現財団法人　福武財団）、学恩を賜った先生方、他にもお世話になった方々や友人に厚くお礼申し上げたい。終始変わらず温かく応援し続けてくれた家族にもこの場を借りて感謝を述べたい。

最後に、本書の出版をご快諾くださった翰林書房の今井肇氏、今井静江氏には大変お世話になった。心よりお礼申し上げる。

二〇一四年九月

近藤華子

初出一覧

第一部　結婚の要請に苦しむ女たち

第一章「『晩春』――鈴子の〈苦しみ〉――」（『国文目白』第四六号　二〇〇七・二）
第二章「『肉体の神曲』――揺らぐ〈肥満〉の意味――」（『日本女子大学大学院文学研究科紀要』第一四号　二〇一〇・三）
第三章「『娘』――室子の〈空腹感〉――」（『会誌』第二六号　二〇〇七・三）

第二部　家業を担う女たち

第一章「『渾沌未分』――小初の希求したもの――」（『国文目白』第四五号　二〇〇六・二）
第二章「『鮨』――ともよの〈孤独感〉――」（『国文目白』第四八号　二〇一〇・二）
第三章「『家霊』――くめ子と〈仕事〉――」（『日本女子大学大学院文学研究科紀要』第一二号　二〇〇八・三）

第三部　職業に従事する女たち

第一章「『越年』――加奈江と〈暴力〉――」（『社会文学』第三〇号　二〇〇九・六）
第二章「『花は勁し』――桂子の光と影――」（『日本女子大学大学院文学研究科紀要』第一二号　二〇〇六・三）
第三章「『夫人と画家』――青い画の相克――」（新・フェミニズム批評の会編『大正女性文学論』翰林書房　二〇一〇・一二）

第四部　母の規範を越える女たち

第一章　「『母と娘』――密着から自立へ／戦争協力から反戦へ――」（『国文目白』第五一号　二〇一二・二）

第二章　「『母子叙情』――母子解放の〈通過儀礼《イニシエーション》〉――」（『日本女子大学大学院文学研究科紀要』第一七号　二〇一一・三）

第五章　老いに抗う女たち

第一章　「『かやの生い立ち』――越境する〈乳母〉お常の両義性――」（『日本女子大学大学院文学研究科紀要』第一三号　二〇〇九・三）

第二章　「『老妓抄』――芸者が舞台を降りるとき――」（『国文目白』第五二号　二〇一三・二）

索　引

【著者略歴】
近藤華子（こんどう　はなこ）
1981年、神奈川県横浜市生まれ。
日本女子大学大学院文学研究科日本文学専攻博士課程後期単位取得満期退学。
博士（文学）。
現在、フェリス女学院中学校・高等学校勤務。

日本女子大学文学研究科博士論文出版助成金による刊行

岡本かの子
描かれた女たちの実相

発行日	2014年9月18日　初版第一刷
著　者	近藤華子
発行人	今井　肇
発行所	翰林書房
	〒101-0051 東京都千代田区神田神保町 2-2
	電話　(03) 6380-9601
	FAX　(03) 6380-9602
	http://www.kanrin.co.jp/
	Eメール● Kanrin@nifty.com
装　釘	須藤康子＋島津デザイン事務所
印刷・製本	メデューム

落丁・乱丁本はお取替えいたします

ISBN978-4-87737-374-0